궁귀검신 2부 2
조돈형 新무협 판타지 소설

초판 1쇄 찍은 날 § 2004년 5월 10일
초판 1쇄 펴낸 날 § 2004년 5월 20일

지은이 § 조돈형
펴낸이 § 서경석

편집장 § 문혜영
편집 § 장상수 · 서지현
마케팅 § 정필 · 강양원 · 이선구 · 김규진 · 홍현경

펴낸곳 § 도서출판 청어람
등록번호 § 제1081-1-89호
등록일자 § 1999. 5. 31
어람번호 § 제2-0373호

주소 § 경기도 부천시 원미구 심곡1동 350-1 남성B/D 3F (우) 420-011
전화 § 032-656-4452 팩스 § 032-656-4453
http://www.chungeoram.com
E-mail § eoram99@chollian.net

ⓒ 조돈형, 2004

ISBN 89-5831-105-3 04810
ISBN 89-5831-103-7 (SET)

※ 파본은 본사나 구입하신 서점에서 교환하여 드립니다.
※ 저자와 협의하여 인지를 붙이지 않습니다.

조돈형 新무협 판타지 소설

궁귀검신 2부

2부

弓鬼劍神

2

목차

제10장 천뢰대(天雷隊) __ 7
제11장 악록산(岳麓山) __ 39
제12장 운한표국(雲漢鏢局) __ 79
제13장 무사부(武師父) __ 113
제14장 혼전(混戰) __ 151
제15장 종전(終戰) __ 195
제16장 오룡지회(五龍之會) __ 219
제17장 파검삼식(破劍三式) __ 249
제18장 투랑(鬪郎) __ 273

천뢰대(天雷隊)

천뢰대(天雷隊)

 과거 남궁세가의 금지였던 곳을 개조한, 사방의 직경이 칠 장이 채 안 되는 지하 연무장의 북쪽, 시조인 남궁치세의 상이 자리 잡고 그 좌우로 촘촘히 놓여 있는 횃불이 어둠을 밝혔다.
 을지호는 바로 그 아래에 서 있었고 그의 앞에 부상을 이기지 못해 결국 한 명의 동료가 목숨을 잃어 이제는 일곱으로 줄어든 흑수파의 사내들과 을지호가 직접 데려온 이십육 명의 인재들, 도합 삼십삼 명이 도열해 있었다.
 한참 동안이나 침묵을 지키며 그들을 응시하던 을지호가 입을 열었다.
 "너희들이 앞으로 배우게 될 무공은 과거 남궁세가의 식솔들과 제자들 중 최고의 정예들만 익혔다는 창궁무애검법이다. 하지만 어린아이에게 검을 쥐어준다고 검사(劍士)가 아니듯 지금 너희들이 지닌 내공으론 익히기도 벅찰 뿐더러 익힌다 하더라도 제대로 시전할 수 없다."

"허면 어찌해야 합니까?"

어디에 가든 성질이 급한 사람이 있기 마련이었다. 을지호의 말이 끝나기도 전에 상기된 얼굴로 동료들보다 한 발이나 앞서 나온 한 청년이 물어왔다.

그의 이름은 천도문(天悼門). 과거 제법 명성을 날렸던 승정문(承正門)의 마지막 후예라는 것을 알 만한 사람은 알고 있었다.

어쩌면 말이 끊긴 것이 다소 기분 나쁠 수도 있었다. 그러나 을지호의 안색에선 그런 기색을 찾아볼 수 없었다. 오히려 적극적으로 나서는 태도를 마음에 들어하는 눈치였다.

"내공을 키워야겠지."

뭔가 특별한 대답을 기대했는지 천도문의 얼굴에 실망의 기색이 어렸다. 그러자 을지호가 빙긋이 웃음 지었다.

"너무 당연한 말인지라 실망한 모양이군."

"아, 아닙니다."

"아니긴, 뻔히 보이는데."

"죄, 죄송합니다."

"내공은 모든 무공의 기초가 되는 것이다. 내공을 키우지 않고는 무공을 익힌다 하더라도 제대로 익힐 수 없고 또 익혔다 치더라도 제 위력을 발휘하지 못하는 법. 내공의 중요성을 간과해서는 안 돼."

천도문이 슬그머니 고개를 숙이며 들어가자 을지호가 옆에 서 있던 초번에게 손짓을 했다. 살짝 허리를 숙여 대답한 초번이 사내들 사이를 헤집고 다니며 손톱만한 크기의 단환을 각각 세 개씩 나누어 주었다.

천도문과 마찬가지로 다소 실망한 기색을 보였던 청년들의 얼굴에 잠시 의혹이 떠오르는가 싶더니 그러면 그렇지 하는 표정으로 이내 화색이 돌았다.
　그들의 변화를 감지한 을지호가 쓴웃음을 지으며 입을 열었다.
　"너무들 좋아하지 마라. 소림사의 대환단(大還丹)이나 무당파(武當派)의 태청단(太淸丹) 같은 영단은 아니니까. 비약적으로 내공을 증진시켜 주거나 무궁무진한 효력을 있는 것도 아니다. 다만……."
　을지호가 시시각각으로 변하는 표정을 살피며 말을 이었다.
　"어느 정도 도움은 될 거다. 노력 여하에 따라선 조금이나마 내공 증진의 효과도 얻을 수 있고."
　말은 쉽게 했지만 지금 그들이 받은 단환은 결코 함부로 취급되어서는 안 되는 것이었다.
　비록 그가 앞서 거론한 대환단이나 태청단에 비할 바는 아니지만 초번이 나누어 준 단환은 그의 조부 을지소문이 가문에 내려오는 의술을 기초로 하여 수십 년 동안 무려 아흔아홉 가지의 약초(藥草)와 독초(毒草), 영초(靈草)를 혼합해 간신히 완성한 영단이었다.
　한번에 내공을 증진시키는 효력은 지니지 못했지만 몸에 쌓인 탁기를 제거해 주고 내공을 익히기에 적당한 몸 상태를 만들어주는 데에는 감히 최고라 단언할 수 있는 것이었다.
　그런 귀한 영단을 장백산을 떠나던 날 아침 을지호가 몰래 챙겨온 것이었으니…….
　영단을 받은 청년들이나 을지호 본인도 몰랐지만 을지호가 떠난 뒤 뒤늦게 그 사실을 안 을지소문이 무려 한 달이나 심화를 끓이며 끙끙 앓아 누웠다는 것을 감안한다면 을지호가 몰래 훔쳐 온 영단이 어떤 가치를 지녔는지는 짐작하고도 남음이 있었다.

"야, 저거 좋은 거냐?"

강유가 을지호의 시선을 피해 넌지시 물었다.

"아무렴. 우리도 복용한 적이 있는데 최고였다."

해웅이 엄지손가락을 살짝 치켜세우며 대꾸했다.

"그래? 그렇다면 나도……."

해웅의 말을 듣고 희색이 만연해져 초번의 손에서 움직이는 영단을 탐욕스런 눈으로 쳐다보던 강유는 날카롭게 쏟아지는 을지호의 시선을 느끼며 재빨리 헛기침을 했다.

"허험, 흠."

"너한테까지 갈 게 있다고 보냐?"

을지호가 어이없는 표정으로 물었다.

"아니, 뭐, 그냥 그렇다는 거지요."

강유가 멋쩍은 표정으로 대꾸했다.

"어려서부터 좋은 것만 배터지게 먹은 너에겐 소용없는 물건이니까 신경 끊어."

"누가 뭐랍니까? 괜히 그러……."

강유의 말은 더 이상 이어지지 못했다. 그의 눈에 을지호가 슬며시 주먹을 쥐고 흔드는 것이 들어왔기 때문이다.

단 한 번의 동작으로 강유를 잠재운 을지호는 초번이 모든 영단을 나누어 주고 뒤로 물러나자 재빨리 주위를 환기시켰다.

"지금부터 내가 말해 주는 내공심법(內功心法)의 구결(口訣)을 외워라. 지금껏 각자 익혀온 심법이 있을 것이나 남궁세가의 제자가 되었으니 그에 걸맞은 무공을 익혀야겠지? 약간의 차이는 있을 수 있겠지만 모든 내공심법은 그 궤를 같이하는 법. 처음엔 다소 무리가 따라도 크게 힘들지는 않을 것이라 믿는다. 그럼 시작하자."

모든 이의 시선을 자신에게 집중시킨 을지호가 천천히 입을 열었다.

"대자연의 기를 몸에 받아들이려면 몸의 기운을 가라앉히고 마음을 안정시켜야 하니 이를 허기평심(虛氣平心)이라 한다. 비록 그 형체는 보이지 않고 컴컴한 어둠과 같으나 몸의 모든 것을 좌지우지하는 것이 바로 마음이니 이를 허령불매(虛靈不昧)라 하고……."

창궁무애검법과 마찬가지로 지금의 남궁세가가 있게 만들어준 대연신공(大衍神功)의 구결이 을지호의 입을 통해 자세한 해석과 함께 이어졌다.

'으음.'

을지호의 설명이 계속될수록 이를 조용히 듣고 있던 남궁민의 얼굴이 일그러졌다.

대부분의 무공이 절전되었지만 대연신공만큼은 그녀에게까지 전해졌다. 그것이 남궁세가에 있어 얼마나 귀중하고 소중한 것인지 알고 있었던 그녀로선 입맛이 쓸 수밖에 없었다.

'다른 것도 아닌 대연신공을 저렇듯…….'

비록 세가를 위한 것이라지만 아직 확실히 믿기도 어려운 이들에게 대연신공을 아무렇지도 않게 전수하는 을지호가 너무나 못마땅했다. 하나 이미 엎질러진 물이었고, 딱히 막을 명분도 없었다.

남궁민이 어찌 생각하든 을지호는 모여 있는 모든 인재들이 확실히 외웠다는 것을 일일이 확인할 때까지 구결 외는 것을 멈추지 않았다.

"자, 다음은 간운보월(看雲步月)이라는 보법이다. 무공을 익히는 이들에게 보법이 얼마나 중요한 것인지는 더 떠들지 않아도 알고 있으리라 믿는다."

대답하는 사람은 아무도 없었다. 오직 을지호의 입에서 나오는 말이라면 한 자도 놓치지 않겠다는 듯 불이 뿜어져 나올 듯 타오르는 눈동자로 응시할 뿐이었다. 그중에는 간운보월을 알지 못했던 남궁민의 눈도 포함되어 있었다.

보법에 이어진 것은 무우귀영(舞雩歸詠)이라는 경공법(輕功法)이었다. 이 역시 남궁세가의 무인이라면 반드시 알아야 하는 무공으로 간운보월과 마찬가지로 현 남궁세가엔 절전된 무공이었다.

내공심법과 보법, 그리고 경공법의 구결만 가르치는 데 걸린 시간이 무려 두 시진이었다. 하지만 을지호는 조금의 여유도 주지 않고 몰아붙였다.

"지금부터는 창궁무애검법의 구결인데… 율천(栗阡)."

"예, 주군."

을지호의 부름을 받은 청년이 재빨리 대답하며 허리를 숙였다. 허리까지 내려오는 머리를 아무렇게나 질끈 동여맨, 과거 어린 나이에 흑수파의 우두머리 노릇을 했다고는 생각되지 않을 정도로 깔끔한 인상을 자랑하는 사내였다. 을지호에게 구원을 받은 이후 그는 을지호를 주군으로 섬기고 있었다.

그런데 그의 대답을 들은 을지호의 얼굴이 대번에 찌푸려졌다.

"누가 너의 주군이냐?"

"예?"

난데없는 호통에 율천이 깜짝 놀라 되물었다.

"다시 말하지만 이제부터 너는, 아니, 너와 흑수파, 그리고 이곳에 모인 모든 사람들의 주군은 여기 있는 아가씨다. 아직 정식으로 가주의 지위에 오른 것은 아니지만 그녀가 남궁세가의 가주임은 그 누구도 부인하지 못한다. 또한 너희들이 목숨을 걸고 모셔야 하는 주군이기도 하고. 오늘 이후, 지금과 같은 망발은 용서하지 않는다. 알겠나?"

"아, 알겠습니다."

율천이 거만한 표정으로 오연히 서 있는 남궁민을 힐끔 쳐다보며 황급히 허리를 숙였다.

"모두들 알았나?"

재차 다짐을 받으려는 듯 을지호가 모든 이들에게 소리쳤다.

"명심하겠습니다!"

모두들 허리를 굽혀 예를 표했다. 그것이 자신에게 하는 인사라고 여겼는지 남궁민도 살짝 목례하여 답례를 했다.

"흠, 그나저나 호칭 문제도 있었군. 그것은 나중에 따지기로 하고, 어쨌든 율천과 너희들은 검법을 배울 필요가 없다."

갑작스런 을지호의 선언에 장내가 술렁거렸다.

애써 표시는 하지 않았지만 남궁민은 그러면 그렇지 하는 표정으로 고개를 끄덕였고 강유와 해웅 등은 의혹의 눈길을 보내며 고개를 갸웃거렸다. 그에 반해 율천은 조금의 동요도 없이 을지호의 눈에 시선을 맞추고 다음 말을 기다렸다.

"너와 네 수하, 아니, 동생들은 내공을 익히고 검법을 익히기엔 너무 늦은 나이다. 익힐 수야 있겠지만 그 성취는 기대만큼 나오지 않을 거다. 다른 이들 역시 그다지 이른 나이는 아니나 대부분이 무공을 접했던 사람들이고 너희들에 비해 나이 또한 어리다. 함께 배운다면 너무 처져. 해서 너희들에겐 따로 가르칠 것이 있다."

"무엇입니까?"

"궁(弓)이다."

을지호의 말에 장내가 또다시 술렁거렸다. 대부분의 사람들은 궁이라는 이름에 다소 의외라는 표정이었다.

집안 어른들을 통해 과거 궁귀의 명성을 알고 있던 강유나 을지호를 따라 중원행을 택한 해웅 등도 다소 놀랐을 뿐 그 말이 담고 있는 진정한 의미를 몰랐다.

오직 한 사람, 그 옛날 을지소문과 함께 패천궁과 싸웠던, 어째서 그가 궁귀라는 명성을 날리게 되었는지 똑똑히 목도했던 곽 노인만이 입을 쩍 벌리며 격동할 뿐이었다.

"마음에 들지 않아?"

"아닙니다."

"아니긴… 그렇게 보이는데?"

을지호의 말에 한참을 침묵하던 율천이 물었다.

"배우면 처지지 않습니까?"

순간 을지호의 입가에 묘한 미소가 떠올랐다.

"물론. 대신 죽을 각오로 덤벼야 할 거야."

"저희들 모두 죽었던 목숨입니다."

"흠, 그런 각오라면 충분하지."

을지호의 말을 끝으로 뒤로 물러난 율천은 그의 동생들을 데리고 한쪽으로 물러나더니 지금껏 배운 구결을 함께 복습하기 시작했다.

"기대해도 좋아. 충분히 괴롭혀 주지."

만족한 미소로 그들을 지켜보던 을지호가 조용히 읊조리는 소리였다.

햇볕이 따갑게 내리쬐는 오후, 을지호와 천뢰대(天雷隊)의 대원들은 연무장에 모여 있었다.

오전엔 모두 지하 연무장에 모여 수련했지만 오후엔 남궁민을 비롯하여 검법을 익히는 이들과 율천 이하 궁술을 익히는 천뢰대의 수련 장소가 엇갈렸다. 궁이라는 무기의 특성상 지하 연무장이 아니라 지상 연무장을 이용할 수밖에 없었기 때문이다.

흑수파라는 이름을 버리고 이제는 새롭게 태어난 그들에게 을지호는 하늘에서 떨어지는 벼락처럼 위력을 떨치라는 의미로 천뢰대라는 거창한 이름을 붙여주었다. 그리고 곽 노인에게 부탁해 인근에서 가장 솜씨 좋은 대장장이가 만든 철궁을 구입해 지급하였다.

철궁(鐵弓)을 손에 든 대원들의 얼굴엔 긴장감이 역력했다. 손에 쥔 철궁이 주는 차가운 느낌 때문인지 아니면 그 자체가 주는 묵직한 무게감 때문인지는 몰라도 모두의 몸이 뻣뻣이 굳어 있었다.

을지호가 그중 한 대원의 철궁을 건네받아 잠시 살피며 물었다.

"이게 무엇이지?"

"궁입니다."

"그래, 어려서부터 많이 보았을 것이고 더러는 사용도 해봤을 거다. 어디다 쓰냐?"

대답은 이곳저곳에서 터져 나왔다.

"사냥할 때 씁니다."

"전쟁에서 병사들이 씁니다."

가장 일반적이면서도 평이한 대답이었다.

"그래, 사냥할 때도 쓰고 전쟁에서도 쓰인다. 다른 어떤 무기보다 많이 애용되는 무기지. 그런데 수많은 무인들 중 탁월한 실력을 자랑하는 몇몇을 제외하고는 본격적으로 궁술을 익혔다는 사람은 들어보지 못했다. 그 이유가 뭘까?"

"불편하기 때문입니다. 또한 상대가 접근했을 때 별반 소용이 없습니다. 다른 무기에 대항하기도 힘들고."

율천이 조용히 대답했다. 그런 대답을 예상했는지 천천히 고개를 끄덕인 을지호의 입가에 미소가 지어졌다.

"모두 맞는 말인데 그게 정답은 아니다."

"그럼 무엇입니까?"

"무림인들이 궁술을 좋아하지 않는 이유는 비겁하다는 생각 때문이다. 멀리서 공격한다는 그 이유 하나만을 가지고."

그럴듯했는지 모두들 고개를 끄덕였다. 하지만 을지호의 말은 아직 끝난 것이 아니었다.

"한심한 놈들이다!"

난데없는 호통에 깜짝 놀라는 사이 들고 있던 철궁을 원주인에게 건넨 을지호가 말을 이었다.

"비겁? 도대체 뭐가 비겁하다는 것이냐? 가까이 붙어 치고 받지 않으면 모두 다 비겁한 것인가? 심신을 단련하고 수양을 쌓기 위함이 아닌 이상 어차피 무공이란 자신의 몸을 보호하고 상대를 이기기 위해 존재하는 것이다. 검이나 도를 이용하는 것은 정당한 것이고 궁을 쓰는 것은 비겁하다는 말? 웃기는 소리지. 그런 놈들은 무공이라는 것을 단지 겉멋에, 그저 남에게 자신의 힘을 과시하기 위해 익힌 놈들에 불과해!"

마치 천뢰대원들이 그런 말을 했다는 듯 몰아붙이던 을지호는 주눅이 들어 난처한 표정을 짓는 천뢰대의 대원들을 보며 자신이 조금 흥분했음을 깨닫고 헛기침을 했다.

"험, 험, 내가 조금 흥분했군. 어쨌든 궁술을 일컬어 비겁이니 어쩌니 하는 놈들은 궁이 지닌 진정한 위력과 효용성을 모르는 놈들이니 신경 쓸 것 없다는 말이야. 자, 그럼 궁은 어떤 효용성이 있을까?"

"적에게 거리를 주지 않고 싸움을 끝낼 수 있습니다."

율천의 곁에 서 있던 사내가 대답했다.

율천에 이어 천뢰대의 전신이라 할 수 있는 흑수파의 이인자, 나이는 이십 대 중반 정도, 키는 상당히 작은 편에 속했지만 당당한 체구를 지닌 사내의 이름은 왕욱(王旭)이었다.

"정확하다. 그게 궁술을 익히는 가장 큰 이유이자 목적이지. 한 가지 덧붙이자면 대규모의 접전이 벌어졌을 때 아군을 보호할 수도 있고 지원할 수도 있다. 특히 우리와 같이 소규모의 인원이 다수와 싸울 때는 절대적인 도움이 될 수도 있겠지. 물론 그러기 위해선 정확하고 상대에게 치명적인 타격이 될 수 있도록 실력을 키워야 한다. 괜스레 잘 싸우고 있는 아군을 맞히면 안 되니까."

농담 섞인 말에 진지했던 좌중에 잠시 웃음이 맴돌았다.

웃음이 잦아들 쯤 을지호가 자신의 궁을 들었다.

"자, 어차피 몸으로 익혀야 하는 것이니 더 이상 시끄럽게 떠들 필요가 없겠고… 우선 내가 하는 것을 구경해 봐."

을지호가 한 개의 화살을 시위에 재었다.

퉁.

경쾌한 소리와 함께 시위를 떠난 화살이 삼십 보(步) 정도 떨어진 표적에 정확하게 명중하였다.

"이것이 가장 쉽고도 평이하다 하여 평사(平射)다. 어때, 쉽지?"

을지호가 또 하나의 화살을 재었다.

조금 전과 같이 경쾌한 소리가 들리자 천뢰대의 대원들은 본능적으로 고개를 돌려 표적을 살폈다.

시위를 떠난 화살은 한 치의 오차도 없이 표적에 명중했다. 그런데 이번은 한 발이 아니었다. 을지호에 대한 예우인지는 몰라도 저마다의 입에서 탄성이 터져 나오려는 순간, 연이어 네 발의 화살이 찰나의 차이를 두고 표적에 명중했다.

"세, 세상에!"

다섯 발의 화살이 미세한 틈도 없이 나란히 박힌 모습을 보면서 모두들 할 말을 잃었다. 고작 고개를 돌려 표적을 확인하는 짧은 순간이었다. 그사이 을지호는 네 발의 화살을 더 날린 것이고 하나같이 명중했다. 도저히 인간의 솜씨라고 보기엔 어려운 신기(神技)였다.

"별것도 아닌 것을 가지고 놀라기는……. 아무튼 이것이 속사(速射). 말 그대로 한 발이라도 빨리 화살을 날려 아군을 살리고 자기도 살자는 것인데, 중요한 것은 빠르기만 하다고 능사가 아니라는 거야. 정확성을 겸비하지 않으면 아무짝에도 쓸모 없는 기술이다."

을지호는 경악하는 천뢰대의 반응을 은근히 즐기며 다시 궁을 들었다. 천뢰대원들은 저마다 눈을 크게 뜨고 을지호와 그의 손에 들린 철궁을 응시했다.

"연환사(連環射)라는 것도 있다. 한번에 다수의 적을 공격할 수 있는 이점이 있고 딱히 다수가 아니라도 여러 발의 화살로 공격을 하는 것이니 제대로만 구사할 줄 알면 위력은 더욱 강해진다. 다만 아무래도 세 발의 화살을 쏘다 보니 정확도에서 많이 떨어진다. 어설프게 구사하다간 아군에게 날벼락을 내리기 딱 좋은 기술이니까 신중에 신중을 기해서 사용해야 해. 참, 나중에라도 괜히 어줍지 않은 솜씨로 한번에 많은 화살을 쏘려는 미친 짓은 하지 마라. 감히 단언하건대 가장 빠르고 정확하게 날릴 수 있는 화살의 수는 한 번에 세 발뿐이니까."

천뢰대의 대원들이 고개를 끄덕이거나 말거나 을지호의 설명은 계속되었다.

"시위를 떠난 화살은 동시에 하나의 목표를 노릴 수도 있고 여러 개의 목표를 노릴 수도 있다. 일단 보고 말하자."

퉁.

시위를 떠난 세 발의 화살이 목표를 향해 쇄도했다. 어느 하나가 빠르다고 할 수 없이 거의 동시에 목표에 도착한 화살은 한 뼘의 차이를 두고 나란히 박혔다.

"하나의 목표를 공격했음에도 화살이 노리는 부위가 갈렸다. 어떤 효과가 있을까?"

"아, 아무래도 여러 곳으로 오니까… 머리도 노리고, 가, 가슴도 노리는 것이니까 막기가 힘들 것 같습니다."

을지호의 시선을 받은 한 대원이 더듬거리며 대답했다. 을지호가 대뜸 핀잔을 주었다.

"어이구, 그냥 막기 힘들다고 하면 되는 것을 참 힘들게도 말한다. 자, 다음은 다수의 목표를 노릴 때."

을지호는 어느새 당겼던 시위를 놓고 있었다.

날카로운 파공음을 내며 날아간 화살은 각각 일 장의 거리를 두고 나란히 서 있는 표적의 중앙에 정확히 박혔다. 또다시 감탄성이 터지고 만족한 미소를 지은 을지호가 입을 열었다.

"세 발을 함께 쏘는 것이야. 거듭 말하거니와 제대로 연습하지 않으면 목표는커녕 전혀 엉뚱한 곳으로 날아간다. 하나를 노리든 셋을 노리든 정확성이 생명임을 명심해."

"알겠습니다."

"자, 백문이불여일견(百聞以不如一見)이고 불여일행(不如一行)이라 했다. 아무리 듣고 보아도 해보지 않으면 모르는 것. 직접 몸으로 부딪쳐 봐야겠지. 어디, 실력들을 한번 볼까?"

을지호를 중심으로 좌우로 나란히 선 천뢰대원들이 일제히 궁과 화살을 들었다.

거리는 삼십 보. 어린아이의 상반신만한 표적이 그들 앞에 서 있었고 그 정중앙에 또다시 자그마한 표식이 되어 있었다. 그리고 표적 뒤에는 뒤로 날아가는 화살을 막기 위해 볏단이 둘러쳐 있었다.

"시위를 당겨."

천뢰대원들이 을지호의 명에 따라 일제히 시위를 당겼다. 하지만 그마저도 쉬운 것이 아니었다. 시위가 어찌나 팽팽한지 팔뚝에 심줄이 툭툭 튀어나오고 이마에서 땀이 흐를 정도의 힘이 아니고서는 당겨질 생각을 하지 않았다.

"얼씨구, 무작정 힘으로 당긴다고 되는 것인 줄 아는데 어림없는 소리! 궁술이야말로 고도의 정신력과 힘이 한데 어우러져야 하는 것이야. 우선 편한 대로 다리를 벌려. 쯧쯧, 그렇게 엉거주춤해선 해서야… 머리를 곧추세우고, 가슴은 펴고, 상반신 전체를 이용하여 시위를 당겨. 그리고 목표를 정확하게 응시해. 옆에서 뭐라 하든 신경 쓰지 말고 오직 목표에만 집중하란 말이야. 설사 칼이 날아온다 하더라도 목표에서 시선을 떼선 안 돼!"

을지호가 목소리를 높였다.

"되었다고 생각하면 부드럽게 시위를 놔."

을지호의 말이 끝나기가 무섭게 일곱 발의 화살이 예리한 바람 소리와 함께 시위를 박차고 목표를 향해 날아갔다. 그러나 정작 목표를 맞힌 사람은 율천뿐이었다. 그나마도 명중이 아니라 끝에 살짝 걸린 정도였다. 나머지의 화살은 어디로 날아갔는지 찾아볼 수도 없었다.

결과를 확인한 천뢰대원들은 부끄러움에 고개도 들지 못했다.

"이거야 원, 이리 가까운 거리에서 어떻게 제대로 맞힌 사람이 한 명도 없을 수가 있냐?"

"죄, 죄송합니다."

율천이 붉게 상기된 얼굴로 고개를 숙였다.

"뭐, 처음부터 잘할 수는 없는 것이니까 죄송할 건 없고. 자, 다시 시위를 재도록 해."

부끄러움에 고개를 숙였던 천뢰대원들이 이를 악물고 시위를 당겼다. 하지만 끔찍할 정도로 빡빡한 철궁이 그들의 의지를 조금씩 갉아먹었다. 목표를 제대로 겨냥하는 것은 고사하고 시위를 당기는 것만으로도 벅찬지 손을 부들부들 떨기까지 했다.

"으이구, 힘으로 하는 것이 아니라고 했잖아. 마음이야, 마음. 화살 한 발 한 발에 혼을 담고 맞히지 못하면 자신이 죽고 보호해야 하는 동료들이 죽는다는 각오로 임해. 뭣들 하는 거야! 팔을 고정시켜! 궁을 잡고 있는 왼손은 태산이 내려쳐도 움직이지 않는 돌이 되어야 한다! 그렇게 떨려서야 목표를 겨냥한들 아무 소용이 없잖아!! 호흡도 안정시키고. 크게 숨을 들이마시고 멈춰. 화살을 쏠 때는 절대로 숨을 내쉬어선 안 돼!"

을지호는 이리저리 걸음을 옮기며 호통도 치고 격려도 했다. 자세가

나쁜 대원이 있으면 자세를 교정해 주고 힘에 벅차하는 대원이 있으면 살짝 곁으로 다가가 도와주기도 했다.

"쐐!"

시위를 당긴 지 일각여, 어느 정도 자세가 잡혔다고 생각했는지 을지호가 발사 명령을 내렸다.

예의 파공음을 내며 무서운 속도로 날아간 화살은 이번에도 목표를 한참이나 빗나가 뒤에 마련된 볏단에 박혀 버렸다. 이번엔 율천이 날린 화살도 목표에 근접하지 못했다.

천뢰대원들은 아까보다 못한 결과에 부끄러워하며 또다시 얼굴을 붉혔다. 표적을 맞히지 못했기에 그런 것이 아니었다.

고작 두 번, 단 두 발의 화살을 날린 것뿐인데도 벌써부터 팔이 저려 오고 다리에 힘이 빠져 후들거린다는 것이 그들을 고개조차 들지 못하게 만드는 이유였다.

이와 같은 결과와 반응을 당연히 예상했던 을지호는 의미심장한 미소를 감추며 입을 열었다.

"자, 어때? 보기엔 쉬워 보여도 그리 만만하지 않지? 궁술은 뼈를 깎는 고통을 수반해야만 비로소 그 가능성을 찾을 수 있다. 건성건성 해서 익힐 수 있는 것이 절대 아니야."

"명심하겠습니다!"

천뢰대원들은 을지호의 말이 자신들을 책망하는 것이 아니라 각오를 새롭게 다지게 하기 위한 충고라는 것을 마음에 새기며 한 목소리로 대답했다.

"좋아. 그럼 잠시 휴식을 하고 다시 시작해 봐. 나는 잠시 지하 연무장에 다녀올 테니까."

바로 그때였다. 몸을 돌리려는 을지호에게 율천이 조심스레 물었다.
"연환사… 이상의 것도 있습니까?"
"궁금하냐?"
"그렇습니다."
살짝 미소를 지은 을지호가 궁을 들었다. 그리고 비스듬히 세우더니 화살을 날렸다. 시위를 떠난 화살은 순간적으로 시야에서 사라지면 까마득한 하늘로 날아올랐다.
모든 이들의 시선이 하늘로 향했고 율천의 고개 또한 위로 향하려는 하자, 을지호가 율천의 어깨를 잡았다.
"가만있어. 그대로 움직이지 말고."
율천이 당황하여 을지호를 응시하는 순간 엄청난 속도로 사라졌던 화살이 머리 위에 나타나며 그와 을지호 사이의 좁은 공간을 가로질러 땅에 박혔다.
"이, 이것이……!"
율천을 비롯한 천뢰대원 들의 눈에는 놀람 그 이상의 표정이 떠올랐다.
믿을 수가 없는 일이 일어난 것이다. 화살은 분명 뒤쪽 전각의 하늘로 사라졌다. 아니, 사라진 것으로 보였다. 그런데 난데없이 나타난 화살이 그 좁디좁은 공간을 수직으로 꿰뚫으며 떨어진 것이다.
더 놀라운 것은 을지호의 표정이었다. 이미 그렇게 될 것은 알고 있었다는 담담하다 못해 태연하기까지 했다. 입가에는 담담한 미소까지 걸려 있었다.
"무, 무엇입니까?"
율천이 떨리는 음성으로 물었다.

"이기어시(以氣馭矢)."

"이… 기… 어… 시……."

율천이 꿈을 꾸듯 몽롱하게 되뇌었다. 그러나 그 바람에 그는 을지호의 마지막 말을 듣지 못했다.

"흠, 이기어시 정도에 놀라면 곤란한데……."

우렁찬 기합성과 끈적한 땀 냄새가 진동하는 지하 연무장 한쪽 구석, 잔뜩 얼굴을 찌푸린 남궁민이 이리저리 검을 움직이고 있었다.

좌에서 우로, 우에서 좌로, 찌르고 베며 우아하게 검을 휘두르던 남궁민은 어느 순간 동작을 딱 멈추었다.

"후~ 이게 아닌데."

검을 멈춘 남궁민이 뭔가가 잘 안 되는지 땅이 꺼져라 한숨을 내쉬었다. 비록 가주의 위치에 있었지만 아직 그만한 실력을 가지지 못했기에 그녀는 남들보다 두 배는 더 노력했고 동시에 그만큼 초조함도 느끼고 있었다.

힘들어하는 남궁민을 잠시 지켜보던 곽 노인이 조심스런 발걸음으로 다가갔다.

을지호에게 지적받은 단점을 보완하기 위해 한참 동안이나 골머리를 썩이던 남궁민은 자신에게 접근하는 인기척에 놀라 고개를 돌리다가 상대가 곽 노인임을 확인하곤 반가워했다.

"어, 할아범!"

"잘 풀리지 않습니까?"

곽 노인이 안쓰러운 표정을 지으며 물었다.

"그냥 그렇지 뭐."

남궁민은 별일 아니라는 듯 함빡 웃음을 지었다. 순간, 곽 노인의 곁에 있던 강유는 아찔한 현기증을 느끼며 눈을 감고 말았다.

사실 그녀의 몰골은 말이 아니었다. 비단 같던 머릿결은 언제 감았는지 의심될 정도로 푸석푸석하게 변해 버렸고 입고 있는 의복은 땀과 먼지로 범벅이 되어 있었다. 백옥 같던 피부 또한 안쓰러울 정도로 망가져 있었다. 그럼에도 하얀 치아를 드러내며 웃는 남궁민의 아름다움을 가릴 수는 없었다.

'으, 젠장맞을.'

숨이 가빠지고 전신의 피가 들끓었다. 심장 뛰는 소리가 천둥치는 소리보다 더 크게 들리는 듯했다.

'후~'

그런 자신의 마음을 들킬까 두려워하며 간신히 마음을 진정시킨 강유가 짧은 한숨을 내쉬는 사이, 그의 마음을 아는지 모르는지 살짝 눈인사로 아는 체를 한 남궁민이 고개를 돌려 곽 노인에게 물었다.

"그런데 웬일이야?"

"호법(護法)께서 찾으십니다."

"오라버니가?"

남궁민은 의외라는 듯 두 눈을 동그랗게 뜨고 되물었다.

을지호와 남궁민은 하루도 빼놓지 않고 얼굴을 맞대고 있었다. 아무래도 위치가 위치인 만큼 을지호는 다른 누구보다 남궁민의 수련에 신경을 썼다. 그렇지만 따로 불러 얘기를 나눈 적은 그다지 많지 않았다. 특히 이렇게 수련 중에 부르는 일은 단 한 번도 없었다.

"무슨 일이라도 난 거야?"

뭔가 큰일이 생긴 것은 아닌가 불안했는지 묻는 남궁민의 음성에 격

천뢰대(天雷隊) 27

정이 묻어났다.

"별일 아닙니다, 누님. 그저 몇 가지 의논할 것이 있다고 하시던데요."

곽 노인이 입을 열기도 전에 강유가 재빨리 나서서 대답을 했다.

"그래요? 그럼 다행이지요. 그런데 무슨 일일까?"

분분히 검을 챙긴 남궁민은 한껏 의혹 어린 표정으로 곽 노인의 뒤를 따랐다.

을지호와 곽 노인, 강유, 해웅, 초번, 뇌전이 모였고 남궁세가의 대표 격인 남궁민도 가주의 자격으로 회의에 참석했다.

의논할 것이라는 것은 다름 아닌 돈 문제였다.

해남파에서 가지고 온 재물은 정확하게 다섯 달 만에 바닥이 났다.

완전히 폐허로 변해 버린 세가를 정비하면서도 꽤 많은 돈이 들어가기는 했지만 닥치는 대로 구입한 약재 값이 결정적이었다.

을지호는 곽 노인을 통해 인근 마을에 존재하는 모두 약재상을 털어 영약이란 영약은 모조리 사들였다. 그리고 그가 알고 있는 지식을 동원하거나 혹은 의원에게 부탁해 필요한 탕약과 환약을 만들기 시작했다(사실 의원을 부른 이유는 그가 만든 약에서 나타난 부작용 때문이었다). 물론 그 일 또한 아무도 모르게 최대한 은밀히 진행되었음은 설명할 필요도 없었다.

기력을 증진시켜 주기도 하고 더러는 몸에 맞지 않아 부작용도 있기는 하였지만, 어쨌든 막대한 비용을 들여 마련한 약은 남궁민 이하 세가의 식솔들은 물론이고 강유와 해웅 등에게도 거의 주식과 같이 제공되었다. 집을 정비하고 남은 돈 가지고도 부족해 야광주까지 팔아 썼으니 그 비용을 헤아릴 수조차 없을 지경이었다.

무공 수련에 열심인 이들에게 걱정을 끼치고 싶지 않았던 곽 노인이 이리저리 돈을 융통하며 끝까지 버텨보려 했지만 분명 한계가 있었다.

을지호라고 곽 노인의 고충을 모를 리 없었다. 결국 비용이 떨어졌다는 곽 노인의 말에 '뭔가 특단의 대책을 세워야겠군'이라는 말과 함께 즉시 회의를 소집한 것이다.

눈앞에 직면에 자금난을 해소하기 위해 이런저런 말들이 오갔지만 딱히 방법이 있을 리가 없었다. 의견이라 해봐야 뇌전이 술과 여자를 이용해 장사를 하자고 말했다가 죽지 않을 정도로 맞았을 뿐 변변한 것이 나오지 않았다.

"저……."

제대로 된 의견이 나오지 않자 답답해하던 해웅이 입을 열었다.

"무슨 의견이라도 있어?"

"아버님께 도움을 청해도 되겠습니까?"

"무슨 뜻이야?"

"비록 정당한 돈은 아닐지라도 꽤 많은 재물이 쌓여 있습니다."

해웅이 남궁민의 눈치를 살피며 말했다. 하지만 을지호는 곧바로 고개를 가로저었다.

"사내대장부가 큰 뜻을 품고 집을 나섰다. 스스로 독립을 하겠다고 애써 부모의 품을 떠났건만 힘들다고 손을 벌려서야 되겠어? 말은 고맙지만 그럴 수는 없지. 다른 방법을 찾아보자."

해웅의 제안을 거절한 을지호가 지금껏 단 한 마디도 하지 않았던 초번을 불렀다.

"초번."

"예, 주군."

"끝까지 침묵을 지킬 생각은 아니겠지? 뭔가 생각이 있을 것 같은데?"

"생각은 해보았습니다만……."

"들어보고 싶다. 어서 말해 봐."

을지호는 뭔가 생각이 있다는 초번의 말을 반기며 대답을 재촉했다.

최근에야 알게 된 것인데 초번은 해적으로 쓰기엔 실로 너무나 아까운 인재였다. 비록 탁월한 무재(武才)는 아니나 머리가 비상하고 심기가 깊었다. 가끔 한마디씩 하는 말에 을지호조차 놀란 것이 한두 번이 아니었다.

초번의 능력을 눈치 챈 을지호는 그를 장차 남궁세가의 지낭(智囊)으로 점찍고 그가 지닌 능력을 극대화시키기 위해 많은 노력을 기울였다. 물론 노력이라 봐야 잡다한 지식을 익힐 수 있는 서책들과 병법서(兵法書) 등을 조달해 주는 것이 전부였지만.

"표국을 했으면 좋겠습니다."

실로 의외의 제안이었다.

"표국?"

"표국이라면……."

모두들 의아한 표정을 지으며 의문을 갖자 잠시 뜸을 들였던 초번이 재차 입을 열었다.

"배운 것이 도둑질이라고, 지금 저희가 할 수 있는 것은 그것뿐인 것 같습니다."

"흠, 글쎄."

을지호와 강유가 고개를 갸웃거리며 그다지 탐탁지 않은 반응을 보일 때 곽 노인은 단정적으로 고개를 흔들었다.

"불가능합니다."

을지호의 시선이 곽 노인에게 향했다. 설명을 요구하는 눈빛이었다.

"호남성에는 수없이 많은 표국들이 있습니다. 문제는 그 대부분이 흑도 쪽과 연결이 되어서……."

"제가 대신 설명을 드리지요."

곽 노인이 말끝을 흐리자 초번이 재빨리 말을 자르고 나섰다.

"호남성에는 곽 노인의 말씀대로 많은 표국들이 있습니다만 어느 정도 규모가 되는 표국을 따지면 일곱 안팎입니다. 그리고 가장 규모가 큰, 소위 호남성의 이대표국이라 불리는 두 개의 표국이 표물의 약 칠 할 정도를 담당하고 있습니다."

"허, 어마어마한 수치로군."

쉽게 상상이 안 가는지 강유가 탄성을 내질렀다.

"그리고 두 표국엔 당연히 뒷배가 있습니다."

"어디냐?"

을지호가 진지하게 물었다.

"우선, 장사부(長沙府)를 중심으로 하는 장사표국(長沙鏢局)은 노호문(怒狐門)을 배경으로 하고 있고……."

"흥, 여우새끼들이 노해봤자 그게 그거지!"

뇌전이 말꼬리를 잡아채고 재빨리 소리쳤다. 당장 을지호의 불호령이 떨어졌다.

"시끄러! 말 끊지 말고 조용히 하고 있어! 계속해 봐."

"소양(邵陽)을 중심으로 하는 대양표국(大陽鏢局)은 묵영도문(墨影刀門)이 뒤를 봐주고 있습니다. 그 밖의 표국들도 예외없이 흑도의 문파들이 뒤를 봐주고 있습니다. 아주 소규모의 몇몇 표국을 제외하곤 말입니다."

"자세히도 알고 있구나."

"세력편에는 비단 무공을 익힌 문파뿐만 아니라 이들과 밀접한 관계를 맺고 있는 상단(商團)과 표국에 대해서도 거론하고 있습니다."

초번이 겸연쩍게 대답하자 을지호도 그러리라 어느 정도 예상했다는 표정을 지으며 고개를 끄덕였다.

"좋아, 그런데도 표국을 하자는 데에는 이유가 있겠지?"

을지호가 핵심을 찌르며 물었다. 초번이 공손히 대답했다.

"그렇습니다. 다른 대안이 없다면 표국만큼 안정적이고 확실한 자금줄이 없습니다. 특히 은하상회(銀河商會)와 독점적인 관계를 맺고 있는 장사표국의 거래만 저희 것으로 만든다면 더 이상 바랄 것이 없겠지요."

"은하상회?"

"호남성은 물론이고 인근 성에서도 알아주는, 중원에서 다섯 손가락에 들어가는 큰 규모의 상회입니다."

묵묵히 듣고 있던 곽 노인이 대신 대답했다. 살짝 고개를 숙여 예를 표한 초번이 말을 이었다.

"지금 현재론 딱히 표국을 세울 여건이 되지 않으니 우선적으로 할 일은 기존의 표국 중 하나를 접수해야 하는 것입니다. 어차피 인원도 그쪽에서 충당하면 될 것입니다. 다만 문제는 여러분들께서 염려하시는 것처럼 장사표국이 반발할 것이고 그들의 뒤를 봐주고 있는 노호문이 가만히 있지 않을 것이란 점입니다. 가급적 별다른 잡음 없이 모든 일을 처리해야 하는데 그것이 가장……."

"잡음? 까짓 잡음이야 없애면 그만이지."

단박에 말을 자른 을지호는 너무나 대수롭지 않게 대답했다. 하나 주인 말을 잘 듣는 짐승도 밥그릇에 손을 대면 사나워지는 법이었다. 미물이 그러할진대 하물며 사람, 그것도 주체할 수 없는 힘을 가진 사람들이 모여 만들었다는 노호문이 아니던가. 충돌이 없을래야 없을 수가 없었다.

　　　　　*　　　　*　　　　*

"후우~"

강운경(姜韻鏡)은 땅이 꺼져라 한숨을 내쉬었다.

"결국… 결국 내 대에서 문을 닫아야 하다니. 이 죄를 어찌 감당할 것인가. 조상님들을 뵐 낯이 없구나."

육 대째 내려오는 운한표국(雲漢鏢局)의 국주(局主) 강운경은 떨리는 손으로 술잔을 들었다.

남궁세가의 속가제자였던 육대조(六代祖)가 운한표국을 세운 지 벌써 백구십 년. 남궁세가의 후광을 입고 한때는 호남에서 세 손가락 안에 들 정도로 성장했던 운한표국은 남궁세가의 몰락과 더불어 쇠락의 길을 걸었다. 더구나 지역적으로 가까운 곳에 노호문의 힘을 얻은 장사표국이 들어서면서 표국이라는 이름이 무색케 할 정도로 형편없이 규모가 축소되고 말았다.

"허허, 빚은 고사하고 마지막 급료는 주어야 할 터인데……."

어떻게든 표국을 유지해 보고자 끌어들인 돈 때문에 빚은 산더미처럼 쌓이고 몇 남지 않은 표사들과 일꾼들에게 줄 급료까지 벌써 석 달째 밀린 상태였다.

 그러나 표국을 정리한다고 해도 빚조차 다 갚지 못한다는 것은 다른 누구보다 그가 잘 알고 있었다. 그것이 더욱 그를 절망케 만들었고 매일같이 술에 취하도록 만들었다.

 "후우~ 일이 어찌 이렇게까지 되었단 말인가."

 강운경이 술잔을 내려놓으며 길게 탄식했다.

 바로 그때였다.

 "그 빚을 우리가 갚아드리지요."

 "누, 누구냐?"

 갑자기 들려오는 음성에 깜짝 놀란 강운경이 소리쳤다. 그러자 방문이 열리고 운한표국의 힘을 얻기 위해 남궁세가를 떠난 을지호와 초번이 모습을 드러냈다.

 "도둑놈은 아니니까 그렇게 겁먹을 것은 없습니다."

 주인의 허락도 없이 자리를 차지하고 앉은 을지호가 강운경이 마시고 있던 술을 벌컥벌컥 들이켰다.

 "이야, 꽤나 괜찮은 맛이군요. 무엇으로 빚은 술입니까?"

 "보, 봉밀주(蜂蜜酒)요."

 너무나도 태연한 을지호의 태도에 당황한 강운경이 자신도 모르게 술의 이름을 말했다.

 "아, 벌꿀로 만든 것이군요. 어쩐지 달착지근한 것이 입에 딱 달라붙더라니. 한 잔 마셔볼래?"

 을지호가 초번을 향해 술병을 들어 보였지만 초번은 쓴웃음을 지으며 고개를 흔들었다.

 "주군, 지금은 술 맛을 즐기실……."

"아, 내 정신 좀 봐. 하하하, 이거 정말 죄송하게 되었습니다. 목이 탔는데 때마침 향기로운 주향(酒香)이 코를 자극하는 바람에……."

멋쩍은 웃음을 보이는 을지호. 하지만 그리 말을 하면서도 그는 악착같이 술병을 비웠다.

"흐흐, 정말 좋군요. 오랜만에 더할 나위 없이 훌륭한 술을 마셨습니다. 자, 목도 축였으니 이제는 저희가 국주님을 찾아온 이유를 말씀드려야 할 때가 된 것 같군요."

"당신들은 누구요?"

놀란 가슴을 다소 진정시킨 강운경이 벽에 걸린 검을 힐끔 살피며 물었다.

"그렇게 경계하실 필요는 없습니다."

"누구냐고 물었소."

"저희는… 남궁세가에서 왔습니다."

을지호가 정중하게 인사하며 자신들의 소개를 했다. 그런 그의 모습에선 조금 전 봉밀주를 마시며 보여주었던 경박함은 찾아볼 수가 없었다.

"나, 남궁세가? 남궁세가에서 어찌?"

"표국의 일로 말씀드릴 것이 있어 찾아왔습니다."

뿌리는 남궁세가였지만 근래 들어 전혀 왕래가 없지 않았던가. 남궁세가에서 사람이 찾아올 까닭이 없다고 생각했는지 번개같이 몸을 날린 강운경이 검을 빼 들었다.

"네놈들은 누구냐?"

"하하, 말씀드리지 않았습니까? 저희는 남궁세가에서 왔습니다."

"닥쳐라! 남궁세가에서 사람이 올 까닭이 없다. 정체를 밝혀라! 도둑이냐?"

"이거야 원, 진정을 좀 하시지요."

말이 끝나기가 무섭게 손을 뻗은 을지호는 강운경이 들고 있던 검을 빼앗고 혈도를 제압하여 의자에 앉혔다. 그리곤 품에서 한 장의 서찰을 꺼내 그의 앞으로 내밀었다.

"그렇게 성급한 판단을 하지 마시고 이거나 읽어보십시오. 남궁세가의 가주께서 국주님께 보내신 것입니다."

혈도가 제압당해 온몸을 움짝달싹하지 못하던 강운경은 어느 순간 몸이 편해지는 것을 느끼며 두려운 눈으로 을지호를 응시했다. 그리곤 그다지 내키지 않는 표정으로 조심스레 서찰을 펼쳤다.

찬찬히 서찰을 살피는 강운경의 얼굴이 시시각각 변했다.

현재 남궁세가와 운한표국이 처한 상황을 말할 땐 안타까움과 서글픔을, 새롭게 용틀임하는 남궁세가의 소식을 접했을 땐 자신도 모르게 격동을 하였다. 남궁세가가 부활하기 위해선 운한표국의 힘이 반드시 필요하니 도움을 달라는 것으로 글이 끝났을 때, 그리고 글의 말미에 서찰에 적힌 내용이 모두 사실임을 증명하는 남궁세가 가주의 고유한 직인(職印)이 찍혀 있는 것을 본 강운경의 몸은 크게 떨리고 있었다.

"도와야지요! 암, 도와야 하고말고요! 하지만……."

결연하게 소리치던 강운경이 갑자기 안색을 흐렸다.

"하지만… 상황이……."

남궁세가가 과거와 같은 힘을 되찾는다면 운한표국 역시 작금에 처한 난관을 극복할 수 있었다. 그러나 식솔들의 급료조차 제대로 주지 못하고 있는 표국의 사정으론 어떻게 도움이 될 방법이 없었다. 나오느니 그저 한숨뿐이었다.

을지호는 그런 강운경의 심정을 알고 있다는 듯 담담한 미소를 지으며 위로했다.
"너무 걱정하지 마십시오. 도와주신다는 그 말씀 하나만으로도 충분합니다."
"예? 그, 그게 무슨 말씀이신지?"
"우선 운한표국이 지고 있는 빚은 우리들이 갚아드리겠습니다. 또한 식솔들의 밀린 급료도 책임지지요."
"그렇게만 된다면야 고맙지만……."
그리되면 도움을 주기는커녕 받는 것이 아닌가. 강운경은 말을 잇지 못했다.
"국주님께선 아무런 걱정도 하지 마시고 계속해서 표국을 운영하면 됩니다."
"그, 그러나 근래 들어선 한 달에 한 건의 의뢰도 들어오지 않는지라……."
강운경이 부끄럽다는 듯 얼굴을 붉히자 입가에 한껏 미소를 지은 을지호는 고개를 흔들었다.
"그것은 너무 걱정하지 마십시오. 조만간 너무 많은 의뢰가 밀려들어 정신을 차릴 수 없을 정도로 바쁘게 만들어 드릴 테니까요. 그때 가서 힘들다고 불평이나 하지 마십시오. 하하하!"
영문을 모르겠다는 강운경과는 대조적으로 호탕하게 웃는 을지호의 얼굴은 자신감으로 넘쳐흘렀다.
사흘 동안 지겹게 쏟아지던 폭우가 언제 그랬냐는 듯 걷힌 늦은 오후의 일이었다.

제11장

악록산(岳麓山)

악록산(岳麓山)

"형님, 정말 이렇게까지 해야 합니까?"

집채만한 바위 위에 납작 엎드려 서서히 어둠에 잠기는 숲을 살피던 강유가 벌떡 상체를 일으키며 짜증을 냈다.

"시끄러. 누군 하고 싶어서 하냐? 하지만 방법이 없잖아, 방법이."

그와 마찬가지로 바위 위에 올라와 있지만 태평히 누워 이제 막 모습을 드러낸 보름달을 감상하던 을지호가 고개도 돌리지 않고 입을 열었다.

"그렇다고 천하의 강유가 도적질이라니요? 아버지가 알면 입에 거품을 물고 쓰러지실 일입니다. 한두 번도 아니고 벌써……."

말을 끊고 손가락을 구부리던 강유가 을지호의 면전으로 구부려진 손가락을 내밀며 말했다.

"접은 것도 모자라 이제는 구부렸던 손가락을 펴야 될 정도라고요."

"으이구. 시끄러워서 정말."

강유의 투정이 계속 이어지자 천천히 몸을 일으키는 을지호가 크게 하품을 하며 기지개를 켰다.

"그런데 이 길이 맞기는 맞는 거냐? 어째 안 와? 살피러 간 초번은 또 뭐 하고?"

질문을 하는 것은 분명한데 대상이 강유는 아닌 듯했다.

"틀림없습니다, 주군. 초번의 말로는 거금 닷 냥을 들여서 알아낸 정보랍니다. 모르긴 몰라도 곧 모습을 드러낼 것입니다."

바위에 오르지 못하고 바위에서 조금 떨어진 나무 위에 은신하고 있던 뇌전이 재빨리 대꾸했다.

"지금 그 말이 아니잖아요. 언제까지 이 짓을 해야 되느냐고요!"

을지호가 자신의 말에 대꾸는커녕 딴청을 피워대자 부아가 나는지 버럭 소리를 지르는 강유의 안색은 심퉁난 어린아이의 표정과 별반 다르지 않았다.

"우리가 원하는 것을 얻을 때까지."

"그러니까 그게……."

"백 번 천 번이라도!"

강유의 말을 끊으며 단호한 음성으로 내뱉던 을지호가 움찔하는 강유에게 무거운 시선을 던졌다.

"원하는 것을 얻을 때까지 계속되어야겠지. 무엇보다……."

어느샌가 표정을 바꾼 을지호가 벌렁 뒤로 누우며 몇 마디를 더했다.

"돈이 부족하잖아. 어디 한두 푼 들어갔어야지. 앞으로 얼마가 더 들어가야 할지도 모르는데 바닥을 친 지는 오래고. 그러니까 어쩔 수 없어. 괜한 불평하지 말고 잘 살펴."

그 한마디에 강유는 입을 다물고 말았다. 돈이 부족하다는데 뭐라 할 말이 있겠는가.

지난 여섯 달 동안 남궁세가를 재건하기 위해 들어간 돈이 어느 정도였는지, 그리고 어째서 자신이 남궁세가에서 한참이나 떨어진 악록산(岳麓山)의 한 골짜기에 숨어서 원치도 않는 일을 해야 하는지 강유는 너무나 잘 알고 있었다.

그렇지만 아무리 생각해도 도적질은 정말 체질에 맞지 않았다.

"젠장, 그래도 짜증나는 것은 어쩔 수 없다니까요."

끝내 한마디를 더한 강유도 을지호와 마찬가지로 바위 위에 사지를 벌리고 대자로 누워버렸다. 그리곤 지난 여섯 달 동안 무섭게 달라졌고 지금 이 시간에도 변모하고 있는 남궁세가를 떠올리며 살며시 눈을 감았다.

'하긴, 그렇게 써댔으니 부족하기도 하겠지.'

그러는 사이 일각이란 시간이 더 흘렀다.

"옵니다."

나뭇가지 사이에 몸을 숨겼던 뇌전이 나지막이 소리쳤다.

뇌전의 말이 아니더라도 누군가가 접근하고 있다는 것을 느낀 을지호는 벌써부터 몸을 일으키고 있었고 강유도 그의 말이 끝나기가 무섭게 자세를 바로잡았다.

"놀랄 것 없다. 초번이야."

과연 어둠 속에서 모습을 드러낸 사람은 멀리 정찰을 나갔던 초번이었다.

강유가 헐떡이는 초번에게 허리춤에 차고 있던 물주머니를 던져 주었다. 고개를 살짝 숙여 감사를 표한 초번이 재빠른 동작으로 몇 모금의 물을 마셨다.

"어때?"

목을 축인 초번이 숨을 고르기를 기다리던 을지호가 물었다.

"산모퉁이를 돌았으니 얼마 후면 이곳을 지날 것입니다."

"인원은?"

"상단 자체의 무인들이 열 명 정도이고 물건을 나르는 일꾼은 삼십 명 정도 됩니다."

"장사표국에서 동원한 호위 무사(護衛武士)는 얼마나 되지?"

"표사급이 이십에 표두로 보이는 이들도 다섯이나 끼어 있습니다."

"이여, 제법 많군."

을지호가 짐짓 놀랐다는 듯 탄성을 내질렀다. 하지만 어둠을 뚫고 반짝거리는 눈동자에서 피어나는 것은 분명 웃음이었다.

"제법 많은 정도가 아닌데요. 놈들도 단단히 준비를 한 모양입니다."

강유가 그렇게 웃을 것만은 아니라는 듯 말했다. 강유의 걱정스런 말에 을지호는 고개를 가로저었다.

"뭐, 충분히 예상한 일이잖아. 바보가 아닌 다음에야 그렇게 당하고 준비를 하지 않는다는 것이 이상한 것이지. 그래, 그들뿐이야?"

"아닙니다. 그들 이외에도 한 무리의 무인들이 더 있었습니다."

"그럴 줄 알았지. 노호문에서 나온 놈들이겠지?"

"거기까지는 잘 모르겠습니다. 더 이상 접근하기가 용이하지 않아서 대충 인원만 확인하고 돌아왔습니다. 죄송합니다."

초번이 송구하다는 듯 고개를 숙였다.

"죄송하기는. 괜찮아, 노호문에서 나설 것도 다 예상하고 있었으니까. 아무튼 수고했어. 잠깐 동안이겠지만 휴식을 취하도록 해. 무척이나 바쁜 밤이 될 것 같으니까 말이야."

그리 말을 하면서 다시 눕는 을지호의 눈은 어느새 감겨 있었다.

초번의 말대로 은하상회에 소속된 상단과 그들을 보호하기 위해 나선 장사표국의 표사들, 노호문에서 파견된 무인들은 채 일각이 지나지 않아 모습을 드러냈다.

물건을 나르는 열 마리 정도 되는 말과 일꾼들을 중간에 놓고 앞뒤로 상단에서 고용한 무인들과 장사표국의 표사들이 이들을 보호했다. 노호문의 고수들로 보이는 무인들은 일행의 맨 뒤에서 느긋하게 따라오고 있었는데 불안에 떨고 있는 다른 이들과는 달리 그들에게선 여유로움이 느껴졌다.

"이제 다 왔습니다. 저 봉우리만 넘으면 끝입니다."

국주인 형을 대신해 장사표국의 표사들을 이끌고 있는 대표두 우건생(于建生)이 상단의 책임을 맡고 있는 허운창(許雲蒼)에게 안심하라는 듯 미소를 띠며 말을 걸었다. 그러나 산을 오르는 내내 불편한 기색을 하고 있던 허운창의 얼굴에서 근심을 사라지게 할 수는 없었다.

"그리된다면야 오죽 좋겠습니까마는 왠지 불안하군요."

허운창이 쓴웃음을 지으며 대꾸했다.

"조금도 불안해하실 것 없습니다. 비록 준비가 부족해 몇 차례 좋지 않은 꼴을 당하기는 했으나 오늘만큼은 어림없습니다. 이렇듯 야간에 은밀히 움직이는 데다가 사안의 중요성을 감안해 특별히 많은 인원을 동원했고, 또 노호문에서도 고수들이 저희들을 보호하기 위해 따라오지 않았습니까? 그럴 리야 없겠지만 그 악도(惡徒)들이 또다시 표물을 노리고 덤빈다면 명년(明年) 오늘이 놈들의 제삿날이 될 것입니다."

우건생은 자신만만했다. 그럴 만도 한 것이 노호문에서 파견한 고수들은 비록 인원은 얼마 되지 않았지만 개개인이 모두 고수 소리를 듣는 대단한 무인들이었다. 특히 가장 뒤에서 따라오는 백발이 성성한 노인은 그의 사부이자 노호문의 다섯 장로(長老) 중 한 명으로 무공으로 따지자면 세 손가락 안에 드는 나름대로 대단한 인물이었다.

"후~ 그래도 걱정이 됩니다. 원체 대담하고 교활한 놈들이라……."

고개를 돌려 노호문의 무인들에게 잠시 시선을 던진 허운창이 한숨을 내쉬었다. 우건생이 아무리 장담해도 도무지 안심이 되지 않는 모양이었다.

"하하하, 걱정하지 마시래도요. 사부님께서 형님, 아니, 국주님의 요청을 받고 직접 움직이셨습니다. 그분이 계시는 이상 우리에게 위험은 없습니다."

우건생은 더 이상 논할 것이 없다는 듯 잘라 말했다. 그러나 그의 말이 끝나기가 무섭게 모습을 드러낸 을지호가 그의 말을 받아쳤다.

"어이구야, 이거 원 무서워서."

정체를 알리고 싶지 않은 듯 을지호나 함께 모습을 드러낸 강유, 초번, 뇌전 등은 하나같이 검은색 두건을 목까지 깊숙이 눌러쓰고 있었다. 겉으로 보이는 것은 두 눈과 코, 입뿐이었다.

"웬 놈이냐!"

가장 앞서 가던 무인들이 을지호를 발견하고 소리쳤다.

"말하는 싸가지들 하고는… 놈이라니!"

짐짓 노한 듯한 을지호의 음성이 들리고 동시에 가죽 터지는 소리와 함께 날카로운 비명이 깊이 잠들어 있던 악록산을 일깨웠다.

"적이다!"

"당황하지 말고 자리를 지켜라! 좌우를 경계하랏!"

을지호의 출현으로 모든 행렬이 일시에 멈추었다. 만반의 준비를 한 듯 일꾼들은 깜짝 놀라 투레질하는 말을 진정시키며 허겁지겁 한곳으로 모여들고 뒤따라오던 장사표국의 표사들은 혹시 있을 공격에 대비해 그들을 에워쌌다.

재빨리 혼란을 수습한 우건생이 앞으로 나서자 팔짱을 끼고 그들의 행동을 태연히 지켜보고 있던 을지호가 손을 흔들며 아는 체를 했다.

"여~ 이게 누구시오? 장사표국의 대표두 우건생 나리가 아니시오?"

을지호의 음성엔 이미 여러 번 안면이 있다는 듯 절로 반가움이 넘쳐 났다. 하나 을지호 등을 잡아먹을 듯한 눈으로 노려보는 우건생의 안면은 노여움으로 물들어 있었다.

"너무 그렇게 무서운 표정은 짓지 마시구려. 우리도 다 먹고 살자는 것인데. 그나저나 평소의 길과는 다르지 않소? 하마터면 엉뚱한 길에서 기다릴 뻔했소이다. 그래, 오늘은 어떤 물건을 운반하시기에 이토록 야심한 밤에 쥐새끼 담 넘듯 은밀히 행차하시었소? 괜찮은 물건이라면 혼자서만 꿀꺽하지 말고 우리에게도 조금 나누어 주시구려. 요즘 영 배가 고파서리."

가만히 듣고만 있어도 절로 짜증이 치밀고 울화가 스멀스멀 피어오르게 만드는 말을 을지호는 아무렇지도 않게 내뱉고 있었다. 상대의 기분은 조금도 생각하지 않는다는 듯, 아니, 오히려 부들부들 떠는 상대의 반응을 즐기려 하는지 그의 걸쭉한 입담은 한참이나 계속됐다.

을지호가 반응도 없는 상대를 두고 혼자 떠들기 민망했는지 잠시 말을 멈추자 우건생이 한마디 했다.
"다 지껄였느냐?"
"어이구, 이제야 말문이 트였구랴. 난 그사이 갑자기 벙어리가 되신 줄 알고 걱정했소이다."
"난……"
얄팍한 우건생의 입술이 옆으로 째지며 더욱 얇아지고 동시에 한줄기 조소가 피어올랐다.
"무척이나 바랐다. 사실 네놈들을 피하기 위해 애를 쓰면서도 한편으론 꼭 나타나 주기를 진심으로 바라고 또 바랐다."
"하하, 이것 참. 그동안 제법 정이 들긴 했지만 그렇게 보고 싶어할 줄은 미처 몰랐소이다. 이런 줄 알았으면 진즉에 찾아뵐 걸 그랬소이다. 하하하!"
을지호가 빈정거리며 딴죽을 걸었지만 서늘한 표정을 지으며 노려보는 우건생은 아랑곳하지 않았다.
"그래서 너무나 고맙구나, 엎드려 절이라도 올리고 싶은 만큼이나. 네놈들에게 당한 기억이 악몽이 되어 밤마다 괴롭혔는데 바로 오늘, 이 자리에서 그 수모를 갚을 수 있도록 해주어서."
을지호가 피식 웃음을 터뜨렸다.
"호~ 기대가 되는걸. 그런데 누가 수모를 갚겠다는 것이지? 당신이? 아니면 꾸어다 놓은 보릿자루보다 못한 저들이?"
"그렇게 보채지 않아도 된다. 네놈에게 염라지옥(閻羅地獄)을 보여줄 분은 따로 계시니라."
우건생의 고개가 뒤로 돌려졌다. 을지호의 시선도 그를 따라 이동했다. 그리고 그는 주변의 인원이 좌우로 갈라지며 그 사이로 한 무리의 무인들이 걸어오는 것을 볼 수 있었다. 맨 뒤에서 따라오던 노호문의 무인들이었다. 그들은 적이 눈앞에 있음에도 한껏 여유로운 걸음걸이로 다가왔다.

"저놈들입니다, 사부님."

우건생이 가장 늦게 나타난 노인을 향해 깊숙이 허리를 숙이며 말했다. 노인은 아무런 대꾸도 없이 날카로운 눈으로 한참 동안이나 을지호를 쳐다보았다.

"고작 도적놈들을 당하지 못해 도움을 청한다 여기고 일이 끝나는 대로 혼구멍을 내주려고 하였는데 너희들에겐 무리였겠구나. 나를 부르기를 잘했다."

"송구합니다, 사부님."

어쩔 수 없었다지만 사부의 힘을 빌리게 된 것이 못내 죄스러운지 우건생은 고개를 들지 못했다.

"네놈들은 누구냐?"

노인이 물었다.

"누구긴, 보면서도 모르시오? 도적놈들이지."

을지호가 심드렁하니 대꾸했다.

"내게 말장난 따위가 통할 것이라 보느냐? 어찌 일개 도적놈 따위가 네놈 같은 무공을 지닐 수 있단 말이냐? 보아하니 나머지 놈들의 기운도 제법이로구나. 단순히 도적질을 하려는 것은 아닐 터. 도대체 누가 너희들을 보낸 것이고 또 목적은 무엇이냐?"

"밝히면 어쩌시려오?"

노인은 생각할 것도 없다는 듯 간단히 대답했다.

"사실대로 말한다면 고통없이 죽여주마. 하나 거절한다면 인세에 더

할 수 없는 고통을 겪게 될 것이다."

"나~참. 어차피 죽이려고 하면서 무슨 생색을 내시려 하오. 그 제안은 거절하겠소."

"내 이름이 무적수(無敵手) 좌극(左極)이다."

갑자기 이름을 밝히는 노인의 말에 을지호는 어이없다는 듯 고개를 흔들고 조소를 보냈다.

"이 녀석 이름은 유적수(有敵手) 우극(右極)인데 형제인가 보구려?"

"……."

강유의 목덜미를 잡으며 말을 하던 을지호는 예상과는 달리 좌극이 아무런 반응도 보이지 않고 차가운 눈빛만을 발하고 있자 다소 민망한 표정으로 대꾸했다.

"험험, 그러니까 누가 물어보지도 않았는데 난데없이 이름을 밝히라고 했소? 뭐, 이름을 밝히면 겁을 먹을 줄 알았나 본데 내가 생각하기엔 어디 뒷골목에서나 써먹으면 딱 좋을 대사 같구려."

"저, 저, 죽일 놈이 감히!"

노인의 뒤에서 입을 다물고 있던 우건생이 자신도 모르게 소리쳤다. 황당해도 이런 황당한 일이 없었다.

무적수 좌극이 누구던가.

노호문의 장로라는 직함을 떠나 호남성에선 그 적수를 찾아보기 힘든 고수였다. 별다른 무기도 없이 오직 두 팔을 도검(刀劍) 삼아 수없이 많은 적과 자신에게 도전해 오는 강력한 고수들을 물리치고 지금의 위치에 오른, 청년기에 몇 번의 비무에서 패한 이후 다시는 패배를 모르는 불패(不敗)의 승부사(勝負士)가 바로 그였다. 무공을 익힌 이들은 말할 것도 없고 짐을 짊어지고 따라온 일꾼들까지 좌극의 명성을 모르는 이가 없을 정도였다.

그런 좌극을 마치 뒷골목 시정잡배와 동일시 취급하는 것이었으니 이토록 기막힌 일이 어디 있겠는가.

대부분이 노호문 출신인 장사표국의 표사들은 물론이고 좌극을 따라온 무인들도 더할 나위 없는 모욕감을 느끼며 당장에라도 공격을 퍼부을 듯 살기를 뿜어댔다. 하나 지금껏 받아본 적이 없는 모욕을 당했으면서도 좌극은 화를 내지 않았다. 도리어 차갑게 가라앉은 눈으로 입을 열었다.

"다시 한 번 기회를 주겠다. 누가 보낸 것이냐?"
"귀가 먹은 모양이구려. 제안은 이미 거절한다고 말했소만."
"……."

두 번의 제안이 끝내 거절당하자 안 그래도 살벌한 좌극의 눈빛이 싸늘히 식어갔다.

아무리 기억을 더듬어봐도 상대를 눈앞에 두고 지금처럼 많은 말을 해본 적이 없는 것 같았다.

"쓸데없는 짓을 했군."

그랬다. 목숨만 붙어 있으면 듣고자 하는 것은 언제라도 들을 수 있었다. 가장 편하고 손쉬운 방법을 두고 괜스레 쓸데없는 짓을 했다는 생각이 들었다. 이제는 그런 수고를 하게 한 상대에게 대가를 받아낼 때였다.

슬쩍 뒤로 고개를 돌린 좌극이 입술을 모으고 가볍게 휘파람을 불었다. 그다지 클 것도 없는 휘파람 소리였다.

바로 그 순간, 한가로이 서 있는 을지호의 귓가에 초번의 조그마한 음성이 날아들었다.

"혈랑(血狼)으로 주군을 시험할 것입니다."

좌극은 무적수라는 별호 외에 혈랑이라는 별호 또한 지니고 있었다. 늘 두 마리의 늑대를 데리고 다닌다 하여 그리 불리게 된 것인데 그는 자신이 손쓸 가치도 없다고 판단되거나 혹은 본격적인 공격에 앞서 직접 훈련시킨 혈랑으로 상대의 무공을 시험해 보곤 했다.

육건이 을지호를 위해 준비한 두 권의 책자엔 그런 좌극의 특징이 간략하게 기록되어 있었다. 책의 내용을 암기한 초번은 본격적인 행동에 앞서 그 내용들을 을지호에게 일러두었지만 혹시 몰라 또다시 언급한 것이다.

"염려하지 마, 기억하고 있으니까."

을지호는 초번의 세심한 배려에 고마워하며 고개를 끄덕였다. 과연 초번의 말대로였다.

좌극의 신호가 있기가 무섭게 무리의 후미에서 두 마리의 혈랑이 맹렬한 기세로 달려왔다. 그리곤 좌극의 곁에 멈춰 서더니 을지호를 향해 이빨을 세우고 으르렁거렸다.

유난히 붉은빛이 감도는 털에선 반지르르한 윤기가 흐르고 살짝 벌린 입에서 보이는 이빨은 송곳보다 날카로워 보였다. 거기에 무성한 다리의 털로 인해 거의 드러나 있지는 않았지만 예리한 강철이라도 단숨에 찢어발길 정도의 발톱은 또한 혈랑이 자랑하는 무기였다.

"우선 네놈의 실력을 보겠다."

혈랑이 네 다리를 앞뒤로 교차시켜 가볍게 구부리고 살짝 자세를 낮추는 것으로 공격의 준비를 갖추자 머리를 쓰다듬으며 전의를 북돋우던 좌극이 혈랑의 목덜미를 살짝 치며 소리쳤다.

"가라. 놈을 마음껏 요리해 보거라."

혈랑은 움직이지 않았다.
"공격해."
좌극이 다시 한 번 신호를 보냈다. 하지만 좌극의 공격 명령이 떨어진 이후에도 혈랑은 처음의 자세에서 조금의 미동도 없었다. 그저 털을 곤두세우고 무시무시한 살기를 뿜어대며 으르렁거릴 뿐이었다.
"공격을 하라……."
짜증나는 음성으로 혈랑을 다그치려던 좌극이 짧은 침음성과 함께 입을 다물고 말았다.
한껏 살기를 드러내며 으르렁거리고는 있었지만 그것은 상대를 공격하기 위한 것이 아니라 오히려 공격받기를 두려워하는 모습이었다. 털을 세우고 이빨을 보이는 것도 약세를 감춰보려고 하는 발악일 뿐 아래로 처진 꼬리는 지금 혈랑이 겁을 집어먹고 있다는 것을 증명하고 있었다.
'겁을 먹었단 말인가! 혈랑이?!'
도저히 믿을 수가 없는 일이었다.
지금껏 그 어떤 상대와 대적을 하더라도 혈랑이 겁을 먹는 것을 본 적이 없었다. 웬만한 고수 정도는 가볍게 제압하고 심지어 백수의 제왕이라는 호랑이를 상대할 때에도 마치 강아지를 데리고 놀듯 농락하지 않았던가. 그런 혈랑이 공격 명령을 내렸음에도 거부할 정도로 겁을 먹고 있는 것이었다.
머리끝까지 화가 치민 좌극이 혈랑의 목덜미를 잡았다. 그리곤 목뼈가 부러질 정도로 세게 움켜잡았다. 숨이 막히는 것인지 아니면 목뼈를 움켜쥔 손을 통해 전해오는 주인의 분노를 느낀 것인지 아래로 축 처졌던 혈랑의 꼬리가 수직으로 세워졌다.

좌극이 혈랑의 목에 가했던 힘을 풀고 재차 명령을 내렸다.
"가라!"
좌극의 손에서 풀려난 혈랑은 한껏 움츠렸던 몸을 활짝 펴며 마치 용수철이 튕겨 나가듯 날랜 동작으로 도약을 했다.
좌극과 을지호와의 거리는 약 오 장 정도였다. 단 한 번의 도약으로 그 거리를 좁혀 버린 혈랑은 을지호를 향해 달빛을 받아 새하얗게 빛나는 이빨을 들이댔다. 이미 만반의 준비를 하고 있던 강유 등이 을지호의 앞을 막아서려고 했지만 그럴 필요가 없었다.
을지호의 코앞까지 이르렀던 혈랑이 갑자기 급정거를 하여 땅에 내려서더니 뜀뛰기를 하듯 두어 걸음 뒤로 물러났다. 그러더니 땅에 바짝 엎드려 뭔가를 노려보는 것이 아닌가.
"뭐, 뭐야?"
"저것들이 약을 처먹었나? 왜 이랬다저랬다 하고 있어."
도리어 무안해진 것은 을지호를 보호한답시고 수선을 편 강유와 뇌전이었다. 황당해하며 저마다 한소리를 한 그들은 혈랑이 어째서 공격을 멈추었는지 이해할 수 없다는 표정으로 물러났다.
사실 이해하지 못하는 것은 그들뿐만이 아니라 공격 명령을 내린 좌극 또한 마찬가지였다. 오직 을지호만이 그 이유를 알고 있었다.
크르르릉.
혈랑이 마치 거대한 적을 만났다는 듯 거칠게 울부짖었다. 바로 그 순간, 뭔가가 을지호의 어깨를 살짝 스치며 혈랑을 향해 날아갔다.
을지호는 그 물체의 정체를 알고 있었다는 듯 살짝 미소를 지었다.
"처, 철왕?"
을지호의 바로 옆을 지키다 뒤에서 급작스레 들이닥치는 기척에 기접하며 몸을 틀던 강유가 그것의 정체를 알아보고 자신도 모르게 소리치고 말았다.

을지호의 곁을 스쳐 간 철왕은 혈랑의 이빨과 견주어도 조금의 손색도 없는, 아니, 위력으로 따지자면 상대가 되지 않을 발톱을 앞세우며 혈랑을 노렸다.

혈랑도 가만히 당하고 있지만은 않았다. 오랜 훈련으로 숙련이 된 듯 좌우로 재빨리 산개하여 철왕의 공격을 피하더니 동시에 몸을 틀어 철왕의 뒤를 노렸다. 그러나 혈랑의 움직임은 철왕의 빠름을 잡지 못했다. 오히려 공격이 실패하자마자 공중으로 부상하여 역으로 회전을 한 철왕에게 덜미를 잡히고 말았다.

크헝!

최초 좌측으로 피했던 혈랑의 입에서 고통스런 울부짖음이 터져 나오더니 달리던 힘을 이기지 못하고 그대로 꼬꾸라지고 말았다. 육중한 몸이 쓰러지며 내는 소리에 주변의 나무가 흔들릴 정도였다.

단 한 번의 공격으로 자신보다 몇 배나 되는 혈랑을 절명시킨 철왕이 혈랑의 머리에 깊숙이 박아 넣은 발톱을 뺄 생각도 하지 않고 날개를 활짝 편 자세로 또 다른 혈랑을 노려보았다. 가히 제왕의 풍모였다.

늑대의 특성상 피를 보면 더욱 미쳐 날뛰게 마련이었지만 살아남은 혈랑은 감히 덤빌 생각을 하지 못하고 그 즉시 꼬리를 말더니 좌극에게로 도망치고 말았다.

괴사(怪事)였다.

혈랑은 좌극의 명성 못지않게 널리 알려진 영물이었다. 그런 혈랑이 오 분지 일도 되지 않는 덩치의 철왕에게 철저하게 당한 것이었다.

누구라고 할 것도 없이 모든 사람들이 저마다 입을 벌리고 눈앞에

악록산(岳麓山) 55

벌어진 일에 경악을 금치 못했다. 물론 누구보다 충격이 큰 사람은 혈랑을 직접 훈련시키고 자랑스러워했던 좌극 본인이었다.

"멍청한!"

화가 머리끝까지 치민 좌극은 다리를 들어 꼬리를 말고 도망쳐 온 혈랑의 머리를 그대로 밟아버렸다. 혈랑은 비명도 지르지 못하고 머리가 박살나고 말았다.

자신이 상대해야 할 혈랑을 좌극이 죽인 것이 못마땅했는지 신경질적으로 발톱을 뺀 철왕이 좌극을 향해 천천히 날아오를 때였다.

"까불지 말고 돌아와."

을지호가 철왕을 불러 세웠다. 철왕은 그 즉시 방향을 틀더니 을지호의 어깨에 내려앉았다.

"미, 믿어야 합니까?"

초번이 부드러운 손길로 철왕을 쓰다듬는 을지호에게 물었다.

"뭘?"

"철왕이 강하다는 것은 알고 있었지만 설마 이 정도일 줄은 몰랐습니다."

"강한 것도 강한 것이지만 저놈들이 너무 약한 것 아냐?"

뇌전이 재빨리 끼어들며 말했다. 그러자 초번이 당치도 않다는 듯 고개를 가로저었다.

"혈랑은 웬만한 고수도 간단히 상대한다고 소문난 무서운 짐승이야. 주인인 좌극이 무적수라는 별호를 놔두고 혈랑이라는 별호로 더 잘 알려져 있을 정도였으니까. 약하다니? 말도 안 되는 소리지."

"그래? 흠, 내가 보기엔 그저 미친 강아지처럼 보였는데."

뇌전이 덩치에 비해 너무도 허망하게 목숨을 잃은 혈랑을 한심해하며 말했다.

"쯧쯧, 철왕에게 그렇게 당한 주제에 무슨 말이 그리 많누? 내 누누이 말했잖아, 이놈 꽤 강하다고. 호랑이 중의 호랑이라는 장백산 대호(大虎)도 철왕에겐 꼬리를 말고 도망간다. 하물며 저깟 늑대 두 마리야 문제도 아니지. 괜스레 쓸데없는 소리를 늘어놓아서 심기를 불편하게 하지 마라. 그래도 제 딴에는 뭔가를 보여줬다고 기분 좋아하는데 그런 식으로 딴죽을 걸면 뒤에 너만 괴롭다."

을지호의 말마따나 슬그머니 뇌전을 노려보는 철왕의 기세가 심상치 않았다. 그제야 자신이 누구를 건드리고 있다는 것을 상기한 뇌전이 황급히 헛기침을 하고 고개를 돌리고 말았다.

"자, 어쨌든 성난 주인이 기르던 짐승의 앙갚음을 하겠다고 나서는 것 같으니 이쪽에서도 상대해 주어야겠지."

어깨를 움찔하는 것으로 철왕을 날려 보낸 을지호가 자신을 향해 천천히 걸어오는 좌극을 상대하기 위해 걸음을 옮겼다.

"하하, 아무리 화가 나기로 죄없는… 헛!"

너털웃음을 지으며 말을 건네던 을지호는 예고도 없이 들이닥치는 좌극의 신형에 깜짝 놀라며 재빨리 몸을 틀었다. 좌극의 우수(右手)가 을지호의 복면에 닿을 듯 스쳐 지나갔다. 간발의 차이로 빗나간 공격이 아쉬울 만도 하건만 당연히 그럴 줄 알았다는 듯 몸을 돌리는 좌극의 얼굴엔 별다른 표정이 떠오르지 않았다.

아무리 적의를 가진 상대와의 싸움이라도 여러 인원이 함께 어울려 싸우는 혼전이 아닌 이상 어느 정도 예를 차리는 것이 일반적이었다. 특히 나이가 많고 연배가 높거나 스스로 강자라 생각하는 사람은 상대에게 선수(先手)를 양보하는 것이 관례라면 관례였다.

그러나 철왕이 그랬든 아니면 분을 삭이지 못해 스스로가 그랬든 너무도 어이없게 혈랑을 잃고만 좌극에겐 그런 여유가 없었다. 그저 한없이 건방지고 오만하기만 을지호를 단숨에 해치워 끓어오르는 노화를 조금이나마 잠재우겠다는 열망만이 자리 잡고 있을 뿐이었다.

"이거야 원, 급하기도 하시지."

좌극이 체면도 차리지 않고 그토록 전격적으로 공격할 줄은 몰랐다는 듯 감탄 아닌 감탄을 한 을지호가 풍혼을 꺼내 들며 자세를 잡았.

받은 것이 있으면 돌려주는 것이 도리였고 을지호는 누구보다 그런 원칙을 철저하게 지키는 사람이었다.

"퍽이나 빠르고 위협적인 공격이었소. 하마터면 심장이 오그라들 뻔하지 않았소. 그럼 이번엔 내 공격을 받아보시구려. 이엿차!"

짧은 기합성과 함께 몸을 띄운 을지호는 조금 전 상대가 보여주었던 빠름과 견주어 조금도 손색이 없는 몸놀림으로 좌극을 향해 짓쳐들었다. 빠른 몸놀림과는 대조적으로 우아하게 반원을 그린 풍혼이 탐색이라도 하듯 느릿느릿하게 좌극을 노렸다. 하지만 검이 들이닥치기도 전에 이미 검에서 발출된 한줄기 기운이 좌극의 요혈을 위협했다.

을지호가 결코 만만치 않은 상대라는 것을 몸으로 느끼고 있던 좌극도 한껏 기운을 끌어올려 만반의 준비를 갖추고 있었다.

좌극이 양팔을 크게 휘저었다.

꽈꽈꽝!

허공에서 을지호의 검기와 그것을 막기 위해 좌극이 발출한 기운이 충돌하며 상당한 굉음이 울려 퍼졌다. 그 굉음이 미처 사라지기도 전에 좌극의 우측 옆구리를 노리던 풍혼과 좌극의 손이 부딪쳤다. 엄밀히 말하자면 손이 아니라 넉넉한 팔소매였는데 당연히 잘려 나가리라는 모든 이의 예상을 비웃기라도 하듯 강철같이 단단해진 팔소매는 풍혼을 너무나 쉽게 막아냈다.

"훗, 대단하구려."

무기도 없이 단지 팔소매에 기를 불어넣어 자신의 공격을 막아낸 좌극의 실력에 진심으로 감탄한 을지호가 한 걸음 물러나며 탄성을 내뱉었다. 그러나 감탄할 여유가 없었다. 수세에 있던 좌극이 곧바로 공세로 돌아섰기 때문이다.

단 두 걸음으로 을지호를 따라붙은 좌극이 주먹을 내뻗었다. 순간 그와 을지호의 사이에 순식간에 수십 개의 권영(拳影)이 만들어졌다.

"헛! 벌써 유성권(流星拳)을 쓰시는가!"

초조하게 싸움을 지켜보던 우건생이 화들짝 놀라며 소리쳤다.

유성권.

무적수라는 지금의 명성을 누리도록 만들어준 좌극의 독문무공(獨門武功)이었다. 주먹질 한 번에 모든 생명체를 말살한다는 필살의 무공으로 그 살상력이 너무나 뛰어나 좌극조차도 일생의 호적수를 만나지 않으면 웬만해서는 쓰지 않는다는 무공이 바로 유성권이었다.

"저놈이 그토록 강하단 말인가. 사부께서 유성권을 쓰실 정도로?"

싸움을 시작한 지 얼마 되지 않아서 유성권을 쓴다는 것은 무엇을 의미하는 것인가? 좌극이 을지호를 일생일대의 적수로 인정한다는 소리였다. 을지호를 단지 제법 실력이 있는 도적으로만 여겼던 우건생으로선 감히 상상도 하지 못할 일이었다.

'대단한데.'

을지호가 침을 꿀꺽 삼키며 풍혼을 끌어 올렸다.

초번으로부터 다른 것은 몰라도 유성권에 대해서만큼은 주의를 기울여야 한다는 말을 듣기는 했지만 그저 귓등으로만 흘렸었다. 한데 직접 보니 '과연'이라는 말이 절로 나올 정도로 대단한 위력을 지닌 것이 아닌가.

허(虛)와 실(實)이 교묘하게 교차되어 도저히 무엇이 허고 실인지 알아보기 힘들었다. 허공을 수놓은 수십의 주먹 중 분명 실체는 몇 개가 되지 않을 것이건만 저마다에 힘이 실려 있는지 타격을 입히기는 매한가지였다. 더구나 그 속도가 가공할 정도로 빨랐다.

직접 부딪치지 않고 연신 뒷걸음질치면서 주먹의 사정권을 벗어나려 하였지만 마치 눈이라도 달린 것처럼 쫓아오는 주먹을 보며 을지호는 더 이상 피하는 것만이 능사는 아니라는 알았다.

"젠장, 모르겠으면 구별하지 않으면 될 것 아냐!"

걸음을 멈춘 을지호가 냅다 소리를 지르며 풍혼을 풍차처럼 휘둘렀다. 허와 실을 구별할 수 없다면 그 모든 것을 실체라 여기고 막아내면 그만이었다. 물론 눈을 혼란시키며 밀려오는 주먹을 단숨에 막아낼 수 있을 때나 가능한 것이었지만 그다지 문제될 것은 아니었다.

꽈꽈꽈꽝!

두 기운이 정면으로 맞부딪치며 일으키는 충격파는 상당히 요란스러웠다. 충돌의 힘을 이기지 못해 둘 사이의 땅거죽이 갈라지고 지면에 있던 흙과 자갈들이 일제히 비산을 시작했다. 어쩌면 그것들 하나하나가 매서운 암기가 될 수 있었지만 다행히 멀리 떨어져 있던 사람들은 얼른 몸을 숙이는 것으로 위험을 벗어날 수 있었다.

"으음."

채 가라앉지 않은 먼지 사이에서 짧은 신음성이 터져 나왔다.

단 한 번의 공격으로 끝내겠다고 혼신의 힘을 쏟았던 좌극이 비틀거리며 내뱉은 신음성이었다. 어느새 그의 입가엔 한줄기 핏물이 흐르고 있었다.

그런 좌극의 모습에 경악을 금치 못한 사람들의 눈이 상대인 을지호에게 향했다. 좌극이 내상을 입고 비틀거릴 정도라면 상대는 그 이상의 대가를 치렀을 것이다. 그리고 그들의 예상대로 먼지 사이로 드러난 을지호의 모습은 형편없었다.

충격을 이기지 못했는지 입고 있던 옷이 흉하게 찢어져 버렸고 고개를 푹 수그리며 한 자루 검에 의해 간신히 지탱하고 있는 신형은 당장에라도 쓰러질 듯 위태위태했다.

"와아!"

조마조마한 심정으로 결과를 지켜보던 장사표국과 은하상회의 사람들이 일제히 함성을 내질렀다. 한껏 환호성을 지르는 것이 승리를 확신하는 모습들이었다. 이와는 반대로 강유 등은 기절할 듯 놀라는 표정을 짓다가 흠칫하더니 곧 안도의 한숨을 내쉬었다. 그들의 귓가에 을지호의 전음이 날아들었기 때문이다.

[쉿! 나는 멀쩡하니까 요란 떨지 말고 가만히 있어. 헛고생하게 만들지 말고.]

힘들게 하는 연극이 행여나 망쳐질까 염려하여 강유 등에게 재빨리 전음을 보내 안심시킨 을지호는 연신 거친 숨을 내뱉으며 좌극을 노려보았다.

'흥, 교활한 늙은이 같으니. 제법 대단하다 여기고 있었건만 그 따위 암수(暗手)를 숨겨놓고 있었다니.'

겉으로 보이는 것과는 달리 유성권에는 눈에는 보이지 않는 또 다른 공격이 숨어 있었다. 그것은 다름 아닌 독이었다. 강맹하고도 현란한 공격으로 눈을 속이고 치명적인 독을 은밀히 풀면서 상대를 중독시켜 무력화시키는 것이다.

을지호도 직접 부딪치고 나서야 알아차릴 정도였으니 좌극이 얼마나 신중히 하독(下毒)을 하는지 짐작할 만했다. 특히 독의 신랄함은 만독불침(萬毒不侵)의 경지에 이른 그도 치를 떨 정도였다.

'이따위 비겁한 잔수에 얼마나 많은 사람들이 당했을까.'

무적수 좌극이라는 명성을 얻기까지 정당하지도 않은 암수에 희생된 사람이 얼마일까를 생각하자 당장에라도 물고를 내야 속이 풀릴 것 같았다. 하지만 지금 당장은 아니었다.

"으으으."

간신히 고개를 쳐든 을지호가 무슨 말인가를 하려는 듯했지만 주변의 사람들에게 들리는 소리란 그저 고통의 신음 소리뿐이었다. 물론 좌극에게만은 예외였다.

[어이, 영감. 고작 한다는 짓이 그런 비겁한 짓이오?]

갑자기 들려온 전음에 깜짝 놀란 좌극은 믿을 수 없다는 표정으로 을지호를 쳐다보았다.

[왜? 너무 멀쩡해서 이상한 모양이외다. 그럼 내가 그 따위 독에 당할 줄 알았소?]

비틀거리며 힘겹게 몸을 일으키는 모습과는 달리 좌극에 들려온 을지호의 음성은 힘에 찬, 그러면서도 한껏 조롱이 담긴 것이었다.

"헛소리 늘어놓지 말고 지옥으로 꺼져라!"

놀림을 당하고 있다는 것을 깨달은 좌극이 입에 거품을 물며 손을 휘저었다.

파라척결(爬羅剔抉)이라는 초식으로 맹수가 먹이를 낚아채는 모습처럼 손가락과 손톱을 세워 갈고리의 형상을 만든 좌극은 을지호의 몸을 단숨에 찢어버리겠다는 듯 맹렬한 기세로 달려들었다.

을지호는 거의 무방비 상태로 서 있었다. 최소한 사람들의 눈엔 그렇게 보였다. 좌극을 응시하는 그의 눈빛이 소름이 끼칠 정도로 냉정하게 가라앉아 있다는 것을 아는 사람은 없었다.

을지호는 자신의 머리와 목을 노리며 날아오는 좌극의 손이 피부에 닿을 때까지도 움직이지 않았다. 그런 행동을 보며 좌극은 지금껏 을지호가 보여주었던 말과 행동이 모두 다 허풍이었다고 느끼며 회심의 미소를 지었다.

바로 그 순간이었다.

가만히 서 있던, 모두의 눈에 꼼짝 못하고 당할 것이라 여겼던 을지호의 어깨가 살짝 들썩였다. 동시에 힘없이 늘어뜨렸던 풍혼에서 미묘한 떨림이 있었다. 그리고 좌극이 미처 반응도 하기 전에, 사람들이 처참하게 쓰러질 을지호의 모습을 떠올리는 그 찰나의 순간에 풍혼은 좌극의 단전을 뚫고 들어가 등까지 단숨에 꿰뚫어 버렸다.

"커, 커, 컥!"

찢어질 듯 부릅뜬 눈, 고통에 절로 벌어진 입, 힘없이 늘어진 두 팔, 무엇보다도 자신에게 닥친 상황을 이해할 수 없었던, 을지호에게 안겨 천천히 무너지고 있는 좌극은 무슨 말인가를 하려는 듯 턱을 떨었지만 정작 입 밖으로 나온 소리는 아무것도 없었다.

[이럴 생각까지는 없었소. 후~ 당신이 독을 사용하지 않고 정정당당하게 싸웠다면 그만한 대우를 해주었을 것이오. 물론 결과는 변하지 않겠지만 말이오.]

좌극의 신형과 함께 무너지던 을지호가 조용히 전음을 보냈다. 아쉽게도 이미 절명한 좌극은 그의 말을 들을 수가 없었다.

　모두들 어떤 일이 벌어졌는지 알지 못했다. 단지 그들이 뇌리에 떠올린 것은 좌극이 더할 나위 없이 매서운 공격으로 을지호를 끝장내려 했다는 것과 이미 한 번의 충돌로 모든 힘을 잃은 을지호가 우두커니 서서 그 공격을 맞이했다는 것, 그리고 그 결과는 당연히 그의 죽음으로 귀결되리라는 것이었다. 하지만 그들이 예상한 결과는 철저하게 빗나가고 말았다. 한데 엉켜 쓰러진 좌극과 을지호, 그런데 유난히 눈에 띄는 것은 좌극의 등을 뚫고 튀어나온 한 자루 검이었다.

　"저, 저⋯⋯."

　"사, 사부님⋯⋯."

　악몽과 같은 일이었다.

　대항은커녕 움직이지도 못하는 상대의 검에 목숨을 잃는 말도 안 되는 일이 일어난 것이다. 사태를 정확히 파악하는 사람은 아무도 없었다. 그러나 빠르게 식어가는 좌극의 몸을 옆으로 누이며 을지호가 힘겨운 표정으로 일어나자 믿기지 않았던 악몽은 현실이 되어버렸다.

　잠깐 동안의 침묵이 사위를 휘감았다.

　그것은 곧 이어 닥칠 폭풍의 전주곡(前奏曲)이나 마찬가지였다.

　"네, 네놈이!"

　"죽여랏!!"

　우건생을 필두로 분노에 휩싸인 노호문의 무인들과 장사표국의 표사들이 을지호에게 달려들었다. 그들 누구도 을지호의 진정한 실력을 의심하려 하지 않았다. 좌극의 압도적인 우세를 보았기에 그저 운이 좋았을 뿐이라 여기고 있었다. 단 한 사람을 제외하고는.

　강유는 아무런 움직임도 없이 천천히 검을 회수하고 있는 을지호를 뚫어져라 쳐다보고 있었다.

'무, 무심지검(無心之劍)이었어.'

배우기는 했어도 지금껏 제대로 펼쳐 보지 못한, 을지호의 충고로 결국 포기하고 만 무공. 확실치는 않아도 분명 무심지검이었다.

'저, 정도일 줄이야……'

좌극의 공격이 을지호의 몸에 적중하려는 순간 강유는 걱정하지 않을 수 없었다. 아무리 을지호의 실력을 믿고 있었지만 좌극의 공격은 그런 믿음을 의심하게 만들 정도로 위력적이고 빨랐다. 그런데 그와 같이 날카롭고 무시무시한 공격을 단숨에 무위로 만들어 버리는 무공이라니…….

"한줄기 빛과 같았어, 내가 본 것이 틀리지 않다면."

꽉 쥔 주먹에 땀이 흥건히 고인 것을 의식도 하지 못하고 중얼거린 강유는 산천초목(山川草木)을 울리는 초번과 뇌전의 함성 소리에 겨우 상념에서 깨어날 수 있었다.

"후우, 아무튼 지금은 다른 생각을 할 때가 아니지."

길게 한숨을 내쉬고 좌우로 머리를 흔든 강유는 언젠가 무심지검을 능가하는 쾌검을 익히겠다는 열망을 가슴 깊숙한 곳에 잠시 숨겨두었다. 그리곤 그 역시 싸움에 끼어들기 위해 검을 치켜세웠다.

"간다!"

초번과 뇌전에 이어 강유마저 싸움에 끼어들자 장내는 극도의 혼란에 사로잡혔다.

싸움은 서로의 우열을 조금도 가릴 수 없을 정도로 무척이나 치열했다. 좌극을 잃은 노호문의 무인들과 장사표국의 표사들은 자신들의 목숨을 도외시하며 집요하게 을지호를 노렸고 은하상회에서 고용한 무인들 역시 책임을 다하기 위해 그들과 함께 포위 공격을 했다. 하나 초번과 뇌전은 눈 하나 깜짝하지 않았다. 을지호의 지도를 받으며 나날이 무공이 늘어가던 그들은 자신들의 몇 배나 되는 적을 상대로 힘겨운 싸움을 하기는 했어도 일방적으로 밀리지는 않았다.

그들은 산길이라는 지형적 특수성, 싸움을 할 수 있는 공간이 그리 넓지 않기에 많은 수를 상대하기가 몹시 용이하다는 점을 이용하여 적절히 방어했다. 특히 강유가 전면에 뛰어들어 상대적으로 개개인의 무공이 고강했던 노호문의 무인들을 상대하자 한결 여유있는 모습이었다.

싸움은 별다른 변화 없이 그렇게 일각이란 시간 동안 계속 이어졌다.

"더 이상은 안 되겠군."

싸움과는 상관없이 마치 몸을 회복시키는 척 지그시 눈을 감고 전황을 살피던 을지호가 시간이 흐를수록 자꾸만 쓰러지는 사람들을 지켜보며 두 눈을 찌푸렸다. 그리고 더 이상 쓸데없이 인명이 살상되는 것을 좌시할 수 없다고 생각했는지 고개를 좌우로 크게 돌리고 한쪽 어깨를 주무르면서 천천히 걸음을 옮겼다.

을지호가 우선적으로 노린 사람들은 노호문의 무인들이었다. 그 수가 많지는 않았지만 상대의 가장 중요한 전력이기에 그들을 제압하는 것이 최대한 빨리 싸움을 끝내는 방법이라 여겼기 때문이다.

"큭!"

맹렬하게 검을 휘두르던 사내 한 명이 입을 쩍 벌리며 고개를 돌렸다. 그리고 그는 언제 접근했는지 도저히 알 수 없었던, 자신을 향해 싱긋 웃음을 지으며 손을 흔드는 을지호를 보며 정신을 잃고 말았다.
"조, 조심해라."
그렇지 않아도 강유 한 명을 어쩌지 못해 고심하던 노호문의 무인들은 을지호의 등장에 움찔하며 황급히 뒤로 물러났다.
"형님!"
계속되는 합공에 기진맥진했던 강유가 반기며 소리쳤다.
"애썼다. 이제 이들은 내가 상대할 테니까 너는 저쪽이나 가서 도와줘라."
을지호가 가리킨 곳은 표사들을 상대로 치열한 격전을 펼치고 있는 뇌전과 초번이 있는 곳이었다. 강유는 토를 달지 않고 몸을 날렸다.
강유가 뒤로 사라지는 것을 느끼며 을지호는 풍혼을 비스듬히 세우고 턱을 치켜들었다.
"귀찮으니까 한꺼번에 덤벼."
그 기세가 심상치 않다고 여겼는지 노호문의 무인들은 쉽사리 움직이지 못했다.
"오지 않는다면 내가 가는 수밖에."
이미 끝내기로 한 싸움이었다. 결심을 굳힌 을지호는 상대의 반응이 어떻든 상관하지 않았다.
말이 끝나기가 무섭게 노호문의 무인들에게 육박한 을지호가 풍혼을 휘두르며 공격을 시작했다.
"커흑!"
가장 앞서 있다 얼떨결에 검을 휘두른 사내는 손아귀가 찢어질 듯한 통증을 느끼며 검을 놓치고 말았다. 그리고 곧 자신의 아랫배를 파고드는 묵직한 기운에 힘 한번 써보지 못하고 자리에 주저앉았다.

사내의 배 깊숙이 발을 쑤셔 넣었던 을지호가 쓰러지는 사내의 어깨를 디딤돌 삼아 재차 도약을 하고 다음 상대를 향해 득달같이 달려들었다.
"주, 죽여랏!"
"장로님의 원수를 갚자!"
 이를 악문 노호문의 무인들이 정신을 차리고 반격을 하려 했다. 그들은 강유를 상대할 때와 마찬가지로 을지호를 포위하여 공격하고자 좌우로 크게 벌리며 하나의 원을 만들기 위해 노력했다. 하지만 애당초 을지호는 강유와는 차원이 다른 고수였다. 왼쪽에 있는가 싶으면 어느새 오른쪽에서 모습을 드러내고, 오른쪽으로 시선을 돌리며 이미 그들의 배후에 있었다. 포위 공격을 하려 했던 노호문의 무인들이 오히려 을지호 한 사람에게 포위당한 형국이었는데… 그 결과는 실로 참담했다.
 을지호가 지나간 곳에 멀쩡히 서 있는 사람이 없었다. 검이란 검은 모조리 두 동강이 나거나 힘없이 튕겨져 나갔고 저마다 어깨며, 가슴, 배 등을 붙잡고 나뒹굴었다. 가히 추풍낙엽(秋風落葉)이라는 말이 적절할 만큼 일방적인 싸움이었다.
"흠, 끝났군."
 마지막 사내의 정강이를 걷어차 온 산이 떠나가라 비명을 지르게 만든 을지호가 신형을 멈추고 사위를 훑어보았다. 그의 앞에 대략 십여 명이 넘는 노호문의 무인들이 고통의 신음성을 흘리며 땅바닥을 기고 있었다. 그런 상황이 만들어지기까지 걸린 시간이 고작 반 각. 그다지 힘들 것도 없었는지 을지호의 이마엔 땀 한 방울 흘러내리지 않았다.
"흠……"

무심한 눈빛으로 그들을 쳐다보던 을지호가 고개를 돌리더니 입술을 달싹였다. 잠시 후 치열하게 다투는 함성 소리, 비명, 병장기가 부딪치며 내는 충돌음과는 확연히 구별되는 파공음이 어둠만이 존재하는 숲에서 쏟아져 나오기 시작했다.

쉬이이익.

휘리리릭.

"아, 암습이다!"

"화살이다! 화살을 조심해라!"

마른하늘에 날벼락이었다. 그렇지 않아도 힘겹게 싸움을 하고 있던 장사표국의 표사들과 은하상회의 호위 무사들은 갑자기 날아온 화살에 기겁하지 않을 수 없었다.

"시작됐군."

어느새 검을 물린 강유 등이 한 발짝 뒤로 물러나며 의미심장한 웃음을 교환했다.

쉬이이익.

화살은 잠시도 쉬지 않았다. 수십 명의 궁수가 날리는 화살인 듯 장내엔 쏟아지는 화살의 양이 장난이 아니었다. 어찌나 많은 화살이 날아오는지 그 소리가 온 산을 뒤덮었다. 화살을 피하기 위해 악을 쓰고 내뱉는 비명도 날아오는 화살 소리에 모두 묻혀 버리고 말았다.

"으으으."

우건생은 정신이 하나도 없었다. 믿고 있던 사부는 어이없이 목숨을 잃었고, 노호문의 무인들 또한 크게 당해 제대로 움직이는 사람이 없었다. 거기에 난데없이 시작되어 끊임없이 쏟아지는 화살의 위협이 보통이 아니었다.

"윽!"

날카로운 소성과 함께 우건생의 허벅지에 화살 하나가 날아와 박혔다. 뼈를 깎는 고통이 전신을 휘감았다.

그의 뇌리에 '몰살'이라는 단어가 떠올랐다.

'아, 안 돼!'

무슨 일이 있어도 그것만큼은 막아야 했다. 훗날을 기약하는 것도 목숨이 붙어 있는 다음에나 가능한 일이 아니던가.

"퇴, 퇴각하라!"

하지만 화살 소리에 묻혀 그의 말은 제대로 전달되지 않았다.

"퇴각하라! 도망치란 말이다!!"

목에 핏대를 세워가며 소리치자 그때야 몇몇 표사들이 우건생의 음성을 알아듣고 함께 소리쳤다.

"후퇴다!"

"모두 도망쳐!"

그렇지 않아도 어찌 대처해야 할지 모르고 있던 표사들과 은하상회의 호위 무사들은 퇴각이란 명이 떨어지기가 무섭게 뒤도 돌아보지 않고 내빼기 시작했다.

그러자 당황한 사람은 상단을 책임지고 있는 허운창이었다.

"우 표두!"

허운창이 날아오는 화살을 피해 허겁지겁 움직이고 있는 우건생의 팔목을 붙잡았다.

"이렇게 도망치면 어쩌란 말이오?"

정신없이 퇴각하는 표사들을 둘러보는 허운창의 안색은 새하얗게 질린 상태였다.

"어쩔 수 없습니다. 부끄러운 말이지만 도저히 상대가 되지 않으니……."

"그렇다고 이리 물러나면 나나 우리 상단의 사람들과 이 많은 물건은 어쩌란 말이오?"

"포기하십시오. 이대로 있다간 몰살을 당합니다."

"포기라니요? 어찌 포기를 하란 말이오!"

허운창이 두 주먹을 불끈 쥐며 소리쳤다.

"아깝지만 어쩔 수 없습니다. 저깟 물건 때문에 몰살당할 순 없지 않습니까? 지금이라도 늦지 않았으니 저들도 어서 대피시켜야 합니다."

우건생이 다급히 말하며 가리키는 이들은 겁에 질려 어쩔 줄을 몰라 하고 있는 일꾼들이었다.

"그깟 물건이라니! 지금껏 뭐라 장담했소? 실패란 없을 것이라 하지 않았소! 염려하지 말라고, 모든 것을 맡겨달라고 하지 않았소이까?"

우건생의 얼굴이 화끈하게 달아올랐다.

"면목없습니다. 일이 이렇게 되리라곤 생각도 못했습니다. 이번 일을 노호문에서 결코 좌시하지 않을 것이고 치욕은 반드시 갚을 것입니다. 그러나 지금은 목숨을 보존할 때입니다."

"그럴 수 없소! 물건을 포기할 순 없소이다!"

"허면 정녕 이대로 개죽음을 당하겠단 말씀입니까?"

답답했는지 우건생의 목청이 커졌다.

"마음대로 하십시오. 하지만 나는 우리 식구들의 목숨을 함부로 할 수가 없습니다. 그리고 저들 또한."

허운창이 뭐라 하기도 전에 몸을 돌린 우건생은 바들바들 떨고 있는 일꾼들에게 도망치라고 소리쳤다. 짐을 푼 일꾼들이 일제히 뛰기 시작했고 우건생 역시 그들과 한데 뒤섞여 서둘러 퇴각을 했다.

"……."

힘겹게 도망치는 표사들, 호위 무사, 일꾼들을 지켜보는 허운창은 아무런 말도 하지 못했다. 그저 멍한 눈으로 사라져 가는 그들의 뒷모습을 바라볼 뿐이었다.

그것으로 싸움은 끝이 났다.

하늘을 뒤덮었던 화살도 더 이상 날아오지 않았고 산에는 죽음과도 같은 적막감이 다시 찾아들었다.

미처 도망치지 못하고 쓰러진 부상자들의 입에서 간간이 들려오는 신음 소리와 널브러진 병장기들, 고슴도치의 가시마냥 박혀 있는 화살이 아니라면 바로 이곳이 조금 전 그토록 험악한 싸움이 벌어진 곳이라곤 믿어지지 않을 만큼 조용했다.

[부상자들을 한데 모아라. 가능하면 치료도 해주고.]

간단히 명령을 내린 을지호가 악몽이라면 이쯤에서 제발 깨기를 간절히 바라고 있는 허운창에게 다가갔다.

"배짱이 좋구려. 다들 제 목숨 살리기 위해 도망을 쳤는데 어째서 그러지 않았소? 저들도 그렇고."

두려운 듯 몸을 움츠린 허운창이 을지호의 시선을 따라 고개를 돌렸다.

'저들이…….'

그곳엔 모조리 도망친 일꾼들을 대신해 몇몇 나이 든 상인들이 힘겹게 말고삐를 잡고 있었다.

"그렇지. 상인에게 물건은 목숨과도 같은 것이지……."

조용히 읊조리는 허운창의 음성은 떨리고 있었다. 풍전등화(風前燈火)에 처한 목숨이 아까워서가 아니었다. 단지 홀로 남겨진 줄 알았건만 자신과 같은 생각과 신념을 가진 사람들이 함께 있다는 데에서 오는 감격 때문이었다.

"나는 은하상회의 허운창이라 하오."

허탈함에 빠져 있던 허운창의 얼굴에 생기가 돌았다. 두려움에 사로잡혀 굽혀졌던 몸도 어느새 당당히 펴고 있었다. 그리고 흥정에 흥하고 망하는 장사꾼의 기질이 서서히 살아나고 있었다.

"묻지 않았소."

을지호가 퉁명스레 대꾸했다. 허운창은 물러서지 않았다.

"흥정을 하고 싶소."

"흥정?"

"나와 저 사람들의 목숨을 보장해 주시오."

"그리고?"

"이 물건들 또한 돌려주시오. 우리에겐 몹시 귀한 것이오."

"호~"

을지호가 회가 동한다는 듯 탐욕스런 눈길로 물건들을 쓸어보았다.

"물건이 지닌 가치가 크다는 것이 아니라 다른 곳으로 넘기기로 약속된 물건이라 중한 것이오. 사실상 그 값은 크게 나가지 않소."

"그래서?"

"나와 저들, 그리고 물건을 무사히 돌려보내 준다면 그에 상응하는 대가를 지불하겠소. 우리가 얻는 이윤보다 최소한 열 배는 더 쳐서 드리리다."

"열 배라……."

악록산(岳麓山) 73

을지호는 그다지 탐탁지 않다는 듯 고개를 갸웃거렸다. 혹여 협상이 결렬되면 안 된다는 생각에 허운창이 재빨리 입을 열었다.

"오백 냥이면 되겠소?"

"오백 냥? 고작 은자 오백 냥 벌자고 이 고생을……."

"금화(金貨)요."

두 눈을 휘둥그레 뜨고 깜짝 놀라 쳐다보는 을지호를 향해 허운창이 회심의 미소를 지으며 덧붙였다.

"금화 오백 냥을 지불하겠소. 물론 뒤탈이 없다는 것은 나와 은하상회가 보장하겠소."

금화 오백 냥이라면 가히 상상도 할 수 없는 큰돈이었다. 하지만 허운창에게, 아니, 은하상회에 있어 지금 그들이 운반하는 물건은 그 이상의 값어치가 있었다.

은하상회가 지금껏 호남성 최고의 상회로 인정받고 있었던 것은 나름대로 장사를 잘해서 그런 것도 있었지만 관부와 거의 독점적인 거래를 하고 있다는 데 가장 큰 이유가 있었다.

관과 연계되어 있으니 그들의 부를 노리며 달려드는 무리들도 감히 함부로 할 수 없었고 여타 다른 상회와의 관계에 있어서도 은연중 우위를 차지할 수 있는 것이었다.

은하상회가 관과 독점적으로 거래를 하는 것과 마찬가지로 그들은 장사표국과 독점적 거래 관계에 있었다. 드물기는 하였지만 은하상회의 상단이 직접 물건을 운반할 때를 제외하고는 그들에게 거의 모든 물건의 이동을 맡기고 있었다. 상단이 직접 운반할 때에도 호위를 맡는 일은 장사표국의 몫이었다.

그런데 최근 몹시 난처한 문제가 생기고 말았다. 그렇게 믿고 있었던 장사표국이 운반 중인 물건들을 번번이 털려 버린 것이다. 털린 물건에 대해선 책임을 통감한 장사표국이 모조리 배상을 했지만 문제는 그로 인해 관에 들어가야 할 물건들이 한참이나 뒤로 밀리거나 급히 다른 물건으로 대체를 하느라 그 질이 떨어져 신용에 문제가 생겼다는 데 있었다.

'신용을 지키기 위해서라면 오백 냥 정도야 아무것도 아니지.'

한번 무너진 신용을 회복하기가 얼마나 힘든 일인지 누구보다 잘 알고 있던 허운창은 무슨 일이 있더라도 물건을 지켜야 한다는 생각에 사로잡혀 있었다.

만약 지금 운반하고 있는, 너무나도 큰 약점을 잡힐 것 같아 자세히 말은 하지 않았지만, 무슨 일이 있어도 모래 중으로 관으로 들어갈 물건마저 빼앗겨 날짜가 늦춰지거나 또다시 질 낮은 물건으로 대체된다면 은하상회로서는 돌이킬 수 없는 치명타를 맞게 될지도 몰랐다. 어쩌면 지금껏 누려왔던 독점적 지위마저 위태롭게 될 것이다. 그것만큼은 무슨 일이 있어도 막아야 했다. 그랬기에 허운창은 오백 냥이라는 거금을 서슴없이 내주겠다고 한 것이었다.

"오백 냥이라… 꽤 큰돈이로군."

"오백 냥이 내가 내걸 수 있는 최대한이오. 무리를 한다면 약간은 더 준비할 수도 있소. 하나 그야말로 약간이오. 그 이상은 나도 어쩔 수 없소. 설사 목숨을 빼앗긴다 해도."

급하다고 무조건 숙이고 들어가서는 아무것도 안 된다는 것은 기본 중의 기본이었다. 을지호의 태도가 크게 달라진 것이 없자 마음속으론 다급해하면서도 허운창은 배짱을 부리고 있었다.

그런데 허운창이 나름대로 머리를 굴리고 있을 때 을지호는 전혀 엉뚱한 대화를 나누고 있었다.

[해웅이 놈은 언제 오는 거냐?]

[이미 도착했다는 전갈을 받았습니다.]

[그럼 뭐를 망설여. 게으름 피우지 말고 빨리 나타나라고 해. 이 짓도 이제 지겹다.]

[알겠습니다.]

슬그머니 사라지는 초번에게 곁눈질을 주던 을지호의 표정에 급격한 변화가 나타났다.

"아무래도 안 되겠는데… 뒤탈이 없다지만, 하하, 도대체가 믿을 수가 있어야지."

"조, 조금의 거짓도 없소. 나는 신용을 먹고사는 장사치요."

서서히 붉은빛으로 바뀌는 을지호의 눈동자에 위기감을 느꼈는지 허운창의 목소리가 다시 떨리고 있었다.

"그러니까 믿을 수 없다는 거요. 세상에 믿을 것이 없어 장사꾼 말을 믿을까? 안 그러냐?"

"맞습니다. 거짓말을 밥 먹듯 하는 놈이 바로 장사꾼들이지요. 장사꾼의 말을 믿느니 처녀가 혼자 애를 뺐다는 말이 더 신빙성이 있습니다. 더 이상 지껄이는 말을 들으실 필요가 없습니다. 당장에 목을 쳐버리고 물건을 챙기지요."

뇌전이 목소리를 높이며 맞장구를 쳤다.

"그래, 나도 그렇게 생각하고 있었다. 자, 어떻소? 나나 수하들의 생각은 당신하고 다른데."

"미, 믿어주시오! 반드시 지킬 것이오."

"안 지켜도 되오. 그냥 입만 다물면 될 것이라오. 조용히, 아주 조용히 말이오."
 을지호는 직접 손을 쓰기도 귀찮다는 듯 뇌전을 향해 턱짓을 했다.
 "흐흐흐."
 뇌전이 괴소를 터뜨리며 허운창에게 다가왔다.
 "저, 정말 미, 믿… 컥!"
 뭐라 말을 하려던 허운창은 뇌전의 발길질에 더 이상 말을 잇지 못하고 나뒹굴었다.
 "시끄럽게 쫑알대지 말고 그냥 곱게 뒈지라고!"
 허운창의 목에 지그시 칼을 들이댔다가 뗀 뇌전은 사형수들의 목을 치는 망나니처럼 허공에서 칼을 휘휘 돌리더니 산이 떠나가라 기합을 내질렀다.
 "타핫!"
 절망스런 눈초리로 뇌전과 을지호를 번갈아 쳐다보던 허운창은 달빛에 번쩍이는 칼날이 자신을 향해 떨어지는 것을 보곤 두 눈을 질끈 감고 말았다.

제 12장

운한표국(雲漢鏢局)

운한표국(雲漢鏢局)

'크크, 놀라기는.'
 처음부터 허운창을 어찌할 생각이 없었던 뇌전은 그의 목에서 불과 몇 치의 공간을 남기고 칼을 멈추었다. 그리곤 저 멀리서 헐레벌떡 뛰어오는 해웅을 향해 소리쳤다.
 "웬 놈이냐!"
 '놀고들 있다. 어이구, 하는 짓들 하고는. 차라리 시간을 좀 더 끌던지.'
 뇌전을 보는 을지호의 인상이 떫은 감을 씹은 것처럼 구겨졌다. 다행히 복면을 쓰고 있어 겉으로 드러나진 않아서 그렇지 제때 시간을 맞추지 못하고 늦장을 부린 해웅과 미리부터 설치다가 어설프게 칼을 멈춘 뇌전의 서투른 행동에 절로 복장이 터졌다.
 죽음을 생각하고 있던 허운창은 갑작스레 들려온 뇌전의 호통에 슬며시 눈을 뜨고 고개를 들었다. 그런 그의 눈에 곰이, 아니, 곰이라 말해도 누구나 인정하며 고개를 끄덕일 정도로 거구의 괴인이 무서운 속도로 달려오는 모습이 들어왔다.

"괜찮으십니까?"

거대한 몸에 비해 엄청나게 빠른 속도로 접근한 해웅은 허운창을 위협하던 뇌전을 단 일 수에 몰아붙이고는 걸걸한 음성으로 물었다.

"그, 그렇소만······."

허운창은 자신도 모르게 고개를 끄덕이며 대답했다.

"다행입니다."

"한데··· 뉘, 뉘신지?"

해웅의 손에 이끌려 몸을 일으킨 허운창이 말을 더듬으며 물었다.

"해웅이라 합니다."

해웅이 정중히 허리를 숙이며 인사했다. 허운창 또한 얼떨결에 마주 허리를 굽히며 예를 표했다.

"허, 허운창이라고 하오만······."

"다른 사람들은 어찌 된 것입니까? 저 정도의 물건이면 표사들이나 아니면 호위 무사들이 꽤나 동원됐을 것 같은데 모두 당한 것입니까? 쓰러진 사람은 몇 되지 않는 것 같은데······."

"모두··· 도망치고 말았소이다."

허운창이 쓴웃음을 지으며 힘없이 대답했다.

"아니, 싸우지도 않고 도망을 쳤단 말입니까?"

해웅이 두 눈을 크게 뜨고 되물었다.

"그건 아닙니다만··· 저들이 너무 강해서······."

"아무리 강해도 그렇지 한낱 도적놈들입니다. 고작 몇 놈을 당해내지 못하고 도망을 쳤단 말입니까? 또한 적이 아무리 강해도 그렇지, 물건을 운반하는 표사라면 목숨을 내걸고 표물을 지켜야 할 것 아닙니까? 허허, 어찌 그만한 각오도 없는 자들이 표사라 자처한단 말입니까!"

해웅이 당치도 않다는 듯 화를 내며 소리쳤다.

'옳지! 제법 그럴듯한 말을 해대는구나.'

조금 떨어진 곳에서 해웅과 허운창의 대화를 지켜보던 을지호가 쾌재를 불렀다. 은근히 걱정했는데 그런 걱정이 괜한 기우임을 보여주기라도 하려는 듯 해웅은 너무도 자연스런 연기를 하고 있었다.

"허니 어쩌겠습니까? 그들의 인물됨을 제대로 보지 못한 우리의 불찰이지요."

운반 중인 물건을 버리고 도주한 장사표국의 표사들과 거액의 돈을 들여 고용한 호위 무사들의 행동에 누구보다 실망한 사람은 허운창 본인이었다. 더구나 아무리 위험한 상황이었다지만 자신을 헌신짝 버리듯 버리고 도주한 우건생에겐 실망을 넘어 배신감마저 느끼고 있는 상태였다.

"후~ 다 내 잘못입니다. 사람을 잘못 본 내 잘못."

허운창이 땅이 꺼져라 한숨을 내쉬었다.

"이제 걱정하지 마십시오. 비록 미욱하기는 하나 제가 힘을 내보겠습니다."

해웅이 당당히 어깨를 피고 가슴을 탕탕 두드리며 말했다. 그 모습이 어찌나 듬직한지 허운창의 가슴에 자그마한 희망의 불씨가 지펴졌다.

"엠병, 놀고들 있다."

간신히 되살아나고 있던 불씨를 단숨에 짓밟아 버리는 살기 띤 음성, 허운창이 찔끔하여 몸을 사리고 해웅의 고개가 무서운 속도로 돌려졌다.

"어이, 해웅인지 지랄인지 하는 놈. 그래, 네놈 말이다!"

뇌전이 고개를 돌리는 해웅을 향해 커다란 돌멩이를 집어 던지며 소리쳤다. 고개를 꺾어 돌을 피한 해웅이 묘하게 일그러진 얼굴로 뇌전을 노려봤다.

"입이 상당히 걸군."

"대체 뭐 하는 놈이냐? 어디서 굴러먹다 온 놈이기에 감히 이 어르신의 행차를 방해하는 것이냐?"

"나는 운한표국의 해웅이라 한다."

"운.한.표.국? 그딴 표국도 있었냐? 어쨌든 표국 운운하는 것을 보니 네놈도 표사 나부랭이쯤 되는 모양인데… 오냐, 어디 한번 뜨거운 맛 좀 보거라!"

뇌전이 해웅을 향해 천천히 걸음을 옮기자 초번 또한 무기를 세우고 조용히 접근을 시작했다.

"잠시 피하시지요."

"괘, 괜찮겠습니까?"

황급히 뒷걸음을 치는 허운창이 불안한 듯 물었다. 그러자 뇌전 등에게 눈을 떼지 않고 있던 해웅이 슬쩍 고개를 돌리며 피식 웃음을 터뜨렸다.

"도적놈들에게 당할 정도로 약하지 않습니다."

이상하게 믿음이 가는 음성이었다. 허운창은 그도 의식하지 못하는 사이 고개를 끄덕이고 있었다.

"오랜만에 곰 사냥을 해보겠구나. 어이구, 덩치도 커다란 것이 웅담 하나는 실하겠다. 흐흐, 이 어르신께서 즐거운 마음으로 접수토록 해주지."

초번과 시선을 교환하던 뇌전이 음침한 미소를 지으며 말했다.

"할 수만 있다면야."

해웅은 가소롭지도 않다는 듯 손에 침을 퉤퉤 뱉으며 도끼를 꽉 움켜잡았다.

남궁세가에 머무는 동안 새롭게 마련한 도끼로 그의 키만큼이나 길고 길이의 반이 도끼날로 되어 있는, 슬쩍 보기만 해도 얼른 고개를 돌려 버릴 만큼 무시무시한 거부(巨斧)였다.

"하룻강아지 범 무서운 줄 모르는 놈이로구나."

"그런 하룻강아지를 네놈이 본 적이 없는 게지."

"닥쳐랏!"

충분히 분위기를 잡았다고 생각했는지 힘찬 기합과 함께 뛰어오른 뇌전이 해웅의 머리를 향해 검을 휘둘렀다. 해웅이 도끼를 옆으로 들고 침착하게 공격을 막아냈다. 하지만 뇌전의 공격은 해웅의 이목을 속이기 위한 것이고 진짜 공격은 해웅이 눈치 채지 못하는 사이 은밀히 뒤로 돌아간 초번에 의해 전개되었다.

"흡."

다급히 숨을 들이킨 해웅이 황급히 도끼를 내려 정강이를 노리며 밀려오는 검을 쳐냈다.

챙!

해웅의 도끼에 맞부딪친 초번의 검은 마치 망치로 거대한 범종(梵鐘)을 친 듯 요란한 소리를 내며 뒤로 날아갔다. 제대로 된 자세가 아니었음에도 해웅의 어마어마한 힘을 견디지 못한 것이었다.

"뒈져랏!"

회심의 미소를 짓고 있던 뇌전이 황당해하며 급하게 도끼를 움직이느라 중심이 다소 흐트러진 해웅의 틈을 노리며 검을 휘둘렀다. 도끼를 들어 검을 막을 여유가 없다고 판단한 해웅은 그대로 팔을 돌리며 팔꿈치를 검에 들이댔다.

"아!"

초조한 마음으로 싸움을 지켜보던 허운창의 입에서 안타까운 비명이 흘러나왔다. 연이은 공격을 잘 막아내는 듯 보였지만 옆구리로 빠르게 파고드는 검을 막지 못해 결국 팔이 잘리고 말 것이라 여겼기 때문이었다.

그런데 실로 믿기지 않는 일이 일어났다.

당연히 잘렸어야 할 팔이 멀쩡한 것이었다. 아니, 멀쩡한 정도가 아니었다. 팔이 잘리기는커녕 도리어 팔에 부딪친 검이 두 동강이 난 것이 아닌가.

"뭐, 이런 괴물 같은 놈이 다 있어!"

졸지에 검을 잃은 초번과 뇌전이 황당해하며 뒤로 물러났다.

"괘, 괜찮소이까?"

그래도 걱정이 됐는지 허운창이 근심 섞인 음성으로 물었다. 해웅은 입을 여는 대신 팔을 한 번 돌리는 것으로 물음에 답했다.

짝짝짝.

난데없는 박수 소리가 장내에 울려 퍼졌다. 박수 소리를 따라 해웅의 고개가 돌려졌다.

"대단하군, 대단해. 덩치가 예사롭지 않더니 제법 단단한 몸을 가지고 있어."

을지호가 검집에 넣었던 풍혼을 다시 꺼내 들었다.

"아쉽구나, 너 같은 실력자를 베어야 한다는 것이."

"누가 베어질지는 두고 보면 알 것이고."

해웅이 지지 않고 대꾸했다.

"그런 자신감도 맘에 드는데… 그런데 어쩌지? 우리에겐 그다지 시간이 많지 않아서."

말이 채 끝나기도 전에 풍혼이 허공을 갈랐다. 검이 도착하지도 않았건만 날카로운 기운이 해웅의 전신을 압박했다. 해웅도 을지호의 공격에 맞서 육중한 도끼를 휘둘렀다.

"하앗!"

을지호는 해웅의 도끼가 검에 부딪쳐 오는 순간 재빨리 자세를 바꾸고 검을 틀더니 해웅의 약점을 헤집고 들어갔다. 그 빠르기가 초번이나 뇌전의 공격에 비할 바가 아니었다. 미처 대비하지 못한 해웅의 가슴이 을지호의 검에 완벽하게 노출되었다.

"끝이다!"

그러나 그런 을지호의 장담과는 달리 풍혼은 해웅의 가슴을 베지 못했다. 베고 지난 것은 그저 몸에 걸치고 있는 옷뿐이고 그 안의 피부엔 조금의 상처도 나지 않았다.

"허~ 과연 단단하구나."

짐짓 감탄한 을지호가 힐끔 시선을 던져 허운창의 안색을 살폈다. 조금 전만 해도 죽을상이었던 허운창의 얼굴이 붉게 상기되어 있었다.

'좋아! 제대로 되고 있군.'

이쯤에서 해웅의 존재를 확실히 각인시켜야겠다는 생각에 을지호는 해웅에게 은밀히 전음을 보냈다.

[검기를 쓰겠다. 조심해라.]

전음을 들은 해웅이 겉으로 내색하지 않고 알아들었다는 듯 미세하게 고개를 끄덕였다.

을지호가 풍혼을 치켜들었다. 조금 전과는 다른 기운이 그의 전신에서 쏟아져 나왔다. 그리고 서서히 움직이는 검을 따라 희뿌연 무엇인가가 생성되더니 해웅을 향해 무시무시한 속도로 폭사되었다.

"저, 저것은……!"

허운창의 경악성이 장내에 울렸다.

아무리 식견이 짧고 무공에 문외한인 그도 지금 을지호의 공격이 어떤 것인지는 알고 있었다. 말로만 들었던, 강호를 횡행(橫行)하는 무림의 고수들만이 쓴다는 바로 그 무공, 검기였다. 그리고 그에게 검기에 대해 말해 준 사람의 말에 따르면 그것은 절대로 막지 못할 최강의 무공이라 하지 않았던가.

생명 줄이 끊어지는 것을 느낀 허운창은 힘없이 자리에 주저앉고 말았다. 하지만 막상 검기를 대하는 해웅은 조금의 동요도 없었다. 그저 이를 악물고 그물처럼 좁혀오는 검기에 대항에 도끼를 휘두를 뿐이었다.

꽈꽈꽈광!

요란한 굉음과 함께 지진이라도 난 듯 땅이 울렸다.

그 울림이 어느 정도 가라앉을 때쯤 두 눈을 감았던 허운창이 산산이 바스러졌을 해웅의 최후를 떠올리며 살며시 눈을 떴다. 그리고 그는 또 한 번의 기적을 볼 수 있었다.

당연히 쓰러졌어야 할, 사지가 잘리고 형체도 없이 뭉개졌어야 할 해웅이 너무도 멀쩡히 서 있는 것이 아닌가! 비록 입고 있던 옷은 이미 넝마가 되어버렸고 온몸을 실낱같은 상처들이 뒤덮어 조금씩 피가 흐르고 있었지만 해웅은 너무도 당당히 맞서고 있었다.

"실로 괴물 같은 놈이로다. 좋다! 어디 네놈이 이기나 내가 이기나 해보자."

믿기 어렵다는 표정을 짓고 있던 을지호의 얼굴에 이내 싸늘한 살기가 뒤덮였다.

[조금 더 강하게 가겠다. 알아서 몸조심해.]

재빨리 전음을 보낸 을지호가 풍혼에 일 성의 힘을 더 보탰다. 비록 일 성이었지만 검에서 뻗어 나오는 기운은 이전과는 차원이 달랐다.

'과연 버틸 수 있을까? 젠장, 알아서 하라니… 이러다 잘못되는 것 아닌가 몰라.'

해웅은 벌써부터 전신을 압박해 오는 기운을 느끼며 몸서리를 쳤다. 비단 해웅만이 아니었다. 옆에서 지켜보던 강유 등도 을지호가 그 정도까지 할 줄은 몰랐다는 듯 다들 걱정스런 눈으로 지켜보았.

을지호의 공격은 해웅이 감히 막고 자시고 할 성질이 아니었다. 그저 온몸으로 검기를 환영하는 것이 그가 할 수 있는 것의 전부였다.

풍혼에서 뿜어져 나온 검기가 해웅의 전신을 강타했다.

퍼퍼퍽!

"크억!!"

비명을 내지른 해웅의 거구가 허공으로 붕 떠서 삼 장이나 뒤로 날아갔다. 이제 정말 끝이라는 생각에 지켜보던 허운창의 안색이 흙빛으로 변색되었다. 그러나 쿵 소리를 내며 땅에 처박힌 해웅은 모든 이의 예상을 깨고 천천히 몸을 일으켰다. 그리곤 한 걸음씩 을지호를 향해 발걸음을 내디뎠다.

"지, 지독한 놈. 혼신의 힘을 다했건만… 컥!"

질린 눈으로 해웅을 응시하던 을지호가 외마디 비명을 지르며 몸을 휘청거렸다. 입에서 핏물이 쏟아지는 것으로 보아 크게 내상을 입은 것 같았다.

"두목님!"

깜짝 놀란 강유가 을지호를 부축하기 위해 달려왔다. 초번과 뇌전은 혹시 모를 해웅의 공격에 대비해 단단히 경계를 섰다. 그런데 엉덩이를 뒤로 잔뜩 빼고 연신 뒤를 돌아보는 것이 겁을 단단히 집어먹은 것 같았다. 최소한 허운창이 보기엔 그랬다.

'으, 뭐가 이리도 쓴 거야. 냄새도 지독하고. 젠장, 그냥 혀라도 깨물 것을 그랬나.'

초번이 미리 준비한 물감 주머니를 깨물어 터뜨린 을지호는 생각지도 못한 독한 맛과 냄새에 일부러 하려 해도 할 수 없을 정도로 자연스럽게 인상을 구겼다.

'어쨌든 이 정도면 충분하겠지. 하지만 끝을 화려하게 장식하기 위해선……'

강유의 손을 애써 뿌리친 을지호가 온 산이 떠나갈 정도로 크게 소리쳤다.

"뭣들 하느냐!! 저놈을 당장 벌집으로 만들어 버려라!"

그의 외침이 끝나기가 무섭게 수십 발의 화살이 허공을 가르며 해웅에게 집중적으로 쏟아지기 시작했다. 그러나 검기로도 어쩌지 못한 해웅을 한낱 화살이 어쩔 수는 없었다. 제법 많은 화살이 해웅의 몸에 적중했지만 그 어느 것도 살갗을 파고들 수는 없었다.

"이제 다 한 것이냐?"

날아오는 화살을 모조리 튕겨낸 해웅이 도끼를 붕붕 돌리며 소리쳤다. 버터내기는 했어도 온몸을 휩쓸고 간 검기의 상처로 인해 전신을 붉은 피로 적신 해웅이 살짝 웃으며 말하는 모습은 같은 편이라 할 수 있는 허운창마저 겁을 집어먹고 움츠릴 정도다.

"조, 좋다. 오늘은 우리가 패했음을 인정하겠다. 하지만 이 원한은 절대로 잊지 않겠다!"

"잊든 말든 상관없다. 고작 천 조각으로 얼굴을 감추는 네놈들의 위협에 두려워할 내가 아니니까. 그리고 경고하는데 다시는 눈에 띄지 마라. 지금은 그냥 보내지만 또다시 눈에 띄면 그때는 절대로 몸 성히 돌아가지 못할 것이다."

"퉤. 괴물 같은 놈."

을지호는 당당하기만 해웅의 태도에 진저리를 치며 침을 내뱉더니 몸을 돌렸다.

"돌아가자."

강유와 초번, 뇌전이 을지호와 마찬가지로 고개를 설레설레 내저으며 어둠 속으로 사라져 갔다.

그들이 사라지고 얼마 후, 끝까지 그들의 모습을 지켜보던 해웅이 짧은 신음을 내며 몸을 휘청거렸다.

"괜찮으십니까?"

깜짝 놀란 허운창이 황급히 달려오며 해웅을 부축했다. 해웅은 담담한 미소를 지으며 염려하지 말라는 손짓을 했다.

"괜찮습니다. 조금 무리했더니 머리가 어지러워서 그렇습니다. 잠시 쉬면 괜찮아질 것입니다."

"허~ 정말 대단합니다. 내 평생 오늘과 같은 놀란 광경을 본 적이 없습니다. 또한 은공께서 저와 우리 식솔들을 살리셨습니다. 이 은혜를 어찌 다 갚아야 할지……."

"은혜랄 것도 없습니다. 의당 해야 할 일을 한 것뿐이지요."

"무슨 말씀을 그리하십니까? 이 허운창, 비록 일개 장사꾼에 불과하지만 인간의 도리는 알고 있습니다. 오늘의 은혜는 목숨을 바쳐서라도 반드시 갚을 것입니다."

"그런 칭찬을 받고자 한 일이 아닙니다. 허니 그런 말씀은 하지 마십시오. 어차피 이 길을 지나던 차에……."

무엇을 본 것인지 해웅이 말을 끊고 손을 번쩍 들었다.

"이곳이다."

조심스레 접근하던 일단의 무리들이 해웅의 손짓에 허겁지겁 달려왔다. 허운창이 또 다른 도적이 접근하는 것은 아닌지 두려워하자 해웅이 너털웃음을 터뜨렸다.

"하하, 걱정하지 마십시오. 운한표국의 식솔들입니다."

"아, 그렇군요."

허운창이 부끄러움에 슬쩍 고개를 돌리는 사이 열 명이 채 안 되는 인원이 해웅에게 다가왔다. 모두들 등에 커다란 짐을 들고 있는 것이 대다수가 일꾼들인 모양이었다.

"한참을 찾았습니다. 그렇게 혼자 달려가시면 어찌합니까?"

가장 앞서 오던 사내가 주변에서 신음하는 부상자들과 전신을 피로 물들인 해웅을 살피며 급히 물었다.

"아까 자네도 듣지 않았는가, 도적놈들 몇 놈이 난리를 피우고 있다고."

"물론 들었지요. 그리고 그 말을 듣자마자 표두께서 저희들을 팽개치고 달려가신 것도 알고 있지요."

사내가 퉁명스레 대꾸했다.

"하하하, 미안하네. 일이 급한 것 같아서 그랬어. 그리고 어차피 우리도 이 길을 가야 하지 않나. 위험은 미리미리 제거해야지. 자자, 그만 화를 풀게."

"화가 날 것이 무엇이 있겠습니까? 그저 걱정돼서 드린 말씀이지요. 그나저나 괜찮으신 겁니까? 어이구, 무슨 놈의 상처가 이리도 많습니까?"

"걱정할 정도는 아니야. 자, 이러고 있을 시간이 없네. 빨리 부상자들을 살펴보게나. 목숨을 잃은 사람도 몇 있으니 그들의 주검도 수습하고."

그러나 사내는 곤란한 표정을 지었다.

"아침나절까지 물건을 운반하기로 했습니다. 서둘러도 때를 맞추기가 힘듭니다. 시간을 지체하면……."

"그렇다고 이들을 이대로 방치하고 가란 말인가?"

"하지만… 아시잖습니까? 오랜만에 들어온 일입니다. 자칫 시기를 맞추지 못하면 받아야 할 돈은커녕 도리어 배상을 해야 할지도 모릅니다. 그랬다간……."

사내가 허운창의 눈치를 살피며 말을 이었다.

"운한표국은 문을 닫아야 합니다."

목숨을 구원받았건만 더 이상 무엇을 바라겠는가. 조금은 무섭고 두려운 마음이 들기는 했지만 자신들로 인해 표국이 문을 닫는다면 그보다 더 면목없는 일이 없을 것이다.

"저들은 여기 남아 있는 사람들이 보살피겠습니다. 걱정 말고 떠나시지요."

허운창이 사내의 말에 동조하며 말했다. 그렇지만 해웅은 요지부동이었다.

"물러가는 했지만 놈들이 언제 다시 나타날지도 모르는 일입니다. 그리고……."

해웅이 다소 엄숙한 표정을 지으며 사내를 쳐다봤다.

"우리 운한표국이 언제부터 어려움에 빠진 사람을 외면했는가? 까짓 이익을 내지 못하면 어떻고 손해를 좀 보면 어떻단 말인가? 사람의 목숨을 구하는 일보다 급한 것은 없네."

"그러나……."

"국주님이 이 자리에 계셨어도 나와 같은 행동을 하셨을 것이네. 또한 하늘이 무너져도 솟아날 구멍이 있다고 설마 표국의 문을 닫는 일이야 생기겠는가? 틀림없이 방법이 있을 것이네. 그러니 잔말 말고 내 말대로 따르게나."

"후~ 정 그렇게 말씀하신다면 할 말이 없습니다. 알겠습니다. 그리하도록 하지요. 자, 모두들 해 표두님의 말씀을 들었을 것이네. 그 자리에 짐을 부리고 부상자들을 챙기도록 하세나."

이미 결정된 사항에 또 다른 토를 달 정도로 사내는 속이 좁은 남자가 아니었다. 일꾼들에게 몇 가지 지시를 한 사내는 다른 누구보다 열심히 주변을 누비며 부상자들을 돌보았다.

해웅 또한 계속 만류하며 말리는 허운창을 뒤로하고 사체를 한곳으로 모으고 부상자들을 돌보는 데 힘을 쏟았다. 그런 해웅과 사내의 모습이 허운창에겐 더없이 고맙고 감동적으로 다가왔다.

"나 허운창, 오늘 일은 절대로 잊지 않을 것이외다. 절대로!"

조용히 읊조리는 허운창의 볼을 타고 흐르는 것은 한줄기 눈물이었다.

"흐흐흐, 잘되겠지?"

복면을 벗어 던진 을지호가 느물거리는 웃음을 지으며 말했다.

"물론입니다, 주군. 이 정도까지 해줬는데 넘어오지 않을 수가 있겠습니까?"

"해웅이 잘해주었어요. 생긴 것과는 다르게 어찌나 능청을 잘 떠는지 웃음을 참느라 혼났습니다."

강유는 뇌전의 말에 맞장구를 치며 은하상단의 사람들과 함께 길을 떠나는 해웅과 운한표국의 사람들을 보며 박장대소했다.

"그러게 말이다. 나도 무척이나 놀랐다. 어쩌면 오늘의 공은 모두 해웅에게 돌려도 과하지 않을 것 같다."

"이제는 더 이상 도적놈 흉내를 내지 않아도 되겠지요?"

그동안 쌓인 것이 많은지 강유가 손에 움켜쥔 복면을 종잇장 찢듯 찢으며 물었다.

"그래, 이것으로 끝이다. 그리고 너무 그러지 마라. 너만큼이나 나도 지겨웠어."

"그래요? 이상하네. 지금껏 쭉 지켜본 결과 형님은 이 일을 은근히 즐기는 것 같았는데 말이지요."

"시끄러. 누가 즐겼다고 그래."

두 눈을 부라리며 강유를 위협하는 듯하더니 을지호는 이내 안색을 풀었다.

"하하, 아무튼 그동안 다들 수고했어. 그리고 너희들도."

을지호의 말에 천뢰대의 대원들이 살며시 허리를 굽혀 이에 답했다.

"별다른 말도 없었는데 화살촉에 구멍을 뚫은 효시(嚆矢)를 사용한 것은 매우 적절한 판단이었다. 누가 그런 지시를 내렸지?"

"제가 그랬습니다."

율천이 공손히 대답했다. 그럴 줄 알았다는 듯 을지호의 입가에 만족한 미소가 머금어졌다.

"이처럼 어두운 밤에는 소리 또한 상당한 무기가 될 수 있지. 천지를 울리며 사방에서 들려오는 화살 소리는 직접 겪어보지 않으면 모를 정도로 두려움을 주는 것이거든. 상대의 눈에는 아마 수십 명의 궁수가 숨어서 화살을 날린 줄 알았을 거다. 오줌을 지린 놈도 꽤 있을걸? 하지만 문제는……."

율천 이하 천뢰대의 대원들이 다소 가라앉은 을지호의 음성에 움찔하며 자세를 고쳐 잡았다.

"정확도가 많이 떨어졌다는 것이야. 궁술의 생명은 정확도. 그것이 없이는 아무리 빨리, 많은 화살을 날려도 소용없는 것이라고 누누이 강조한 것 같은데… 가히 좋지는 않았어. 날아온 화살이 얼마인데 화살에 쓰러진 자들은 고작 여남은 명에 불과했으니……."

"죄, 죄송합니다."

천뢰대를 책임지고 있는 율천이 안색을 붉히고 고개를 숙였다.

"그래도 짧았던 수련 기간을 감안하면 사실 기대 이상으로 잘해주었으니까 그렇게 기죽을 필요는 없다. 보다 수련에 힘쓰라는 말이야."

"명심하겠습니다."

"뭐, 사실 내 잘못도 있었으니까."

"예?"

율천이 의아한 얼굴로 되물었다.

"소홀히 가르친 내 잘못도 있다고."

"아, 아닙니다. 절대로 그렇지 않습니다, 호법님."

당황한 율천이 황급히 고개를 저었다.

"아니야, 소홀했어. 아무리 기간이 짧았다고는 해도 과거 내가 배운 식으로 가르쳤다면 지금보다는 훨씬 나았을 텐데 너무 안이했다는 생각이 들어. 좋아, 이제부터는 고조부님이 할아버지에게, 그리고 할아버지께서 내게 가르쳤던 방식으로 가르쳐 주지. 틀림없이 만족할 만한 성과가 있을 거야. 어쨌든 정말 다들 잘해주었다. 이제는 돌아가자."

송구한 표정으로 쳐다보는 율천에게 의뭉스러운 미소를 보인 을지호가 몸을 돌렸다. 바로 그때였다.

몸을 돌려 발걸음을 내딛던 을지호가 갑자기 걸음을 멈추었다.

'누군가 있다.'

희미하기는 하지만 뭔가 정체 모를 기운이 전신 세포를 자극했다. 그 기운은 동물들의 기척과는 확연히 구분되는, 사람에게서만 느낄 수 있는 그런 기운이었다.

'누군가? 도대체 누가 나의 이목을 속이고 접근했단 말인가!'

발을 멈춘 을지호는 전신의 감각을 극대화시켰다. 그러기를 얼마간, 그는 오감을 자극한 기운의 주인을 찾았다는 듯 천천히 몸을 돌렸다.

"누구시오?"

을지호가 칠 장 정도 거리의 커다란 나무를 응시하며 물었다.

"누구라니요?"

강유가 영문을 모르겠다는 듯 물었다. 그러나 을지호의 태도가 심상치 않다고 여겼는지 슬그머니 무기를 꺼내 들었다.
"누구냐고 물었소!"
을지호가 재차 소리쳤다. 그러자 나무 뒤에서 한 사람이 모습을 드러냈다.
"허, 대단하구나. 그사이에 나의 존재를 눈치 채다니."
짧은 감탄사를 내뱉으며 모습을 드러낸 인영. 오직 외길만을 파는 장인처럼 고집스런 눈매와 얄팍한 입술, 삐삐 마른 몸매에 키는 훌쩍 크고 군데군데 기운 흔적이 역력한 낡은 흑삼(黑衫)을 입은 노인이었다. 아니, 딱히 노인이라고 하기에도 무리가 있었다. 비록 볼에까지 늘어진 눈썹과 머리카락은 새하얀 백발(白髮)이었지만 드러난 얼굴에선 세월의 흔적을 찾아보기가 힘들었다. 거기에 날카로운 두 눈에서 뿜어져 나오는 눈빛과 존재감을 의심케 하는 허허로운 자세에선 그 누구도 감당하지 못할 오랜 연륜도 느껴지는, 실로 정체를 알 수 없는 노인이었다.

'중원에도 이런 사람이……!'

충격이었다. 을지호는 지금 더할 나위 없이 놀라고 있었다. 지금 괴노인에서 느껴지는 기운을 언젠가 경험한 적이 있기 때문이었다.

'똑같다고는 말할 수 없었지만 이미 세상을 떠난 두 분 고조부님께서도 이런 기운을 지니셨었지.'

전신을 타고 울리는 기운은 단순히 무공의 고하(高下)로 따질 것이 아니었다. 그것은 무공으로 따지자면 두 분 고조부를 앞서는, 조부와 비록 장난처럼 말씀하셨지만 고조부님들이 합공을 해도 당해내지 못할 것이라 했던 부친 을지휘소에게서도 느끼지 못했던 기운, 세월의 힘을 간직한 기운이었다.

"감히 존함을 여쭙겠습니다."

상대의 정체를 알 수 없는 한 절대로 경거망동할 수 없다고 생각한 을지호는 그가 할 수 있는 한 최대한의 예의를 차리며 물었다. 괴노인은 질문에 대답할 생각도 하지 않았다. 그저 그의 허리춤에 비스듬히 차고 있는 풍혼에 시선을 집중할 뿐이었다.

"당신 누구야? 주군께서 묻고 계시잖아."

뇌전이 짜증나는 어투로 물었다. 그러나 괴인은 뇌전에겐 신경도 쓰지 않고 여전히 을지호만을 응시했다.

"아이야."

시선을 거둔 노인이 마치 동네 꼬마를 부르듯 을지호를 불렀다. 어쩌면 조롱으로 들릴 말이 노인의 입에서 흘러나오니 너무나 자연스러웠다. 물론 전혀 다른 생각을 하는 사람도 있었지만.

"이 미친 영감탱이가 감히 누구보고!"

그렇지 않아도 신선놀음을 하다가 온 꼴 같지도 않은 모습에 질문을 해도 들은 체 만 체하며 거만을 떠는 것이 영 마음에 들지 않았던 뇌전이 다짜고짜 고함을 치며 검을 치켜세웠다. 뭔지 모르지만 괴노인을 적으로 간주한 강유와 초번도 함께 공격하기 위해 분분히 움직였다. 율천이 이끄는 천뢰대 또한 일제히 활을 재었다. 그러자 다급해진 것은 을지호였다.

"멈춰!"

황급히 나서 공격을 막은 을지호가 기도 차지 않는다는 듯 소리쳤다.

"제발! 제발, 똥오줌 좀 구별해라! 나설 때와 나서지 말아야 할 때를 좀 구별하란 말이야!! 너희들도 활을 내려놔!"

운한표국(雲漢鏢局) 99

을지호가 그렇게 화를 낼 줄은 몰랐다는 듯 일시에 동작을 멈춘 세 사람이 오히려 황당한 눈빛으로 을지호를 쳐다봤다.

"형님, 저자가 대관절 누구길래……."

강유가 노인을 향해 의혹 어린 시선을 던지며 물었다.

"나도 모른다. 하지만 확실한 것 하나는 알고 있지, 내가 말리지 않았다면 너희들은 지금 이렇게 내 말을 듣지도 못하리라는 것을."

을지호가 땅이 꺼져라 한숨을 내쉬고 그 말의 의미를 파악한 강유가 순식간에 얼굴을 굳힐 때 뇌전은 그럴 리 없다는 듯 고개를 흔들었다.

"에이, 설마요. 저따위 요망한 늙은이야……."

"조용히 해봐."

황급히 뇌전의 입을 틀어막은 강유가 조심스레 물었다.

"그 정도로 고수입니까?"

을지호가 무겁게 고개를 끄덕였다.

"중.원.에선 지금껏 보지 못했던 고수야."

"……."

을지호의 말에 강유는 입을 쩍 벌리고 다시금 노인을 쳐다봤다.

중원에서 보지 못했다는 을지호의 말이 무엇을 의미함인가? 비록 많은 사람들을 만난 것은 아니겠지만 그 인물들 속에는 해남파의 전대 장문인과 현 장문인이 포함되어 있었다. 그럼에도 만나지 못했다는 것은 눈앞의 괴노인이 그들을 능가하고 있다는 뜻이었다.

"흠, 중원에서 보지 못했다라… 그렇다면 다른 곳에선 본 모양이구나."

묻는 노인의 음성은 냉막한 표정과는 다르게 부드러웠다. 그 또한 듣기에 약간 거북했지만.

"몇 분 뵙기는 했지요."

"……."

노인은 잠시 입을 다물고 을지호를 응시했다.

"너는 어떠냐?"

노인의 물음에 강유는 침을 꿀꺽 삼켰다. 그제야 돌아가는 상황을 파악한 뇌전과 초번도 긴장된 모습으로 을지호의 대답을 기다렸다.

"글쎄요, 저는 이곳에서 어르신과 같은 고수를 보지는 못했지만 저들은 보았을 겁니다."

씨익 웃은 을지호가 강유 등에게 슬쩍 시선을 던지며 담담한 어투로 대답했다.

"아!"

을지호의 말을 깨달은 강유가 안색을 활짝 펴며 탄성을 내질렀다. 뇌전이 강유의 반응이 이상하다는 듯 재빨리 물었다.

"뭔 뜻입니까?"

"뭐긴, 우리 주군도 강하시다는 말씀이지."

아예 외면해 버리는 강유를 대신해 초번이 대답해 주었다.

"허허, 대단한 자신감이로구나. 그래, 지금 나와 겨룬다면 이길 자신이 있다는 말이렷다?"

을지호의 당돌함이 귀여운지 괴노인의 입가에 엷은 미소가 감돌았다.

"이긴다고는 말씀드리지 못하겠지만 지지는 않을 것입니다."

"이기지는 못해도 지지는 않는다? 허허, 노부의 귀엔 당연히 이길 수 있다는 소리로 들리는구나."

"무례했다면 용서하시지요."

살짝 허리를 굽히며 용서를 구하는 을지호의 태도는 당당하기 그지없었다. 그런 을지호의 모습에 괴노인이 또다시 감탄을 했다.

"허허, 과연, 과연! 그 오만함은 네 할아비와 조금도 다르지 않구나. 그 녀석하고 꼭 닮았어."

을지호의 할아버지라면 당연히 을지소문. 괴노인은 지금 을지소문을 언급하고 있는 것이었다. 그런데 을지소문을 언급하는 노인의 어투는 을지호에게 하는 것과 다르지 않았다.

"예? 조부님을 아시는지요?"

을지호가 기절할 듯 놀라며 되물었다.

자신이야 그렇다 쳐도 조부조차 어린아이 취급하는 이 노인은 누구란 말인가?

을지호는 더할 수 없는 궁금증을 가지고 노인을 응시했다. 하나 노인은 옛 추억을 회상이라도 하듯 눈을 감고 입을 다물었다. 을지호는 대답을 재촉하지 않고 노인의 입이 열리길 조용히 기다렸다.

잠깐의 시간이 흐르고 노인이 감았던 눈을 떴다. 그리고 지나가는, 그러나 확신을 가진 어투로 물었다.

"을지 성을 쓰지 않느냐?"

남궁세가로 향한 지 세 시진. 잠시도 쉬지 않고 길을 재촉한 을지호 일행은 따사롭게 내리쬐는 아침 햇살을 받으며 남궁세가에 도착할 수 있었다.

"고생 많으셨습니다. 그래, 가셨던 일은 잘되었습니까?"

새벽부터 정문에 나와 초조하게 그들을 기다리던 곽 노인이 활짝 웃으며 그들을 반겼다.

"예, 걱정해 주신 덕분으로 무난히 끝냈습니다."

을지호가 곽 노인의 옷 위로 내려앉은 아침 이슬을 응시하며 고개를 끄덕였다.

"아! 잘되었습니다. 혹여 일이 잘못되는 것은 아닌지 걱정되어서……."

남궁세가에게 이번 일이 얼마나 중요한지 알고 있었던 곽 노인은 잘 마무리되었다는 을지호의 말에 안도의 한숨을 내쉬었다. 그리곤 힘든 기색이 역력한 강유 등을 보며 말했다.

"자자, 다들 고생했네. 내 미리 일러 따뜻한 목욕물과 음식을 준비하라 했으니 어여 들어가서 피곤함을 씻도록 하게나."

"어이구, 정말입니까? 하하, 역시 영감님뿐입니다!"

땅바닥에 주저앉았던 뇌전이 기쁜 웃음소리와 함께 벌떡 일어나며 소리쳤다.

"그 정도야 고생하는 자네들을 위해 당연한 것이지. 그런데… 저분은 누구신가?"

곽 노인이 일행 중 못 보던 노인을 발견하곤 조용히 물었다. 계속된 강행군으로 세가에 도착하자마자 천뢰대원들이 탈진해서 쓰러지고 녹초가 된 강유 등도 체면불구하고 그 자리에 주저앉아 오만상을 찌푸리고 있건만 맨 뒤에서 따라온 노인은 느긋하기 그지없었다. 숨이 턱 밑까지 차 오르고 체력이 한계에 부딪칠 때까지 이어진 강행군이었음에도 노인의 이마엔 땀 한 방울 맺혀 있지 않았다.

"저와 인연이 있으신 분입니다."

을지호가 간단하게 대답했다. 그의 어투에서 더 이상 묻지 말아달라는 기색을 눈치 챈 곽 노인은 의아한 마음이 들긴 했지만 별다른 내색을 하지 않았다.

"모두들 어디에 있습니까?"

"지하 연무장에 있습니다."

을지호는 더 묻지 않고 발걸음을 지하 연무장으로 향했다.

다들 힘든 기색이 역력했지만 그들 역시 을지호를 따라 지하 연무장으로 향했다.

지하 연무장에선 아침 연공이 한참이었다. 서로의 무공을 비교해 가며 장단점에 대해 논의하는 이도 있었고 비무를 하는 이들도 있었지만 대다수는 남궁민처럼 홀로 떨어져 자신에게 주어진 무공을 숙달하느라 정신이 없었다.

"여어~ 애들 쓰는군."

을지호의 한마디에 모든 이들의 동작이 멈추었다. 그리고 분분히 허리를 숙여 예를 표했다.

"오셨군요."

이마에서 볼을 타고 흐르는 땀을 닦으며 걸어온 남궁민이 을지호를 따라 모습을 드러낸 일행에게도 눈인사를 했다.

"그래, 다행히 일도 무사히 끝났다. 조만간 좋은 소식이 들릴 거다."

"그래요? 잘됐군요."

하지만 담담한 어투로 대답하는 남궁민은 곽 노인과는 달리 그다지 좋아하는 기색이 아니었다. 그도 그럴 것이 어쩔 수 없이 허락을 하기는 했어도 남궁민은 초번이 계획을 세우고 을지호가 주축이 되어 추진한 일을 그다지 탐탁하게 여기지 않고 있었다.

처음 은밀히 운한표국을 접수하는 것까지는 상관이 없었다. 비록 과거의 일이었지만 운한표국은 남궁세가의 속가제자가 세운 것으로 엄밀히 따지고 보면 남궁세가와는 한식구나 다름없었기 때문이다. 그런데 그 이후의 행보는 도저히 용납할 성질의 것이 아니었다.

운한표국을 접수한 을지호가 가장 먼저 한 일은 장사표국의 표물을 공격하는 일이었다. 그것도 한두 번으로 그치는 것이 아니라 몇 번에 걸쳐 계속적으로 이어졌다. 비록 그 모든 일련의 행동들이 세가의 자금 줄을 확보하기 위함이라는 뚜렷한 목표를 가지고 하는 일이었으나 영 마음에 들지 않았다.

도적질이라니!

아무리 가세가 기울어 힘든 시간을 보낸다 하더라도 남궁세가는 명문정파, 굶어 죽는 한이 있더라도 늘 당당히 어깨를 펴고 남들에게 떳떳할 수 있는 정도(正道)를 가야 한다고 여기는 그녀였다. 곽 노인의 설득에 어쩔 수 없이 덮어두기는 했지만 지금도 그녀는 불편한 심기를 다스리지 못하고 있었다.

"저분은 누구신가요?"

곽 노인과 마찬가지로 일행의 후미에서 따라오는 낯선 노인을 발견한 남궁민이 물었다.

"그냥 나와 인연이 있는 분이라고만 해두자. 어르신."

을지호의 부름에 노인은 거칠 것이 없다는 듯 주변을 살피며 태연히 걸어오더니 남궁민의 앞에 섰다.

"네가 남궁세가의 가주냐?"

"……."

아무리 나이가 어려도 한 가문의 수장이었다. 처음 보는 자리에서 다짜고짜 반말을 해대는 노인의 태도에 남궁민이 이맛살을 찌푸렸다.

"그리 묻는 노인은 누구신가요?"

쌀쌀맞기 그지없는 태도에 당황도 하련만 노인은 개의치 않았다. 단지 조금 무미건조한 음성으로 말을 이을 뿐이었다.

"제법 성깔이 있구나. 그래, 한 문파의 수장이라면 그 정도의 기개는 가지고 있어야지."

남궁민이 재차 물었다.

"성함을 여쭙겠습니다."

"이름이라… 글쎄, 이름을 버린 지가 너무 오래돼서 나도 기억이 나지 않는구나."

남궁민의 시선이 을지호에게 향했다. 뭔가 설명을 요구하는 그녀의 눈빛에 을지호가 쓴웃음을 지었다.

"돌아오는 길에 우연찮게 뵙게 되었다. 나와는 인연이 꽤나 깊으신 분이지. 그리고……."

잠시 노인에게 시선을 둔 을지호가 모두에게 선언하듯 말을 이었다.

"무사부(武師父)로서 우리에게 많은 도움이 되실 분이기도 하지."

좌중에서 웅성거리는 소리가 들렸다. 그러나 정작 당황한 사람은 그들보다 노인이었다.

"허허, 이놈아. 네가 나를 엉뚱한 곳에 취직시키려 하느냐?"

"호호호, 세상에 공짜는 없는 법입니다. 이곳에서 지내시는 동안 완벽하게 숙식(宿食)이 제공되지 않습니까?"

"그러니 나보고 밥값을 하라는 말이더냐?"

노인이 짐짓 냉랭한 어투로 물었다.

"설마요, 그럴 리야 있겠습니까? 그것은 그냥 해본 소리고… 다만 기왕 저를 따라 이곳까지 오셨으니 도움이나 조금 주십사 드리는 말씀입니다."

"흥, 뺀질거리는 것 또한 닮았어."

느물느물거리며 웃는 을지호에게 화도 내지 못한 노인은 툭 쏘아붙이는 한마디로 은연중 그의 요청을 허락했다. 그러나 둘의 대화를 지켜보던 남궁민이 이의를 제기하고 나섰다.

"그럴 수는 없어요."

화들짝 놀란 을지호가 남궁민을 쳐다보았다. 이유를 묻는 을지호의 눈빛에 그녀는 당당히 말을 했다.

"저는 더 이상 남궁세가의 무공이 외부에 노출되는 것을 원하지 않아요."

무사부라는 것이 무엇을 의미하는가? 말 그대로 무공을 가르쳐 준다는 의미였다. 아니, 직접 무공을 전수하지는 않더라도 잘못된 곳을 지적하고 올바른 길로 가도록 인도해 주는 역할을 하는 사람이었다. 만약 노인이 무사부가 된다면, 그래서 그녀 자신과 세가의 식솔들을 지도한다면 그들이 익히는 남궁세가의 무공이 노출되는 것은 자명한 일이었다.

그렇지 않아도 세가의 무공이 자꾸만 외부로 알려지는 것에 대해 내심 불만이 있었던 터. 아무리 을지호와 인연이 있다고는 해도 생면부지의 노인을 무사부로 맞아들이고 싶은 마음은 없었다.

"꼭 필요한 분이다. 일신에 지니신 무공도 상상을 불허하시고."

"그래도 어쩔 수 없어요. 아무리 실력이 뛰어나신 분이라도 저는 원하지 않아요. 또한 세가의 무공도 제대로 모르시는 분에게 단지 무공이 뛰어나다는 이유로 지도를 받고 싶은 마음은 없군요."

남궁민은 을지호의 말을 일축하며 고집을 꺾지 않았다. 그녀의 당돌한 태도에 노인 또한 기분이 상한 듯했다.

"남궁세가의 무공이 그 정도로 대단하단 말이냐?"

"무슨 말씀이시죠?"

되묻는 남궁민의 말엔 가시가 돋쳐 있었다.

"남궁세가… 그렇지. 꽤나 뛰어난 무공을 자랑하는 곳이지. 하지만 내가 무시를 당할 정도인 줄은 몰랐다는 말이다."

"무시한다는 말은 한 적이 없어요. 무시를 하는 것은 오히려 어르신이군요. 저는 단지 세가의 무공이 외부로 유출되는 것이 싫을 뿐이에요."

"외부로 유출된다? 허면 내가 남궁세가의 무공을 빼돌린다는 말이냐?"

노인의 음성이 점점 싸늘해졌다.

"그렇게 말하지는 않았어요."

"허면 네 말뜻은 무엇이냐?"

"견물생심(見物生心)이라. 사람의 마음은 알 수가 없기에 드리는 말씀입니다."

"……."

싸늘하게 변했던 노인의 얼굴에서 모든 표정이 사라졌다. 화를 내야 할 상황에서 침착해졌다는 것은 무엇을 의미하는 것인가?

'좋지 않다.'

노인의 표정에서 엄청난 위기감을 느낀 을지호가 재빨리 남궁민의 앞을 가로막았다.

"어르신!"

"비켜라."

"어르신."

"비키라고 했다. 내 오늘 남궁세가의 무공이 어떤지 똑똑히 견식해 보아야겠다."

노인은 표정의 변화 없이 남궁민을 응시했다.

"흥, 남궁세가는 그런 위협에……."

짝!

남궁민의 말이 미처 끝나기도 전에 들려온 것은 시원한 격타음이었다.

을지호의 손에 뺨을 맞은 남궁민은 그 자리에서 주저앉았다. 얻어맞은 그녀의 볼이 순식간에 빨갛게 부풀어 올랐다.

"닥치고 있어!"

볼을 감싸 쥐고 황당한 눈으로 쳐다보는 남궁민에게 노기 띤 음성으로 호통을 친 을지호는 곧 몸을 돌려 노인에게 허리를 숙였다.

"아무것도 모르는 철없는 계집입니다. 용서해 주시지요."

"음……."

노인은 을지호가 그렇듯 전격적으로 나설지는 몰랐다는 듯 무안한 표정을 짓고 있었다. 더불어 까마득히 나이 어린 후배와 드잡이질을 할 뻔했다는 것을 스스로 부끄러워하는 듯했다.

"후~ 추태를 보였구나."

"아닙니다. 부디 용서해 주십시오."

"용서는 무슨. 허허, 이만큼 나이가 들었는데도 성격은 고쳐지지 않으니… 멀었다, 아직 멀었어."

고개를 흔들며 걸음을 옮기는 노인의 입가에 쓴웃음이 피어올랐다.

"어르신."

을지호가 서둘러 노인의 뒤를 따라갔다.

"후~ 일이 어쩌다 이렇게 되어버렸는지."

숨도 제대로 쉬지 못하고 상황을 지켜보던 뇌전이 노인과 을지호가 지하 연무장을 떠나자 참고 있던 숨을 길게 내뱉었다.

"아가씨, 괜찮으십니까?"

"놔!"

남궁민의 곁으로 다가간 곽 노인이 염려스러운 표정으로 물었지만 신경질적으로 팔을 뿌리친 남궁민이 강유에게 물었다.

"누구지요, 저 영감은?"

"그게… 저도 잘 모르겠습니다."

"모르다니요? 함께 온 사람이 모르면 누가 아나요?"

"두 분이 분명 무슨 말씀을 나누시는 것 같기는 했지만 그 내용을 우리들은 알 수가 없었습니다. 그러나 한 가지 확실한 것은……"

"확실한 것은?"

남궁민의 물음에 잠시 머뭇거리던 강유가 짧은 한숨을 내쉬고 말을 이었다.

"두 분 사이엔 우리가 모르는 무슨 비밀 같은 인연이 있고, 형님이 말리지 않으셨다면 누님께선 이미 이 세상 사람이 아니라는 것. 또한 어쩌면 이곳의 모든 사람들까지도 함께 목숨을 잃었을 것이라는 것이지요."

"무, 무슨 소린가요?"

순간, 남궁민의 낯빛이 하얗게 변했다.

"후~ 느끼지 못하셨습니까? 보아하니 아무도 느끼지 못한 모양이군요. 하지만 저 노인이 누님께 다가가려는 순간 저는 숨이 다 멎는 줄 알았습니다. 어떻게 말리고는 싶었지만 몸이 움직이질 않았지요. 형님이 나서지 않았다면 정말 큰일 날 뻔했습니다."

"……."

말을 잃은 것이 남궁민은 제법 충격을 받은 듯했다. 강유의 말을 귀담아듣고 있던 좌중의 사람들도 남궁민과 마찬가지의 충격을 받은 모습들이었다.

"모르긴 몰라도… 죄송합니다만 남궁세가의 무공으론 저 노인의 무공을 감당할 수 없습니다."

"그건 또 무슨 소립니까?"

뇌전이 물었다.

"나도 정확히는 몰라. 노인의 정체에 대해 계속해서 물어봤지만 별다른 말을 해주지 않았으니까. 다만 한 가지, 누님의 말씀대로 세가의 무공이 유출되면 어쩌냐는 물음에는 형님도 확실한 대답을 해주셨다."

뇌전을 비롯하여 이곳저곳에서 침을 삼키는 소리가 들렸다. 애써 외면하고 있었지만 남궁민도 귀를 쫑긋 세우고 강유의 말을 기다리고 있었다.

"내 질문에 형님은 어이없는 웃음을 지었다. 그리곤 말했지, 남궁세가의 그 어떤 무공도 노인의 무공을 감당할 수 없다고. 아니, 전 중원을 뒤져도 그분의 무공을 감당할 사람이 있을지도 의문이라고."

설마 하는 놀라움에 모두들 침묵하는 사이 지하 연무장에는 깊은 정적이 찾아왔다. 모두들 믿기 어렵다는 듯 을지호와 노인이 사라진 입구를 향해 돌린 고개를 움직일 줄 몰랐다.

"형님께서 저분을 이곳으로 모신 데에는 분명 그만한 이유가 있을 겁니다. 남궁세가에 이득이 되었으면 되었지 절대로 해가 되지는 않을 그 무엇인가가 말이지요."

"……."

"자존심의 문제가 아닙니다. 어떤 것이 세가에 도움이 되는지를 생각하시는 게 좋을 것 같군요."

"……."

강유의 말에 뭔가 깊은 생각을 하는지 눈을 지그시 감은 남궁민은 그저 침묵을 지킬 뿐이었다.

제13장

무사부(武師父)

무사부(武師父)

 소양의 묵영도문, 형주(衡州) 마영문(魔影門)과 함께 호남에서 세 손가락에 꼽히는 노호문은 장사부 도림현(道林縣)에 위치하고 있었다.
 해가 지고 서서히 어둠이 깔릴 무렵, 노호문의 의사청(議事廳)에 문주인 용철상(龍哲像)을 비롯하여 소문주인 용후(龍喉), 네 명의 장로, 세 명의 호법, 일곱 명의 전주(展主)가 한자리에 모였다. 그런데 어떤 이유에서인지 한자리에 모인 그들의 안색은 그리 밝지 못했다. 특히 칠순을 훌쩍 넘긴 문주 용철상의 얼굴은 구겨질 대로 구겨져 있었다.
 "기밀전(機密展) 전주."
 "예, 문주."
 용철상의 부름에 노호문의 모든 정보를 관장하는 기밀전 전주 가경(家勁)이 벌떡 일어나 대답했다.
 나이는 사십 후반, 평범하기 그지없는 얼굴이었지만 간간이 드러나는 눈빛이 꽤나 날카로운 사내였다.

"조사가 끝났다고?"

"그렇습니다."

"말해 보게."

지금부터 자신이 말해야 할 사안의 중요성을 떠올려서인지 잠시 호흡을 가다듬는 가경의 얼굴은 상당히 굳어 있었다.

"우선 도적을 물리치고 은하상회의 상단을 구했다는 운한표국의 표두 해웅이란 자는 남궁세가의 인물로 밝혀졌습니다."

"그건 다들 알고 있는 사실이지."

"또한, 몇 차례에 걸쳐 장사표국의 표물을 털고 좌 장로님을 해한 도적들 역시 남궁세가의 인물로 밝혀졌습니다."

탕!

"죽일 놈들 같으니!"

가경의 말이 끝나기가 무섭게 벌떡 자리에서 일어나 노호성을 터뜨리는 사람은 노호문의 장로 중 가장 연장자로 불 같은 성격을 자랑하는 황유화(黃流花)였다. 유난히 좌극과 친분이 깊었던 그는 반드시 좌극의 복수를 하겠다면 칼을 갈고 있었다.

"확실한가?"

손을 들어 황유화를 진정시킨 용철상이 물었다.

"그렇습니다. 지난 한 달간 은밀히 조사를 한 결과 표두 해웅은 물론이고 악록산에 나타난 도적들 역시 지난 몇 달 전 남궁세가에 모습을 보인 자들임이 밝혀졌습니다."

"흠, 남궁세가에서 이상한 조짐이 보인 것도 그들이 나타난 이후인 것으로 기억하오만."

용후가 끼어들며 말했다.

"그렇습니다. 그들이 나타난 이후로 남궁세가에 전에 없던 변화가 있었지요. 전격적인 봉문부터 시작해서."

"증거가 있는가? 놈들은 하나같이 복면을 했다고 들었는데."

홍분했던 마음을 다소 가라앉혔는지 안색을 회복한 황유화가 물었다.

"하지만 복면을 하지 않은 놈도 있었지요."

"누군가?"

황유화가 그럴 리가 있느냐는 표정으로 되물었다.

"매입니다."

"매?"

"그렇습니다."

황유화는 물론이고 모든 이들의 얼굴에 황당한 표정이 떠올랐다. 하지만 가경은 자신만만했다.

"그날의 싸움을 직접 목도한 제자들에 따르며 좌 장로님의 혈랑을 공격한 것은 잘 훈련받은 매였다고 합니다."

"그건 들어 알고 있네."

"중요한 것은 남궁세가에 나타난 놈들 중 우두머리로 보이는 놈 역시 훈련된 매를 한 마리 키우고 있다는 것입니다."

대답을 하는 가경은 자신의 발 아래에 고혼이 된 사내, 과거 용두파의 부두목이었던 철두를 떠올리고 있었다.

좌 장로가 목숨을 잃고 은하상회와의 모든 거래가 운한표국으로 바뀌었다는 소식을 접한 가경은 용철상의 명이 떨어지기도 전에 그 즉시 조사에 착수했다.

그는 운한표국의 표두로 있는 해웅이 남궁세가의 인물이라는 것을 파악하고는 수하들로 하여금 남궁세가의 주변을 철저하게 감시토록 명했고 더불어 인근에서 패악질을 일삼던 용두파가 남궁세가의 인물들에게 철저하게 당했다는 것을 알아내어 이미 병신이 된 갈천을 제외한 과거 용두파에 속했던 모든 이들을 잡아들여 철저하게 심문했다. 어찌나 독하게 다루었는지 대다수가 병신이 되거나 목숨을 잃었는데 철두는 그 후자에 속했다.

"매라니… 아무래도 믿음이 안 가는군. 확신할 수 있는가?"

용철상이 그다지 마음에 들지 않는지 여전히 인상을 구기며 물었다.

"확신할 수 있습니다. 혈랑을 상대할 정도로 잘 훈련된 매는 그리 흔하지 않습니다. 또한 복면을 하고는 있었다지만 그들의 체격이나 말투 등을 감안했을 때 그들이 남궁세가의 인물임은 의심할 여지가 없습니다."

"음."

용철상이 짧은 신음성을 내뱉으며 의자 깊숙이 몸을 묻었다.

"혹 놈들이 위에서 내려온 놈들은 아니오?"

용후가 조심스레 물었다.

모두의 시선이 용후와 가경에게 향했다. 그 위라는 것이 어딘지 모르는 사람은 아무도 없었다. 용후의 염려와는 달리 가경은 고개를 흔들었다.

"아닙니다. 저 또한 그 점을 가장 중점적으로 조사해 보았지만 그놈들과 백도의 그 어떤 문파와의 상관성도 찾지 못했습니다. 덧붙여 말씀드리자면 그 외에 여러 경로를 통해 조사한 바로도 이번 일은 남궁세가 단독으로 획책한 것임이 드러났습니다."

그 말을 끝으로 모든 보고를 마친 가경이 자리에 앉자 황유화가 용철상에게 물었다.

"모든 것이 명백해졌습니다. 어찌하시겠습니까?"

"글쎄, 후~ 하필이면······."

뭐라 대답하기가 곤란한지 용철상은 쉽게 입을 열지 못했다.

"망설일 필요가 없다고 봅니다. 당장 남궁세가로 달려가 놈들의 죄를 추궁해야 합니다!"

흡사 한 마리 원숭이를 보는 듯 괴이하고 어깨가 굽어 우스꽝스러운 용모를 지니고 있었으나 그 외모에 숨겨져 있는 잔인한 실력이 타의 추종을 불허한다는, 황유화와 더불어 유난히 호전적(好戰的)인 장로 만종의(萬宗宜)가 목소리를 높였다.

"저희들 또한 만 장로의 생각과 같습니다. 상대를 모른다면 모를까 놈들의 방자한 행동이 백일하에 드러났습니다. 의당 대가를 받아내야 한다고 생각합니다."

나머지 장로들 또한 황유화나 만종의와 같은 생각을 내비치며 당장 남궁세가를 공격할 것을 주장했다. 뭐라 말은 하지 않았지만 네 명의 호법과 각 전의 전주들 또한 공격을 원하는 눈치였다. 그러나 용철상은 확답을 할 수가 없었다. 그도 그럴 것이 상대가 다른 곳도 아닌 남궁세가였다.

"상대가 상대인지라······."

"언제의 남궁세가입니까? 이미 몰락한 가문입니다. 까짓 몇 놈 나타나 설쳐 대고 있지만 문주님의 명만 떨어지면 당장 짓밟아 버릴 수 있습니다!"

자신에게 명을 내려달라는 듯 호기롭게 외친 만종의는 당장에라도 달려갈 준비가 되었다는 듯 주먹을 불끈 쥐었다.

"쯧쯧, 누가 그것을 모르는가? 흥분을 가라앉히게."

나지막한 음성으로 핀잔을 준 용철상이 가장 강력한 발언권을 가지고 있는 황유화를 응시하며 말을 이었다.

"명분이 없어. 봉문을 하고 있단 말일세, 봉문을."

"봉문의 규약을 깨뜨린 것은 놈들이 먼저입니다."

"하지만 증거가 없지. 심증만으로 무작정 공격을 할 수는 없다네. 또한 그들이 남궁세가의 식솔이 아니라 단순히 손님이라고 주장한다면 우리 꼴만 우습게 돼. 그리고 우리가 남궁세가를 칠 힘이 부족해서 망설이는 것이 아님은 자네도 알고 있지 않은가? 자칫 잘못하여 일이 확대되면 우리만 곤란에 빠질 수 있어. 어쩌면 또다시 피의 회오리가 몰아칠 수도 있고. 그것을 염려했기에 패천궁에서도 남궁세가만은 가급적 건드리지 말라는 명을 내리지 않았었나."

"음."

용철상이 패천궁을 거론하며 반박하자 황유화를 비롯한 장로들 또한 입을 다물 수밖에 없었다.

"그렇다고 아무런 대책도 없기 마냥 지켜만 볼 수는 없습니다, 문주님."

입을 연 자는 지금껏 침묵을 지키던, 노호문의 재정을 총괄하고 있는 조영산(曺怜算)이었다.

"무슨 말인가?"

"이대로 가다간 본 문의 최대의 수입원이었던 장사표국은 곧 무너지고 맙니다. 장사표국이 무너진다면 정확히 석 달 후 그 여파가 우리에게도 미치게 됩니다."

"상황이 얼마나 좋지 않기에?"

누군가의 입에서 질문이 나왔다.

"은하상회가 등을 돌렸고 그에 발맞추어 대다수의 상인들이 장사표국이 아닌 운한표국과 거래를 트기 시작했습니다. 들어오는 의뢰라야 고작 몇 푼거리도 되지 않는 소규모라 합니다."

"아무리!"

만종의가 믿을 수 없다는 듯 소리쳤다. 그러나 조영산은 허탈한 표정을 지으며 말을 이었다.

"자초한 일입니다. 멍청한! 아무리 위급한 상황이라도 지켜야 할 표물과 보호해야 할 사람을 버리고 도주를 하다니요. 그 일이 알려진 후 장사표국의 신용은 땅에 떨어졌습니다. 하긴, 저라도 그런 곳과는 거래를 하지 않겠습니다만."

"은하상회에 압력을 가하면……."

만종의의 말에 조영산을 대신해 용철상이 고개를 흔들었다.

"관부와 연결되어 있네. 압력은 통하지 않아. 오히려 우리의 입지만 어렵게 될 뿐이지."

"꼭 압력이 아니라 그들에게 이번 일의 전모를 알리고 남궁세가 놈들의 비열함을 일깨워 주면 되지 않겠습니까?"

"이미 땅에 떨어진 신용. 믿어줄 리가 없지."

"그럼 어쩔 생각이십니까? 이러지도 저러지도 못하는 곤란한 상황이 되었으니……."

왈가왈부 떠들어도 결정은 문주인 용철상의 몫이었다. 황유화가 그의 의중을 물었다.

"후~ 글쎄, 뭐라고 말을 하지 못하겠네. 쉽지 않은 문제야. 좌 장로가 진 빚을 갚기도 딱히 뭐하고, 그렇다고 이대로 무시하고 덮어두기엔 자존심이 허락지 않고."

"하지만 아버님, 최대한 빨리 결정을 내리셔야 할 듯싶습니다."

용후가 조심스레 입을 떼었다.

"가 전주의 말에 따르면 마영문 놈들의 움직임이 심상치 않다고 합니다."

"뭣이! 심상치 않다니 그게 무슨 소리냐?"

깜짝 놀란 용철상이 되물었다. 용후의 시선을 받은 가경이 다시 몸을 일으켰다.

"마영문뿐만 아니라 묵영도문에서도 불손한 움직임이 보이고 있습니다. 우리 쪽에선 최대한 입을 막았지만 아무래도 상인들의 입을 통해 이번 일이 놈들의 귀에도 들어간 모양인지라……."

"불손한 움직임?"

"예. 묵영도문은 그나마 관망적인 태도를 보이고 있지만 마영문에선 보다 적극적으로 움직이고 있습니다. 마영문에서 꽤나 높은 지위에 있는 자들과 은하상회 상인들과의 만남이 최근 빈번해지고 있다고 합니다. 더불어 그들이 밀고 있는 비영표국(飛影鏢局)도 점차 세를 확대하고 있습니다. 이미 장사표국과 거래하던 곳이 그들에게 넘어간 곳도 있다고 들었습니다."

가뜩이나 상황이 좋지 않은 터에 경쟁적인 위치에 있는 마영문까지 끼어들었다는 소식을 접하자 용철상은 화가 머리끝까지 치밀었다.

"그놈들이!"

쾅!

용철상의 분노가 고스란히 담긴 주먹에 그의 앞에 놓인 탁자가 산산이 부서져 버렸다. 하나 누구 하나 입을 여는 사람이 없었다.
"결국 방법은 하나인 것 같습니다."
용후가 자신의 자리까지 날아온 파편 조각을 슬며시 치우며 말했다.
"……."
용철상은 그가 무슨 말을 하려는지 뻔히 알고 있었다. 그러나 침묵으로써 계속 말을 하도록 유도했다.
"이대로 가다간 장사표국이 무너질 것이고 그것은 곧 노호문의 재정 압박으로 이어질 것입니다. 관부와 연결된 은하상회에 압력을 가할 수도 없는 상태이고… 그렇다면 결국 방법은 하나뿐이지요."
"말해 보거라."
"아무리 마차가 단단하고 위용이 있어도 말의 목을 베어버리면 아무 짝에도 쓸모가 없게 되어버립니다."
"남궁세가를 치잔 말이냐?"
"그렇습니다. 남궁세가를 치면 그들의 비호를 받고 있는 운한표국은 무너질 수밖에 없습니다. 은하상회 역시 겉으로야 태연한 척하고 아무리 관부와 연을 맺고 있다고 하더라도 은연중 불안감을 느끼게 될 것입니다. 우리와의 관계를 심각하게 고려하지 않을 수 없게 되겠지요. 또한 당하고 가만있으면 파리가 꼬이는 법입니다. 마영문이 감히 우리의 세력권을 넘보는 데에는 그만한 이유가 있는 법입니다. 이 기회에 그놈들에게도 우리가 지닌 힘을 보여줄 필요가 있습니다."
"그것을 생각하지 못한 바가 아니다. 다만……."
"패천궁도 어차피 흑도문파입니다. 이유야 어찌 되었든 일이 확대되면 우리 편이 되어줄 것입니다. 그리고 강호의 관행을 깨뜨린 것은 남궁세가 놈들이 먼저입니다. 그들이 봉문을 선언하고 뒤에서 엉뚱한 계교를 부린 것에 대한 물증만 잡는다면 아무런 문제가 없습니다."

일리가 있는 말이었다. 조목조목 따지고 드는 용후의 말은 충분히 설득력이 있었다.

"어떤가? 모두들 그리 생각하는가?"

"소문주의 말이 정확하다고 봅니다. 확실한 물증만 잡는다면 문제될 리가 있겠습니까?"

황유화의 말에 이어 만종의도 몇 마디 덧붙였다.

"남궁세가를 침으로써 상인 놈들과 도둑고양이 같은 마영문에게 다시는 엉뚱한 생각을 하지 못하도록 경고해야 합니다."

모두의 의견이 하나로 모여졌다고 판단한 용철상이 고개를 끄덕였다.

"좋아. 모두의 의견이 그렇다면 어쩔 수 없지. 명을 내리겠네."

용철상의 말에 모두들 자리에서 일어났다.

"후아야."

"예, 아버님."

용후가 허리를 숙이며 대답했다.

"이번 일은 네가 맡아라."

"알겠습니다."

"혹시 모르니 조용히 준비하도록 하고. 인원은 삼십이면 충분하겠지? 많이 몰고 가봐야 우리의 체면만 구길 뿐이야."

"충분합니다."

대답을 하는 용후의 얼굴에선 충분하다 못해 넘친다는 표정이 떠오르고 있었다.

"최대한 빨리, 그리고 완벽하게 처리해라. 기왕 하는 것 노호문이 어떤 문파인지, 우리를 건드렸을 경우 어떤 대가를 받게 되는지도 확실하게 일러주도록 하고."

"맡겨주십시오!"

용철상이 상기된 얼굴로 서 있는 장로들과 호법들을 쳐다봤다.

"자네들이 뒤를 받쳐 주게나."

"염려 놓으십시오. 저와 만 장로가 가도록 하겠습니다."

황유화가 걱정하지 말라는 듯 살짝 고개를 숙이며 대답했다.

"그래도 혹시 모르니 조심들하고. 관에 누워 있는 좌 장로를 보며 흘린 눈물을 다시는 흘리고 싶지 않다네."

"그럴 일은 절대로 없을 것입니다."

"믿지, 믿겠네. 자, 다들 나가보게나. 딱히 준비할 것은 없겠지만 그래도 마음의 각오는 해야 하지 않겠나. 오랜만에 무기들도 손을 보고."

결정할 때까지는 최대한 신중했지만 한번 결정하고 나면 그 누구보다 신속하고 과감하게 밀고 나가는 것이 용철상의 특징이었다. 그런 신중함과 결단성이 있기에 지금의 노호문이 있는 것이었지만.

말을 마친 용철상이 빙글 의자를 돌렸다. 그만 나가보라는 의미였다.

반 시진에 걸쳐 열렸던 노호문의 수뇌회의는 그렇게 끝을 맺었다.

* * *

"좋아, 많이 좋아졌군. 빠르기도 그렇지만 한결 정확해졌어."

을지호는 좁디좁은 과녁에 빼곡이 박혀 있는 화살을 보며 만족한 미소를 지었다. 본격적으로 궁술을 가르치기 시작한 지도 어느새 팔 개월. 하루가 갈수록 달라지는 천뢰대원들의 실력을 보고 있노라면 뿌듯한 마음이 절로 샘솟았다.

"아직 많이 부족합니다."

율천 이하 모든 천뢰대원들이 공손히 허리를 숙이며 예를 차렸다.

천뢰대원 각자가 하루에 소화하는 화살 수가 보통 오백 발 정도였다. 처음 활을 배울 때만 해도 오십 발을 넘기기 힘들었지만 부단한 노력으로 그만큼 훈련량을 늘린 것이다. 물론 그만한 대가를 치러야 했다.

단 하루도 쉬지 않고 무리하리만큼 화살을 쏘아대는 통에 손가락이 성할 날이 없었다. 더구나 유난히 팽팽한 활시위가 그들을 더욱 힘들게 했다. 물집이 잡히고 터지기를 수십 번, 단단한 굳은살이 박힐 만도 한데 하루가 다르게 훈련의 강도가 강해지는 통에 굳은살마저 예사로 터지는 것이었다. 해서 누구 하나 손가락에 붕대를 감지 않은 사람이 없었다.

그렇지만 누구 하나 불평하지 않았다. 아니, 할 수가 없었다. 을지호가 자신의 가문에 내려오는 방식으로 궁술을 가르치기 시작한 이후, 그들의 궁술 연습은 무공을 익히는 과정이라기보다는 생존이 걸린 싸움이었다.

을지호는 집안 대대로 내려오는 방법에 더해 수없이 많은 방법을 고안해 그들을 괴롭혔다. 물론 가장 대표적이면서도 효과가 좋았던 것은 그날그날 실력을 평가하여 조금이라도 향상이 되지 않았을 때 굶기는 것이었다.

쇠라도 녹일 만큼 왕성한 식욕을 보이는 장정들에게 금식(禁食)은 더할 나위 없는 고통, 그들에게 매일같이 주어지는 한 사발의 약도 배

고픔의 고통을 해소시켜 주지는 못했다. 결국 금식에 걸리지 않기 위해선 죽을힘을 다해 실력을 향상시키는 방법밖에는 없었기에 천뢰대원들은 가히 필사적인 노력을 기울였다.
"이제 속사까지는 웬만큼 숙달이 된 것 같군 그래. 지금 당장이야 불가능해도 연환사 또한 부단히 노력하면 어느 정도 성취를 얻을 수 있을 것 같고."
만족한 듯 웃음을 지으며 말하였지만 그러면서도 그것이 쉽지 않은 일이라는 것을 을지호는 알고 있었다. 한곳으로 화살을 모으는 것과 여러 곳의 목표를 타격하는 것은 하늘과 땅 만큼이나 차이가 난다는 것을 과거 직접 몸으로 느꼈기 때문이다.
"자, 어쨌든 그것은 스스로의 노력에 따라 달린 일이고 오늘부터는 조금 색다른 것을 익혀볼까나."
인간은 늘 새롭고 신기한 것을 찾고 추구하는 경향이 있었다. 물론 그것을 받아들이기 싫어하는 사람도 다수 존재했지만 최소한 천뢰대의 대원들 중 그런 사람은 없었다.
을지호의 말이 채 끝나지도 않았는데 그의 곁으로 모여든 천뢰대원들의 눈은 재미있는 장난감을 발견한 어린아이처럼 초롱초롱 빛나고 있었다.
"실전과 연습의 차이가 뭘까?"
"……."
을지호의 묻는 의도를 몰랐기에 대답은 나오지 않았다.
"하하, 너무 어렵게 생각할 것은 없어. 간단히 말해서 실전과 연습의 차이는 노리는 목표에 있다. 그 차이가 뭘까, 율천?"
"음, 혹시 동작의 유무(有無)입니까?"

율천은 조심스럽게 대답했지만 을지호는 몹시 흡족한 표정이었다.

"그래. 너희들이 매일같이 하는 것은 연습은 움직이지 않는 목표에 대해 화살을 날리는 것이지만 실전은 이와 다르다. 지난 악록산에서도 느꼈던 것이겠지만 상대해야 할 적은 저 표적처럼 한자리에 가만히 서 있는 것이 아니라 잠시도 쉬지 않고 움직이고, 또 그 움직임을 제대로 예측할 수 없는 무인들이야. 게다가 너희들 또한 지금처럼 편안히 화살을 날리라는 법도 없고. 추격을 하면서 화살을 쏠 수도 있고 도망을 가며 추격을 막기 위해 화살을 쏠 수도 있겠지."

"어찌해야 합니까?"

율천이 단도직입적으로 물었다.

"우선 움직이는 표적을 구하기는 쉽지 않으니까 이후의 연습은 항상 움직이면서 해봐. 걸으면서, 뛰면서, 또한 순간적으로 목표를 바꿔가며 화살을 쏘는 연습을 하면 많은 도움이 될 거야."

"그리하겠습니다."

"그리고 너희들이 해야 할 수련이 하나 더 있다. 조금 전 언급한 것과 다소 관련이 있는 것인데……."

"하명하십시오."

율천이 허리를 굽히며 물었다.

"현재 너희들 개개인의 활 솜씨는 상당히 뛰어나다. 물론 누군가는 제외되어야겠지만."

을지호의 시선이 아무리 가르쳐도 실력이 늘지 않는, 말로는 누구도 따라오지 못할 정도로 완벽하게 궁술을 익혔지만 실전에선 동네 꼬마 보다도 못한 왕욱에게 향했다.

"죄, 죄송합니다."

왕욱이 머리를 긁적이며 얼굴을 붉혔다.

"뭐, 언젠가는 나아지겠지. 어쨌든, 실력이 늘긴 했지만 너희들이 한꺼번에 덤빈다 하더라도 강유 한 사람을 상대하기 힘들어. 미안한 말이겠지만 사실이다. 이유가 무엇일까?"

"내공, 즉 화살에 실릴 힘이 부족하기 때문입니다."

율천이 말했다.

"움직임을 따라잡을 정도로 빠르지도 못한 것도 이유가 될 수 있습니다."

왕욱이 재빨리 거들었다.

"하여간 말은……."

을지호가 고개를 절레절레 흔들었다.

"둘 다 이유가 될 수 있는데… 직접 경험해 보면 더 잘 알겠지."

그리 말하면서 을지호가 화살 하나를 집더니 앞으로 걸어갔다. 그리고 이제는 오십 보 정도 떨어진 곳에 놓여진 과녁을 지나 백 보의 거리에 도착하자 몸을 돌렸다.

모두들 괴이 여기며 쳐다볼 때 을지호의 입에서 실로 예상키 어려웠던 명령이 떨어졌다.

"지금부터 나를 향해 한꺼번에 공격해 봐. 자신이 할 수 있는 최대한의 속도로. 할 수만 있다면 연환사를 사용해도 상관없다. 다만 나를 적으로 알고 반드시 죽여야 한다는 필살(必殺)의 일념이 담긴 화살을 날려야 한다."

아무리 실전과 같은 훈련을 하라지만 하늘과도 같은 상전을 향해 화살을 날리라니! 도저히 따를 수 없는 명이었다.

천뢰대원들이 서로의 얼굴을 멍한 표정으로 쳐다볼 때 한 걸음 앞으로 나선 율천이 소리쳤다.
"그럴 수는 없습니다!"
"왜? 자신이 없는 모양이지?"
"그것은 아닙니다만……."
"그럼 무엇 때문에 주저하는 거야? 설마 나를 염려해서?"
"물론 믿고는 있지만 너무 위험합니다. 혹……."
조심스런 율천의 말에 을지호가 너털웃음을 터뜨렸다.
"하하, 걱정하지 마라. 그 정도의 공격에 당할 내가 아니니까. 애당초 위협을 느낄 정도면 이런 짓도 하지 않아. 보기와는 달리 내가 얼마나 겁이 많은 놈인데. 그러니 쓸데없는 걱정은 붙들어매고 공격해 봐. 내가 너희들에게 다가갈 테니까 저지해 보라고. 이건 명령이야. 실패했을 땐 그만한 대가를 지불할 각오를 해야 하는 명령."
농인지 진담인지 도저히 구분이 안 가는 말을 신나게 떠들어댄 을지호는 준비가 되었다는 신호로 들고 있던 화살을 흔들었다.
난처한 표정을 짓고 있던 율천은 명령이라는 말에 어쩔 수 없다는 듯 겨우겨우 활을 세우고 화살을 재었다. 조마조마한 심정으로 그를 지켜보던 천뢰대원들 역시 실패했을 시 치러야 할 대가를 떠올리며 서둘러 화살을 재었다.
"잘 살펴야 할 거야. 난 조금 빠르니까. 간다!"
'간다'라는 말이 끝나는 순간 을지호는 이미 십여 보를 전진하고 있었다. 그와 동시에 율천의 활에서 화살이 쏘아져 나갔다.
쉬이익.
율천의 뒤를 이어 천뢰대원들이 날린 화살이 을지호를 향해 엄청난 속도로 날아갔다. 그뿐만이 아니었다. 화살이 손을 떠남과 동시에 또 하나의 화살이 시위에 걸렸고 곧바로 을지호를 향했다.

을지호와 첫 번째 화살 군(群)이 만난 것은 칠십 보의 거리에서였다.

"제법들인데."

예상은 했지만 화살에 담긴 힘과 날카로움이 만만치 않다는 것을 느끼며 탄성을 내뱉은 을지호의 입가엔 만족한 미소가 걸려 있었다. 그러나 단지 그뿐이었다. 천뢰대가 날린 화살은 그의 걸음을 조금도 지체시키지 못했다.

을지호는 들고 있던 화살로 날아오는 화살을 순식간에 쳐내며 오십 보 정도 떨어진 거리까지 도달했다. 그러자 두 번째 화살 군이 그를 반겼다. 물론 그전에도 보다 손이 빠른 대원이 날린 화살이 을지호에게 접근했지만 모두 막힌 상태였다.

"어이구야! 빠른데."

조금 전과 마찬가지로 감탄사를 내뱉은 을지호. 하나 표정에는 여유가 넘쳤다. 이번에는 아예 화살을 사용할 필요도 없다는 듯 날아오는 화살을 일일이 손으로 잡거나 슬쩍 건드려 방향을 바꾸어 버렸다.

"세, 세상에!"

"말도 안 되는!!"

그런 식으로 공격을 막아낼 줄은 꿈에도 몰랐다는 듯 경악을 하면서도 천뢰대원들은 조금도 쉴 사이 없이 화살을 날려댔다.

쉬이익.

슈슈슉.

기합성도 없이 오직 바람을 가르는 예리한 파공음만이 연무장에 울려 퍼지는 사이 모든 공격을 간단히 피해내고 단숨에 이십 보 거리에까지 도착한 을지호는 낚아채어 들고 있던 몇 개의 화살을 무기 삼아 천뢰대원들을 향해 내던졌다.

 그의 손을 떠난 화살은 그 어떤 화살보다도 빠르고 날카로웠으면 강맹했다. 목표가 된 율천, 왕욱 등이 피할 엄두를 내지 못할 정도로 순식간에 접근한 화살이 그들의 팔소매를 꿰뚫어 버렸다.

 망연자실, 누구 한 사람도 입을 여는 사람이 없었다.

 한 호흡도 되지 않을 짧은 순간이었다. 개인당 적게는 두 발, 많게는 네다섯 발의 화살을 날렸으니 을지호에게 날아간 화살이 어림잡아 삼십여 발이 넘었다. 그러나 어느 하나 적중하지 못했다. 접근도 하기 전에 을지호의 화살에 막히고 손에 잡혀 버렸다. 심지어 반격을 당해 무참하게 당하고 말았다. 옆에서 지켜보았다고 해도 믿기 어려운 일이었으니 직접 당한 사람의 심정은 말할 필요도 없었다.

 "하하하, 뭘 그리 놀라? 설마 내가 당할 것이란 생각을 한 것은 아니겠지?"

 즐겁게 여흥을 즐긴 사람처럼 손을 탁탁 털며 접근한 을지호는 벌어진 입을 다물지 못하는 천뢰대원들을 보며 장난기 어린 표정을 지어 보였다.

 "어, 어찌 그럴 수가 있습니까?"

 율천이 석상처럼 굳은 몸을 움직일 생각도 못하고 물었다.

 "어찌 그러긴, 실력이지."

 을지호가 피식 웃음을 터뜨리며 대꾸했다.

 "아, 아무리 그래도 그렇지……."

 고개를 흔드는 율천은 여전히 지금의 상황을 믿지 못하겠다는 태도였다.

 "아무리 그래도는 무슨, 하루 이틀 연마한 것도 아닌데. 어쨌든 이제

알겠지? 나는 날아오는 화살을 간단히 쳐냈다. 화살에 한껏 힘이 실려 있었다면 그리 쉽지는 않았을 테지. 또한 미처 몇 발의 화살을 쏘기도 전에 이곳에 도착했고. 마음만 먹었다면 더 빨리 올 수도 있었어. 그나마 일직선으로 왔으니까 그랬지 이리저리 몸을 틀었다면 어땠을까?"

"화… 살이… 접근도 하지 못했을 겁니다."

율천이 얼굴을 붉히며 고개를 떨어뜨렸다.

"흠, 안타깝지만 최소한 강유 정도의 고수를 만난다면 지금의 실력으론 상대하기가 어렵다는 결론이 나오고 말았군. 그렇다면 강유 정도, 아니, 그 이상의 고수를 만나게 되면 어찌해야 할까?"

"실력을 키우는 수밖에 없습니다."

"아니, 그것은 내가 원하는 대답이 아니야."

율천이 슬그머니 고개를 들었다.

"예상치 못한 고수를 만나 목숨을 잃으면서 실력타령을 할 수는 없잖아."

"하지만……."

"내가 괜히 힘써가며 이런 일을 벌인 게 아니란 말이지. 내가 가진 힘이 약하다. 나의 동료들의 힘 또한 마찬가지다. 그리고 상대의 힘은 강하다. 그렇다면 어찌해야 할까?"

뭔가를 눈치 챘는지 왕욱이 대답했다.

"합공을 해야 합니다."

"그렇지, 합공을 해야지!"

을지호는 기다렸다는 듯 박수를 치며 동의했다.

"그러나 이미 실패했습니다."

이미 수십 발의 화살로 실패를 맛본 상황. 율천이 고개를 가로저으

무사부(武師父) 133

며 말했다.

"그건 합공이 아니야."

"예?"

을지호가 손짓으로 천뢰대원들을 한곳으로 불러 모았다.

"잘 들어봐. 합공이란 말이지… 여럿이서 그렇게 무작정 공격한다고 다 되는 것이 아니야. 조금의 틈도 없이 맞물려 돌아가는 톱니바퀴처럼 그렇게 정교해야 하지. 손발이 제대로 맞지 않는 합공은 차라리 하지 않는 게 나을걸. 오히려 동료의 방해만 줄 뿐이니까."

"그렇지만 궁은……."

뭔가 반박을 하려 했지만 율천의 말은 곧바로 이어진 을지호의 말에 막혀 버리고 말았다.

"궁 또한 다르지 않아. 조금 전을 상기해 볼까? 너희들이 나에게 날린 화살은 오직 나의 상체만을 노리고 있었다. 특히 가슴으로 집중되더군. 아무리 수가 많더라도 한곳으로 집중되는 공격은 막히기 쉽지. 알기 쉽게 이렇게 흔들기만 해도 막을 수 있는 것이야."

을지호가 화살 하나를 들어 자신의 가슴 어귀에서 마구 흔들었다. 부끄러웠는지 그 모습을 본 천뢰대원들의 얼굴이 붉게 달아올랐다.

"또한 첫 번째 공격은 거의 동시에 도착해서 화살로 막아냈지만 두 번째 공격은 시간 차가 있어 일일이 손으로 잡을 수 있는 여유도 있었어. 이것을 합공이라 할 수 있을까?"

아무도 대답하지 못했다. 율천 또한 할 말을 찾지 못했다.

"만약 두어 발의 화살이라도 가슴이 아닌 다리를 노렸으면 어땠을까?"

"아!"

천뢰대원들이 숙였던 고개를 들며 눈을 반짝였다.

"동시에 머리, 목, 가슴, 배, 다리를 노린 화살이 도착했으면 어땠을까? 약간의 시간 차를 두고 내가 피할 것이란 가정 하에 화살을 날렸다면 어땠을까? 이렇게 쉽게 여기까지 도착할 수 있었을까?"

대답하는 사람은 아무도 없었지만 모두의 표정에서 그렇지 않을 것이라 확신하는 듯했다.

"하하, 뭐, 나야 상관하지 않았을걸. 그 정도로 나의 발걸음을 막지는 못하니까. 하지만……."

장난기 어렸던 을지호의 얼굴에서 웃음이 사라졌다.

"강유는 절대로 쉽게 오지 못했을 거다. 어쩌면 너희들에게 당할 수도 있었겠지."

그제야 을지호가 말하고자 하는 요점을 파악한 천뢰대원들의 얼굴이 환해졌다.

"실력이란 한순간에 늘지 않아. 하나 아무리 약한 화살이라도 여러 개가 모이면 동강 내기가 쉽지 않듯 너희들이 마치 하나의 생명체처럼 서로의 틈을 보완해 가며 유기적으로 맞물려 적을 노린다면 목숨을 쉽게 거두진 못한다 하더라도 상대 역시 너희들에게 함부로 접근하지 못할 거다. 그 누구라도."

말을 마친 을지호는 진지한 표정으로 설명을 귀담아듣는 천뢰대원들의 반응을 살피며 내심 흡족해했다.

"이것으로 또 하나의 과제가 주어진 셈인가? 어찌하면 상대를 접근시키지 않을까? 누가 상대의 이목을 끄는 공격을 하고 누가 주공이 되어 상대의 목숨을 노릴 것인가? 만약 적이 피한다면 그 이후의 공격은 어찌할 것인가? 적절한 공격의 순간은 언제인가? 함께 연습하고 실행해 볼 것이 너무 많을걸? 그렇다고 이것에만 매달리라는 말은 아니야. 그래도 아직은 개인적인 수련이 많이 필요하니까 수련 중 틈틈이 연구해 보라고."

"명심하겠습니다."

천뢰대원들은 머리가 땅에 닿도록 허리를 굽혔다. 극도의 공경이 담긴 인사였다.

"그나저나 어쩌지? 제대로 못하면 대가를 치르겠다고 한 것 같은데……."

"……!!"

"쯧쯧, 그러게 잘들하지. 나도 그냥 넘어가고 싶지만 그래도 약속은 약속이니까. 흐흐, 곽 영감님이 좋아하겠군 그래. 그러잖아도 음식 재료가 동났다고 아까 그러던데."

을지호는 싱글거리며 말했지만 듣는 이들은 그럴 수가 없었다. 그의 말이 끝나기도 전에 모든 이들의 얼굴이 일그러졌다.

"아참, 그리고 한 가지 더."

몸을 돌리려던 을지호가 잊어먹은 것이 있다는 듯 말문을 열었다.

"내가 아까 화살을 날렸을 때의 거리가 얼마 정도인 줄 알아?"

"글쎄요, 한 이십 보 정도 되는 것 같습니다만."

율천이 힘없이 대꾸했다.

"그래, 정확히 이십 보였지. 여기서 질문 하나, 만약 합공을 했는데도 적이 그 정도의 거리까지 접근했다면 어찌해야 할까?"

을지호가 도대체 어떤 의도로 그런 질문을 했는지 알지 못했기에 대답하는 사람은 아무도 없었다. 순간 을지호의 얼굴이 더없이 진지해졌다.

"도망쳐."

"예?"

혹여 잘못 들은 것은 아닌지 크게 눈을 뜬 율천이 되물었다.

"도망치라고. 만약 적이 그 정도의 거리까지 접근했다면 그만한 능력이 있다는 것이지. 그럼 죽었다 깨나도 막지 못해. 그러니 무조건 도망치라고. 괜히 어줍지 않게 까불다 비명횡사하는 수가 있으니까 뒤도 돌아보지 말고 도망치란 말이야. 자, 오늘은 여기까지. 난 강유에게 좀 가봐야겠으니 다시 수련들하라고."

을지호는 율천이 뭐라 입을 열기도 전에 몸을 돌리고 손을 흔들었다.

"내가 잘못 들은 것이냐?"

율천이 멍한 눈으로 을지호를 쳐다보며 물었다.

"아닙니다. 분명 도망치라는 말씀이셨습니다."

"그래, 나도 그리 들었어. 분명 도망치라고……."

을지호의 등에 고정된 율천의 눈은 그의 모습이 완전히 사라지기 전까지 떠날 줄을 몰랐다.

"흐흠, 강유 녀석, 잘하고 있나 모르겠군."

어이없어하는 천뢰대를 뒤로하고 연무장과 세심각(洗心閣)을 지나 홀로 떨어져 무공을 익히고 있는 강유에게로 향하는 을지호의 발걸음은 한없이 가벼웠다. 하루가 다르게 강해지고 있는 세가의 식솔들과 천뢰대원들 때문이기도 하였지만 최근 들어 하고자 하는 일이 너무나 잘 풀리고 있기 때문이었다.

그 모든 일은 을지호가 남궁민과 서로 얼굴을 붉힌 후 그대로 떠나려 하는 노인을 붙잡고 끈질기게 따라붙어 설득에 성공하고 끝까지 고집을 피우며 반대할 줄 알았던 남궁민이 노인에게 오히려 사과를 하고 태상호법(太上護法)에 추대하는 파격을 감행하면서 시작되었다고 해도 과언이 아니었다.

고개를 숙이고 들어오는 남궁민을 바라보며 그저 외마디 탄식을 내뱉은 노인은 바로 그날부터 태상호법이자 남궁세가의 무사부로서의 역할을 시작했다.

태상호법은 처음 며칠 동안은 그저 수련 과정을 둘러보는 것으로 그치더니 마침내 오 일째가 되는 날부터 한 사람씩 불러 그에게 필요한 조언과 충고, 질책을 하기 시작했다. 장황할 것도 없이 그저 짧고 간결하게 지적하는 수준이었다.

아무리 무공이 뛰어나다 하더라도 연륜이라는 것은 무서웠다. 을지호가 간과하고 놓치기 쉬웠던 부분에 대해서도 태상호법은 정확히 지적했고 충고했다. 말 한마디 한마디가 금과옥조(金科玉條)와 다름없었다. 어찌나 정확하게 속속들이 파고드는지 그가 남궁세가의 전대 어른이 아닌가 하는 의심이 들 정도였다.

효과는 바로 나타났다.

동료들에 비해 한발 앞서 나갔지만 스스로의 한계에 막혀 고심하고 있던 천도문, 태무룡(邰武龍), 연능천(燕凌天) 등이 뭔가 깨달음을 얻었는지 이후 무서운 속도로 실력을 쌓아 나갔다.

을지호의 체면 때문에 태상호법으로 추대하기는 했어도 절대로 인정하지 않을 것만 같았던 남궁민 또한 자신이 시전하는 무공을 간단히 살핀 후, 너무나도 쉽게 잘못된 곳을 지적하는 태상호법의 말에 내심 경악하며 그 능력을 인정하게 되었다.

그렇게 한 달이 지나자 남궁세가의 모든 식솔들은 태상호법을 더 이상 낯설어하지 않았다. 오히려 자신들의 진정한 무사부로 여기며 을지호를 대하는 것 이상의 존경심과 공경을 보였다.

"흐흐흐, 무사부로 모시길 정말 잘했어. 익히 들어 알고는 있었지만 역시 대단하신 분이야. 후~ 솔직히 혼자서는 감당하기 힘들었는데… 아무튼 한시름 덜었다니까. 이제는 앞으로 나갈 일만 남았군. 확실한 자금줄도 확보가 되었으니."

이런저런 생각에 흐뭇해하던 을지호는 곧 강유의 수련 장소에 도착했다. 그리고 한쪽 발을 비스듬히 앞으로 내밀고 검의 손잡이에 살짝 손을 얹고 있는 강유를 볼 수 있었다.

'호오~'

제법 자세가 안정되었다고 생각하는 순간, 강유가 맹렬한 속도로 검을 빼어 한 번 휘둘렀다.

강유는 목표가 어떤 것인지 확인할 사이도 없이 검을 거두더니 재차 검을 뽑아 휘둘렀다. 그러나 두 번째의 검 역시 자유를 만끽하기도 전에 어둠만이 존재하는 검집으로 되돌려졌다.

그러기를 서너 번. 잠시 자세를 바꾼 그는 조금 전과 같은 동작을 계속해서 반복했다.

"쯧쯧, 여전하구만."

벌써 보름째였다.

다른 식솔들과 함께 무공을 익히는 뇌전, 초번과는 달리 남궁세가의 무공을 익히지 않을 뿐더러 가급적 보지도 않으려 외따로이 수련을 하는 강유는 태상호법의 무공이 예사롭지 않다는 것을 알고는 특유의 왕성한 호기심으로 가르침을 받기 위해 온갖 수고를 마다하지 않았다.

강유가 추구하는 것은 쾌였다.

어려서부터 해남파의 무공을 익히기는 하였어도 형인 강명과는 달리 해남파의 무공에 그다지 심취하지 않았던 그는 빠르다는 것, 찰나에 승부를 보는 쾌검에 대해서만 유난히 관심을 보였다. 특히 을지휘소로부터 무심지검을 보고 배우게 되면서 그의 열망은 더욱 거세게 타올랐다.

비록 너무 위험하다는 을지호의 충고대로 무심지검을 익히는 것은 포기하고 말았지만 이후에도 그의 관심사는 오로지 쾌검뿐이었다.

그런 강유의 말을 듣고 한참이나 심사숙고한 태상호법이 진지하게 건넨 한마디는, '떨어지는 나뭇잎을 베도록 하여라' 라는 너무나 쉽고 간단했으며 힘이 빠지는 수련 방법이었다. 하지만 그것이 얼마나 힘들고 까다로우며 뼈를 깎는 노력을 요하는 것인지 알게 된 것은 만 하루가 지나지 않아서였다.

강유가 수련하는 곳에는 남궁세가와 함께 세월의 부침(浮沈)을 묵묵히 견뎌낸 수령이 제법 된 괴목(槐木:느티나무)이 자라고 있었다. 태상호법은 그 나무에서 떨어지는 나뭇잎을 단 하나도 놓치지 말고 벨 것을 명했다. 단, 검은 늘 검집에 머물러 있어야 한다는 것이 조건이었다.

많은 의아심이 들었지만 강유는 뭔가 이유가 있을 것이라 여기고 나뭇잎을 베는 데 전력을 다했다.

그런데 그것이 생각보다 쉽지 않았다. 우선 계절적인 영향 때문인지 몰라도 나뭇잎은 좀처럼 떨어지지 않았고, 떨어진다 해도 그 범위가 너무 넓어 놓치기 쉬웠다. 또한 안다고 해도 웬만한 집중력이 아니면 나뭇잎을 벨 수가 없었다.

유능제강(柔能制剛)이라. 실로 가녀린 몸을 가지고 공기의 흐름에 몸을 맡긴 나뭇잎은 날카로운 검에도 잘 베어지지 않았다. 빠르고 날카롭지 않으면 검의 주인을 비웃기라도 하듯 검날을 타고 올라가 춤을 추었다. 물론 어려서부터 이런 수련에 이골이 난 강유의 검에는 한 치의 허점이 있을 수 없었다. 그러나 그것도 잠시, 처음 몇 개는 완벽하게 반으로 갈라져 땅에 떨어졌으나 그의 집중력은 한나절을 가지 못했다.

서너 시진이 지나도록 떨어지는 나뭇잎은 고작 대여섯 개, 언제 떨어질지 모르는 나뭇잎을 기다리는 시간은 끔찍이도 지겹고 짜증나는 일이었다. 그렇다고 긴장을 풀었다가 나뭇잎을 놓치기라도 하면 그런 망신이 없었다.

그것이 전부가 아니었다.

나뭇잎이 떨어지기만을 마냥 기다리던 강유는 어느 날 태상호법으로부터 불호령을 들어야 했다. 그리고 다음과 같은 설교를 들었다.

"쾌검의 생명은 바로 집중력이다. 늘 긴장을 유지하고 있다가 단 한 번에 모든 힘을 폭발시킬 수 있는 집중력. 그 한 수에 모든 것을 거는 것이다. 그러나 아무리 집중력이 뛰어나다 할지라도 발검(拔劍)이 느리면 아무런 소용이 없다. 적의 검이 뻔히 날아오는 것을 간파하고서도 나의 검이 늦는다면 하겠느냐? 물론 그 반대 역시 마찬가지다. 발검이 빨라도 집중력이 흐트러진다면 아무짝에도 쓸모가 없으니 둘 중 어느 하나라도 부족하다면 그자는 결코 쾌검을 익혔다고 할 수 없을 것이다. 내가 네게 나뭇잎을 베라는 것은 그러한 집중력과 발검의 능력을 키워주고자 함이다. 언제 어디서 떨어질지 모르고 또 떨어진다 해도 극도로 긴장하지 않으면 알아채지 못할 정도로 은밀한 나뭇잎의 움직임을 간파하기 위해선 극도의 집중력이 필요할 것이며, 그 즉시 대응하여 검을 뽑을 수 있으려면 발검의 능력을 키워야 할 것이다. 그렇게 멍청히 서서 하늘만 쳐다보고 있으라는 것이 아니란 말이다! 검이라는 것은 언제나 그렇게 똑같은 자세에서 뽑을 수 있는 것이 아니다. 적과 당당하게 마주 서서 뽑을 수도 있고, 그렇다면 다행이겠지만, 길을 걷다가 뽑게 될 수도 있다. 잠을 자다가, 밥을 먹다가, 심지어 측간에서도 검을 뽑아야 할 위급한 상황이 닥칠 때가 있다. 적은 그렇게 찾아온다. 전혀 예상치 못한 움직임으로 떨어지는 나뭇잎과 같이 말이다. 그때는 어찌하겠느냐? 검을 뽑아 막아낼 수 있겠느냐? 적의 공격보다 빨리 말이다."

그 이후 강유는 괴목의 주위를 잠시도 쉬지 않고 돌았다.
한 걸음 내디딜 때마다 혼신의 힘을 다해 네다섯 번씩 검을 꺼냈다 넣었다 하였고 그때마다 자세를 바꾸었다. 또한 모든 일상이 발검을 위한 연습 과정이 되었다. 밥을 먹는 중에 갑자기 검을 휘둘러 주위 사람들을 놀라게 하고 누워 잠을 청하다가도 검을 뽑았다. 휴식을 취하면서도 발검하기를 주저하지 않았고 오랜만에 술을 들이킬 때도 마찬가지였다.
강유는 그렇게 점점 검에 미쳐 가고 있었다.
"쯧쯧, 그렇게 성의없이 검을 뽑아서야 실력이 늘겠냐?"
그렇지 않다는 것을 뻔히 알면서, 죽어라 애쓰는 덕에 땀으로 범벅이 된 강유의 모습을 보면서도 그냥 농을 걸고 싶었는지 을지호의 음성에 장난기가 어렸다.
"그런 말씀 마세요, 힘들어 죽겠으니까."
힐끔 고개를 돌린 강유가 자세를 풀고 고개를 한 바퀴 돌리더니 어깨를 주무르며 걸어왔다.
 "왜? 그만 하려고?"
 "예, 그러잖아도 쉴 때가 됐습니다. 어르신이 너무 무리하는 것은 도리어 좋지 않다고 말씀하셨지요."
 어르신이 태상호법을 가리키는 것은 주지의 사실. 고개를 끄덕인 을지호가 괴목 옆에 있는 바위에 걸터앉았다.
 "그래, 성과는 좀 있고?"
 "글쎄요. 열심히 하기는 하는데 잘 모르겠……."
 말끝을 흐린 강유가 난데없이 검의 손잡이에 손을 대더니 을지호를 향해 검을 뽑으려 하였다.
 물론 시도일 뿐이었다.
 "아서라, 아서."
 그 짧은 시간에 어디서 구했는지 강유의 목에는 자그마한 작대기 하나가 닿아 있었다.
 "으……."
 검을 겨누기는커녕 반도 뽑지 못한 강유가 황당하다는 듯 쳐다보았다.
 "이놈아, 어디 시험할 상대가 없어서 내게 장난질이야? 호랑이 앞에서 발톱 자랑하는 것도 아니고."
 "어떻게 알았습니까?"
 "어떻게 알긴, 뻔히 보이는데."
 을지호가 나뭇가지를 던지며 대꾸했다.
 "거참, 이상하네. 완벽했다고 생각했는데……."
 꺼내다 만 검을 제자리에 집어넣은 강유가 고개를 갸웃거리며 을지호의 곁으로 다가와 앉았다. 그가 바위에 앉자마자 그의 등 뒤에서 준엄한 호통이 터져 나왔다.

"무공에 있어 완벽이란 존재하지 않는다!"

"오, 오셨습니까?"

보지 않아도 음성의 주인 태상호법이라는 것을 모를 리 없었다. 화들짝 놀란 강유는 물론이고 을지호 역시 황급히 자리에서 일어나더니 몸을 돌려 예를 표했다.

"제대로 하고 있나 보러 왔건만 하라는 수련은 하지 않고 분수도 모르고 장난이나 치고 있으니……."

"죄, 죄송합니다."

강유가 고개를 들지 못하자 을지호가 그의 어깨를 잡으며 말했다.

"너무 그러지 마시지요. 그래도 제 나름대로 열심히 하는 모양인데요. 뭐, 수련의 성과도 알고 싶기도 했겠지요."

"며칠이나 했다고 수련의 성과가 나와? 잠을 잊고 수련을 해도 될까 말까 한 것을. 그렇게 단시간 내에? 어림도 없는 소리지."

을지호의 변명에 약간 안색을 풀기는 했지만 노기 띤 음성은 여전했다.

"그리고……."

강유를 질책하던 태상호법이 허리를 숙이더니 네 조각으로 잘린 나뭇가지를 집어 들었다. 마치 일일이 크기를 비교하여 자른 것처럼 조각마다 크기가 일정한 나뭇잎이었다.

"네가 한 것이냐?"

"예."

"멍청한."

"예?"

당연히 칭찬을 들을 것이라 생각하여 슬며시 미소를 짓고 있던 강유는 예상치 못한 호통에 번쩍 고개를 치켜들었다.

"누가 이런 짓을 하라고 했지?"

"아, 아니, 그게……."

당황한 강유는 시선을 둘 곳을 찾지 못하다가 을지호에게 도움을 요청이라도 하듯 바라보았다. 그러나 한껏 웃음을 머금은 을지호는 도와주기는커녕 고개를 흔들며 약을 올렸다. 태상호법이 어째서 호통을 치는지 알고 있다는 태도였는데…….

"쾌검은 기교(技巧)가 아니다. 최대한 빨리 검을 꺼내고 군더더기없는 동작으로 검을 이끌어 적을 베는 것이다. 온몸의 힘을 한곳에 집중하여 폭발시키면서 말이다. 그런데 이것은 무엇이냐? 이렇게 쓸데없는 곳에 힘을 쏟을 필요가 있다고 보느냐?"

태상호법이 네 조각으로 난 나뭇잎을 허공에 흩뿌렸다.

"이렇게 네 조각으로 낼 여유가 있으면 한 번이라도 더 검을 뽑는 연습을 하여라!"

"아, 알겠습니다."

강유가 기어들어 가는 음성으로 대답했다. 풀이 죽은 강유가 안되어 보였는지 을지호가 한마디 거들었다.

"그리고 중요한 것이 또 있다. 아까 내가 너의 공격을 알고 있는 것 같아서 이상했지? 이유는 알고 보면 간단한 거야."

강유는 여전히 고개를 숙이고는 있었지만 귀를 쫑긋거리는 것이 다음 말을 기다리고 있는 듯했다. 그의 그런 행동에 실소를 금치 못했지만 을지호는 모른 척 말을 이었다.

"모든 행동에는 예비 동작이 있다. 짐승이든 사물이든 어떤 동작을 하기 위해선 그전에 반드시 어떤 조짐이 있지. 그 조짐을 알아낸다면 다음의 동작을 예측하는 것도 그리 어려운 일은 아니다."

"제게 어떤 조짐이……."

강유가 태상호법의 눈치를 살피며 물었다. 태상호법은 모른 척 몸을 돌리고 있었다. 만약 누군가가 그의 말을 끊고 검에 대해 되도 않는 지식으로 함부로 입을 놀렸다면 목숨이 달아나기 쉬웠겠지만 다른 사람도 아니고 을지호였다. 태상호법 그 자신도 을지호에게만큼은 무공에 대해 자신하지 못할 정도였으니 그대로 용인한 것이었다.

"검을 뽑기 전 아주 미약하나마 숨결이 흐트러졌다. 어깨도 경직되는 것 같았고."

"그, 그것이 보였습니까?"

"보였으니까 준비를 했지. 뭐, 미리 준비하지 않았더라도 결과는 마찬가지였겠지만."

"그럼, 그 조짐은 어찌 알아낼 수 있습니까?"

쉽게 대답할 성질의 것이 아니었는지 을지호도 잠시 뜸을 들였다.

"글쎄, 우선 경험이 있을 수 있겠고, 적절한 긴장감도 있고, 주변을 살필 수 있는 빠른 눈도 필요하고… 하지만 무엇보다 감(感)이라고나 할까? 어떤 느낌 말이야."

"그것을 흔히들 무인의 본능(本能)이라 한다."

가만히 듣고 있던 태상호법이 말했다.

"그러나 부단히 노력한다면 그 본능조차 감지할 수 없을 정도로 빠른 검을 가질 수 있으니 쓸데없이 한눈팔지 말고 네가 할 일만 충실히 하여라."

"예, 명심하겠습니다."

"명심만 하지 말고 실천에 옮기도록 해라."

태상호법의 눈에 힘이 들어간다고 느끼는 순간 강유는 그 즉시 자리에서 일어났다. 그런 강유를 보는 태상호법의 눈가에 언뜻 주름이 잡혔다가 사라졌다.

"꽤 괜찮은 녀석이야. 재질도 그만하면 손색이 없고, 특히 고집이 있어."

"고집이라면 타의 추종을 불허하는 녀석이지요."

을지호가 흐뭇한 미소를 지으며 맞장구쳤다. 둘은 그렇게 한참이나 강유의 수련을 지켜보았다.

"그러잖아도 부르려고 하였다."

강유가 수련에 몰두하는 것을 응시하던 태상호법이 입을 열었다.

"예? 무슨 일로……."

"듣자니 어제 운… 뭐라는 표국에서 돈이 왔다고?"

"예, 운한표국에서 그동안 얻은 수익금 중 일부를 보내왔습니다. 예상보다 훨씬 많은 액수더군요."

을지호는 돈을 보내며 빨리 세가로 불러달라고 신신당부하던 해웅의 투정 어린 전갈을 생각하며 웃음을 보였다. 그런 모습에 태상호법의 이마가 찌푸려졌다.

"그렇게 웃고 있을 때더냐?"

"무슨 말씀이신지……."

"너무 태만한 것 아니냐는 말이다."

"하하, 어르신께서 도와주신 덕분에 제가 조금 편해지기는 했지만 그렇게 게으름을 피우고 있지는 않습니다."

"내 말은 그것이 아니다."

"예? 그렇다면……."

을지호가 의혹 어린 눈으로 태상호법을 바라보았다.

"산중을 호령하던 호랑이가 자신의 먹이를 빼앗겼다. 그것도 아무리 보아도 이빨 하나 제대로 나지 않은 어린 호랑이에게 말이다. 너라면 어찌하겠느냐?"

"……."

그제야 태상호법의 말이 무슨 뜻인지 깨달은 을지호의 얼굴이 굳어졌다.

"꽤 많은 액수가 온 것으로 아는데 이쪽에서 얻은 만큼 상대는 빼앗겼을 것이다. 가만있으리라고 보느냐?"

"그럴 리야 없겠지요."

곧바로 안색을 회복한 을지호가 피식 웃음을 터뜨리며 대꾸했다.

"그런데도 너무 태평한 것 같구나."

"그렇게 보였습니까? 저 또한 어느 정도 위기감은 느끼고 있습니다. 무공에만 완벽이라는 것이 없는 것이 아니라 세상사, 모든 일에 완벽이란 존재하지 않는다는 것을 알고 있으니까요. 저희가 한 일도 곧 놈들에게 드러나겠지요. 하지만 그렇다고 딱히 대책을 세우기도 뭐한 것이, 지금은 무공을 가르치고 또 익히는 것이 벅찰 정도로 모두가 열심히입니다. 그 이상 부담을 줄 수가 있어야지요."

"그러다가 무방비로 당하는 수가 있다. 만약 기습을 당해 네가 어찌 손쓸 틈도 없이 당한다면 어찌하려느냐? 결과야 보지 않아도 뻔하다만 녀석들이 다칠 수가 있어."

"그럴 일은 절대로 없습니다."

엷게 미소 짓는 을지호는 너무도 자신만만했다. 그의 말에 태상호법이 그럼 그렇지 하는 표정으로 되물었다.

"그리 말을 하는 것을 보니 미리 대책을 세운 것이 아니더냐?"

"하하, 대책이라기보다는 조금 믿는 구석이 있지요."

"흐흠."

영문을 알 수 없는 을지호의 말에 태상호법은 궁금하다는 듯 고개를 갸웃거렸다. 그 순간 을지호는 따뜻한 햇살을 받으며 정문 위에서 졸고 있을 철왕을 떠올리고 있었다.

'녀석이라면······.'

제 14장

혼전(混戰)

혼전(混戰)

 칠흑 같은 어둠이 지나가고 먼 동쪽에서 여명이 밝아올 무렵, 일단의 무리들이 인적없는 산길을 따라 은밀히 움직이고 있었다.
 각기 적색과 황색 무복을 입고 있는 그들은 다름 아닌 노호문의 무인들, 용철상의 명으로 남궁세가를 치기 위해 이틀 밤을 달려온 노호문의 정예였다.
 대략 삼십여 명의 인원이 움직이는데도 희미한 발소리만이 들릴 뿐 그 어떤 잡음도 들리지 않았다.
 "저 언덕만 넘으면 바로 남궁세가입니다."
 앞장서서 무리를 인도하는 흑우전(黑雨展)의 부전주 사청오(司靑鳥)가 걸음을 멈추고 말했다.
 "어째서 멈추는가?"
 용후가 물었다.

"이대로 가는 것입니까?"

"가지 않으면?"

심드렁히 대꾸하는 용후와 그의 좌측에 서 있는 황유화의 눈치를 본 사청오가 약간 머뭇거리며 말했다.

"은밀히 일을 처리하려면 이쯤에서 복면 정도는……."

"글쎄… 은밀히 처리하러 가는 것이긴 하지만 복면으로 얼굴을 가릴 정도로 비밀을 지켜야 한다고는 생각하지 않아. 어차피 놈들의 치부가 드러날 터. 우리의 정체가 알려진 듯 뭔 상관이 있겠는가?"

"그건 소문주님의 말이 맞다. 우리가 이렇듯 야음을 틈타 이동하기는 해도 그것은 단지 일이 끝나기 전의 번거로움을 피하기 위함이지 그 이하도 이상도 아니다. 괜한 걱정 하지 말고 어서 앞장서거라."

"아, 알겠습니다."

더 이상 입을 열어봐야 노여움만 살 뿐이라 여겼는지 서둘러 대답한 사청오는 민첩한 몸놀림으로 수하들을 이끌었다.

그렇게 발걸음을 재촉하기를 이각여. 언덕을 오른 그들은 과거의 웅장한 자태는 아니지만 새로운 건물도 세우고 이곳저곳 수리를 하여 이제는 제법 그럴듯한 규모를 갖춘 남궁세가를 볼 수 있었다.

남궁세가를 앞에 둔 용후는 오랜 이동에 쌓였을 피로를 잠시나마 풀라는 의미로 휴식을 명하고 몸이 날랜 수하 두 명을 뽑아 남궁세가의 정세가 어떤지 정탐하고 오라 일렀다. 그리곤 자신을 따라온 두 장로와 세 명의 호법, 그리고 이번 싸움의 실질적인 역할을 수행하게 될 적혈전(赤血殿)의 전주 매염교(梅炎皎)와 흑우전의 부전주 사청오를 불러 모았다.

"여기까지 왔습니다. 기왕 시작한 것, 시간 끌 것 없다고 생각합니다. 휴식이 끝나는 대로 공격을 감행할 생각입니다. 두 분 어르신께선 어찌 생각하십니까?"

"그렇지. 머뭇거릴 것이 뭐 있겠는가? 그냥 이대로 밀고 나가 짓밟아 버리면 그만이야."

만종의가 발끝에 걸린 풀을 잡아뜯으며 용후의 의견에 동조했다.

"좌 장로께서 당한 것을 보면 한가락 하는 놈이 있을 것이니 조심하는 것도 좋을 것입니다. 또한 새로운 건물을 세웠을 때 지금과 같은 일을 염려해 어떤 장치를 했을지도 모르는 일. 예기치 못한 함정에 걸려 일에 차질이 올 수도 있습니다."

적혈전의 전주 매염교가 침착히 말하였다.

젊어서부터 문주인 용철상과 함께 생사(生死)를 함께한 매염교는 비록 위치는 전주에 불과하지만 장로들도 그를 존중할 만큼 능력과 충성심을 인정받고 있는 사람이었다. 무공만큼은 대단해도 상문연(尙文延)을 대신해 흑우전을 이끌고 온 사청오와는 그 격이 달랐다.

신중함을 기하자는, 그러면서도 두려운 기색은 조금도 없는 그의 말에 용후는 물론 황유화도 고개를 끄덕였다.

"매 전주의 말에도 일리는 있네. 조심은 해야겠지. 하나 남궁세가에 우리를 막을 수 있는 자가 있다고는 생각되지 않는군."

매염교의 말에 수긍을 하면서도 좌극의 죽음이 언급되자 슬며시 입술을 깨물며 각오를 다진 황유화는 냉기가 깔린 시선으로 남궁세가를 노려보았다.

"공격은 세 곳으로 나누어서 하겠습니다. 좌측은 흑우전이……."

"맡겨주십시오!"

용후의 시선이 자신에게 머물자 사청오가 자신만만하게 대답했다.

"우측은 매 전주께서 맡아주시기 바랍니다."

"그러지요."

다소 들뜬 사청오와는 달리 살짝 허리를 숙여 명을 받은 매염교는 무척이나 진중했다.

"어르신들은 저와 함께 중앙을 치도록 하시지요."

"그리 나누어서 기습할 필요는 없지 않은가? 그냥 쓸어버리면 되는 것이지."

만종의는 여러 갈래로 공격한다는 것이 그다지 마음에 들지 않는 모양이었다.

"하하하, 다른 의도는 없습니다. 혹여 도망치는 놈들이라도 있을까 싶어서 그런 것입니다."

"흠, 그런가? 난 또……."

만종의가 멋쩍은 표정으로 뒤로 물러나는 사이 정찰을 보냈던 수하 두 명이 돌아왔다. 그들의 보고는 그다지 특별할 것이 없었다. 정문은 굳게 닫혀 있고 벽을 타고 돌아보아도 딱히 지키는 사람이 없다는 정도가 전부였다.

"애써 담을 넘을 것도 없었군요. 우선 정문을 통과해 각자 맡은 곳을 책임지기로 하지요. 아, 그리고……."

몸을 일으키던 용후가 엉거주춤한 자세로 말을 이었다.

"수하들에게 일러두십시오. 투항하는 자들은 살려두고 조금이라도 반항하는 자들은 모조리 베어버리라고. 또한 절대로 빠져나가는 놈이 있어선 안 된다는 것도 명심하라고 말이지요."

사청오와 매염교가 조용히 명을 받았다.

잠깐의 휴식이 끝나자 흑우전을 대신해 이번엔 매염교와 그가 이끄는 적혈전의 무인들이 앞장을 섰다.

매염교는 서두르지 않았다. 그렇다고 한없이 느린 것도 아닌 최대한 신중을 기해 걸음을 옮겼다. 주변의 지형을 자세히 살피고 혹시라도 이상한 낌새가 없는지 철저하게 조사했다.

그의 늦은 행보에 다소 불만이 있어도 용후는 물론이고 황유화도 아무런 제지를 하지 않았다. 그들은 그만큼 매염교의 의사를 존중해 주고 있었다.

그 어떤 기척도 발소리도 들리지 않았다. 산길을 걸을 때보다 더욱 은밀해진 노호문의 이동은 남궁세가의 정문에 도착할 때까지 계속되었다.

"열어라."

명령이 떨어지기가 무섭게 적의를 입은 사내가 달려나오더니 멋진 도약으로 담장을 넘어 들어갔다.

끼이익.

특유의 마찰음과 함께 정문이 활짝 열렸다.

정문에 들어선 노호문의 무인들은 용후의 명이 떨어지기도 전에 사전의 계획대로 좌우로 흩어졌다. 그들의 움직임은 여전히 조심스럽고 은밀했다.

그러나 그 누구도, 용후를 수행하고 있는 세 명의 호법은 물론이고 이들 중 최고의 무공을 자랑하는 황유화와 만종의도 전혀 눈치 채지 못하는 사이 그들의 움직임은 큰 원을 그리며 허공에서 선회하고 있는 철왕은 의해 완벽하게 파악되었다.

태상호법의 우려대로 곧 노호문의 공격이 있을 것이라 예상한 을지호는 밤이 되면 철왕에게 남궁세가의 주변을 철저히 감시하라 일러두었고 철왕은 주인의 명을 성실히 따르고 있었다.

그리고 바로 오늘, 막 동이 트는 새벽에 은밀히 움직이는 적의 움직임을 잡아낸 것이다.

그들이 전혀 생각할 수 없는 곳에서 모든 행동을 지켜보던 철왕은 정문을 들어선 노호문의 무인들이 좌우로 흩어지며 전각으로 접근하자 그 즉시 날개를 접고 하강을 시작했다.

철왕의 목표는 좌측으로 이동하고 있는 흑우전의 무인이었다.

가장 후미에 처져 걸음을 옮기고 있는 사내는 자신에게 닥칠 엄청난 재앙을 미처 깨닫지 못하고 앞으로 있을 싸움만을 상기하며 잔뜩 긴장한 상태였다.

쉬이이익.

갑자기 요란한 파공음이 연무장에 울려 퍼지고 뒤이어 무엇인가 날카로운 괴음(怪音)이 남궁세가에 깔렸던 고요함을 일거에 날려 버렸다.

전자는 하강하는 철왕의 속도에 의해 공기가 견디지 못해 내는 소리였고 후자는 철왕이 을지호에게 보내는 일종의 신호라 할 수 있었다.

"조심해랏!"

다소 뒤에 처져 있던 황유화 등이 뭔가 접근하는 것을 알아채고 다급히 경고를 했다. 하지만 하늘에서 떨어져 내리는 철왕의 속도는 그런 경고에 막힐 만큼 만만한 것이 아니었다.

황유화의 외침이 끝나기도 전에 목표에 접근한 철왕이 예의 날카로운 발톱을 치켜세우며 몸을 비스듬히 누였다. 속도를 전혀 줄이지 않은 상태에서 철왕의 발톱이 때마침 고개를 돌린 한 사내의 목을 훑고 지나갔다.

본능적으로 고개를 틀어 목이 완전히 절단되는 것은 막았지만 그는 삼 분지 일이나 되는 살과 심줄이 잘려나가는 것을 막지는 못했다.
"크악!"
사내의 입에서 처절한 비명이 터져 나왔다.

을지호의 눈이 순간적으로 떠졌다.
유난히 아침잠이 많아 눈을 뜨고도 한참 동안이나 이부자리와 씨름을 해야 겨우 몸을 추스르던 그의 몸이 튕기듯 일어났다. 만약을 대비해 옷을 입고 잤기에 따로 옷을 입어야 하는 번거로움은 없었다.
몸을 일으킴과 동시에 침상 곁에 놓아둔 철궁을 집어 든 을지호는 처음부터 방에 그가 있었는지를 의심할 정도의 속도로 사라졌다.
태상호법 또한 을지호와 거의 동시에 눈을 뜨고 자리에서 일어났다. 그러나 그는 을지호처럼 서두르지는 않았다. 천천히 옷을 걸치고 탁자 위에 준비된 물을 들이키며 느긋하게 방을 나섰다.
을지호와 태상호법이 철왕이 내는 신호음에 눈을 떴다면 강유를 비롯하여 나머지 식솔들은 바로 이어 들려온 비명 소리에 눈을 떴다. 그리곤 허겁지겁 옷을 챙기고 무기를 챙겼다.
을지호가 방을 나서고 강유 등이 몸을 추스르는 그 짧은 시간 동안 연무장에선 철왕과 노호문과의 치열한 전투가 펼쳐지고 있었다.
이미 기습은 틀렸다고 생각한 용후의 분노는 자신들의 행사를 너무나 간단히 박살 낸 철왕에게 쏟아졌다.
"뭣들 하느냐! 고작 새 한 마리를 두고!"
용후의 분노는 하늘을 찔렀다.
그도 그럴 것이 이십 명이 훨씬 넘는 수하들이 날개를 퍼덕이며 이리저리 날뛰는 새 한 마리를 막지 못해 우왕좌왕하는 것이었다. 더구나 한낱 미물에 불과한 놈이 도망칠 생각은 하지도 않고 겁도 없이 달려드는 게 아닌가.

남궁세가를 치기 위해 고르고 고른 정예들이 어쩔 줄을 몰라 하며 허둥대자 용후의 짜증은 극에 이르렀다. 비단 용후만 그런 것은 아니었다. 뒤에 물러나 있던 두 장로와 세 명의 호법도 안색이 참담하게 일그러졌다. 하지만 그들은 직접 철왕을 상대하고 있는 사청오에 비할 바가 아니었다.

철왕의 발톱에 제일 먼저 당한 것도 그의 수하였고 두 번째 부상자 역시 흑우전에서 나왔다. 또한 철왕이 집중적으로 공격하는 이들 역시 흑우전의 무인들이었다.

"만만하게 보지 마라!"

어딘지 이상한 말, 마치 상당한 고수를 상대하는 듯 노호성을 터뜨린 사청오가 직접 검을 빼 들고 철왕을 상대하기 위해 나섰다. 그러나 본능적으로 강자를 알아본 철왕은 직접 맞부딪치는 것보다는 살살 약을 올리며 그의 공격권을 벗어났다.

"병신 같은!"

사청오마저 그렇듯 한심하게 헤맬 줄은 몰랐다는 듯 용후의 입에서 자신도 모르게 욕지거리가 터져 나왔다.

바로 그때였다.

사청오를 농락하며 하늘로 부상하던 철왕의 곁에 누군가가 모습을 드러냈다. 깜짝 놀란 철왕이 날갯짓을 하며 피하려 했지만 이미 늦고 말았다. 두어 번의 도약으로 철왕을 따라잡은 매염교의 검이 철왕의 몸을 강타했다.

천 근의 힘이 실린 검에 타격을 당한 철왕은 마치 끊어진 연처럼 오

장여를 날아가 땅에 처박혔다. 순간 노호문의 무인들 입에서 함성이 터져 나왔다.

"멍청한 놈들 같으니!"

세상에 함성 지를 데가 없어서 고작 새 한 마리 해치웠다고 저렇듯 좋아 날뛴단 말인가!

터져 나오는 함성에 용후는 억장이 무너지는 참담한 심정이었다. 그것은 매염교 또한 마찬가지였다.

"입들 닥쳐!"

인상을 찡그린 매염교가 버럭 소리를 질렀다. 함성은 곧바로 잦아들었다. 그러나 매염교의 눈은 이미 그들에게 있지 않았다. 그의 눈은 막 모습을 드러낸, 자신의 발 아래로 힘없이 떨어져 내린 철왕을 무심한 눈으로 응시하는 을지호에게 박혀 있었다.

'누군가?'

이상한 느낌이었다.

특별한 살기도 전해지지 않았다. 고수에게서 풍기는 예기도 없었다. 그런데 뭔가가 이상했다. 딱히 꼬집어 뭐라 말은 할 수 없지만 전신의 세포를 자극하는 묘한 뭔가가 있었다.

'좋지 않다!'

오랜 경험을 통해 그런 몸의 반응이 맹렬한 경고의 표시임을 알고 있던 매염교는 최대한 신중히 자세를 잡으며 물었다.

"바로 네놈이로구나, 좌 장로님을 그리 만든 놈이!"

하나 을지호는 대답하지 않았다. 아예 시선조차 주지 않았다. 그의 눈은 죽은 듯이 누워 있는 철왕에게 고정되어 있었다.

한참이나 철왕을 살피던 을지호가 안도의 한숨을 내쉬며 철왕의 몸을 발로 툭 건드렸다.

"엄살 피우지 말고 일어나."

을지호의 발에 잠시 흔들렸을 뿐 철왕은 미동도 없었다. 을지호가 재차 발을 움직였다.

"까불지 말고 일어나라니까."

"뭣 하는 것이냐?"

매염교가 버럭 소리를 질렀다.

아무리 겁을 상실해도 그렇지, 아니, 어쩌면 그것이 절대적인 우위에서 오는 자신감일 수도 있겠지만, 자신을 앞에 두고 하는 을지호의 행동에 매염교는 어떤 모욕감마저 느끼고 있었다.

"그놈은 뒈지지… 헛!"

뭐라 말을 하려던 매염교가 다급히 숨을 들이키며 눈을 동그랗게 떴다. 죽은 줄 알았던, 당연히 죽었어야 하는 철왕이 꿈틀대더니 다시 날아오르는 것이 아닌가.

"이, 이게……."

미물 따위에게 검을 꺼내는 것조차 수치라 생각하여 검집째로 내려치기는 하였지만 최소한 칠 성 이상의 힘이 실린 공격이었다. 그런데도 죽기는커녕 상처 하나 없는 모습이었다. 상식으론 도저히 이해할 수 없는 상황에 매염교는 말을 잇지 못했다.

"쯧쯧, 그리 까불더니 꼴좋다."

힘없이 날아오른 철왕이 어깨에 앉자 혀를 차며 장난스레 웃는 을지호, 그러나 철왕이 부리로 볼을 비벼대자 그의 얼굴에선 서서히 웃음이 사라지고 있었다.

"그래, 알아… 고생했다."

처음 철왕이 매염교의 공격에 당하는 것을 보고 얼마나 놀랐던가. 언뜻 보기에도 매염교는 보통 고수가 아니었다. 최소한 강유 이상이었다. 철왕이 제아무리 영물이고 웬만한 검에는 흠집조차 나지 않을 정도로 단단한 몸을 자랑하고 있어도 조그만 몸이 그토록 무시무시한 힘으로 쏟아지는 공격까지 견딜 수는 없었다. 천만다행히도 잠시 기절하는 것으로 끝이 났지만 아차 했으면 철왕을 잃을 뻔했다는 생각이 들자 절로 소름이 돋았다.

"쉬고 있어."

철왕의 날개를 몇 번 쓰다듬은 을지호가 철왕을 날려 보냈다. 활짝 날개를 펴며 날아오르는 철왕은 다소 기운을 되찾은 듯했다.

"명줄이 긴 놈이군."

매염교가 별 탈 없이 날아오르는 철왕을 보며 자존심이 상한다는 듯 한소리 했다. 그것이 자신에게 어떤 결과를 불러들일지도 모른 채.

을지호의 이마에 새겨진 주름이 한쪽으로 몰렸다.

"최소한 당신보단 길 것 같소만."

매염교의 눈썹이 순간적으로 꿈틀거렸다. 그러나 잠시 화를 억누른 매염교가 물었다.

"네놈이 좌 장로님을 해한 놈이냐?"

"누구를 말하는 것인지."

"홍, 시치미를 떼면 모를 줄 아느냐? 일전 악록산에서 네놈이 해한 좌극 어르신 말이다."

"좌극? 아, 이름 값도 못하고 몰래 독이나 쓴다던 그 비겁한 늙은이를 말하는 것이오? 소문으로 듣자 하니 고작 산도둑에게 뒈졌다고 들었는데……."

"말을 함부로 하지 마라! 네놈 따위에게 그런 망발을 들으실 분이 아니다!"

매염교가 스산한 살기를 끌어올리며 소리쳤다. 그 정도에 입을 다물 을지호가 아니었다.

"망발? 웃기고 있군. 허명을 얻은 늙은이에게 그 정도면 감지덕지지. 고작 도적놈들을 감당하지 못해 몰래 독을 썼다가 망신을 당하고 죽었다는 것은 세상천지가 다 아는 사실이거늘. 지나가는 개를 붙잡고 물어보시구려. 자세하게 설명해 줄 테니까. 그건 그렇고……."

조롱의 빛을 담고 있던 을지호의 눈에서 서늘한 기운이 뿜어져 나오기 시작했다.

"내 친구에게 황천 구경을 시켜줄 뻔한 것에 대한 감사를 하고 싶은데."

"오냐, 얼마든지 오너라! 네놈만은 꼭 황천으로 보내주마!"

피식 웃음을 터뜨린 을지호가 철궁을 들었다. 그리곤 어느새 몰려나온 남궁세가의 식솔들, 특히 천뢰대의 대원들을 보며 나직이 말했다.

"화살을."

왕욱이 황급히 달려와 십여 발이 들어 있는 화살통을 넘겼다. 화살 하나를 빼어 든 을지호가 그것으로 매염교를 가리키며 선언했다.

"장담하건대 당신은 나에게 단 한 걸음도 다가오지 못할 것이오."

"뭣이!!"

을지호는 발끈하려는 매염교를 무시하고 활시위를 당겼다.

"잘 보도록."

고개를 돌린 을지호가 천뢰대원들에게 말했다.

"이것이 궁술이다."

퉁.

말이 끝나는 것과 동시에 화살 하나가 시위를 떠났다.

매염교를 향해 일직선으로 날아가는 화살은 생각만큼 빠르지 않았다. 느리다 못해 아예 멈춘 것은 아닌가 싶을 정도의, 그것이 과연 화살인가 의구심을 가질 정도로 천천히 날아갔다.

한없이 느리기만 한 화살은 앞으로 나아가는 것마저 힘들게 보였다. 그러나 그것은 단지 옆에서 지켜보는 사람들, 무공이 깊지 못해 그저 겉으로 보이는 것만을 보고 믿는 자들이 느끼는 감정일 뿐이었고 심각한 표정으로 둘의 대결을 응시하는 황유화나 만종의 같은 고수들은 화살에 어떤 힘이 깃들어 있는지, 또 그것을 막아야 하는 매염교가 얼마나 위험에 처해 있는지를 여실히 느끼고 있었다.

미간을 노리며 천천히 날아드는 화살을 응시하는 매염교의 얼굴은 굳을 대로 굳어 있었다.

'피, 피할 곳이……'

생각 같아선 당장에라도 몸을 틀어 화살을 피하고 싶었지만 도저히 그럴 수가 없었다. 몸을 튼다 해도, 아무리 빨리 발을 놀린다 해도 느리게 날아오는 화살을 피해낼 것 같지가 않았다. 무엇인가가 몸을 꽉 조이는 듯한 느낌. 그것이 진정한 고수에게서만 뿜어져 나오는 기세라는 것을 알고는 있었지만 딱히 방법이 없었다.

그제야 처음 을지호를 보았을 때 느꼈던 괴이한 감정이 이해가 갔다.

"저, 저……."

그대로는 안 되겠다고 생각했는지 만종의가 나서려 하였다. 하지만 황유화가 고개를 흔들며 그를 만류했다.

"믿어보세나."

"하지만……."

"그는 무인일세."

황유화의 한마디에 만종의는 전신에서 힘이 빠져나가는 것을 느꼈다.

그랬다. 매염교는 무인이었다. 한 자루 검을 들고 강호를 종횡하기를 삼십 년, 많은 승리를 거두었고 패배도 경험하며 산전수전 다 겪은 후에야 지금의 위치에 오른 진정한 무인이었다. 그냥 이대로 넋을 잃고 패배할 정도로 그는 나약하지 않았다.

매염교는 그를 믿고 있는 황유화와 만종의의 기대를 저버리지 않았다.

꼼짝없이 당하리라 여겼던 그의 몸이 움직인 것은 화살이 코앞에 이르렀을 때였다. 피가 흐를 정도로 거칠게 입술을 깨문 매염교는 아래에 처져 있는 검을 치켜 올리며 혼신의 힘을 다해 화살을 쳐냈다.

"으윽!"

간신히 화살의 진로를 막아낸 매염교의 입에서 신음 소리가 터져 나왔다. 그는 경악에 찬 표정으로 또 다른 화살을 재고 있는 을지호와 피가 배어 나오는 자신의 손을 번갈아 쳐다보았다.

도저히 믿기 어려운 일에 모두의 눈이 휘둥그레졌다. 약하게만 보이는 화살에 어떤 미증유의 힘이 담겨 있어 매염교 같은 고수의 검에도 부러지지 않고 손아귀를 찢어버린단 말인가. 게다가 검을 붙잡고 있는 손이 덜덜 떨리다니……. 모르긴 몰라도 매염교의 양팔에 엄청난 충격이 가해진 것 같았다.

"잘 막았구려."

마치 어린아이에게 상을 주는 듯, 그러나 너무나 차갑게 속삭인 을지호가 두 번째의 화살을 날렸다.

두 번째 화살은 느리지 않았다. 눈을 깜빡이는 것조차 허락하지 않을 정도로 빨랐다.

누구라고 할 것 없이 신음성을 내뱉었다. 그들은 곧 허무하게 쓰러질 매염교의 주검을 생각하며 눈을 감았다. 하나 조금 전의 격돌로 상당한 충격을 입고 심적으로도 매우 놀란 매염교였지만 그의 정신은 다른 어느 때보다 또렷했다.

그는 날아오는 화살의 궤적을 조금도 놓치지 않고 지켜보다 결정적인 순간에 몸을 틀어 피해냈다. 그리곤 여전히 피가 흐르는 손으로 움켜쥔 검을 치켜세우며 을지호를 향해 내달렸다.

을지호는 그런 매염교를 응시하며 차갑게 말했다.

"접근은 허용하지 않는다고 했소."

그의 말이 끝나기도 전에 놀란 황유화의 음성이 터져 나왔다.

"피햇!"

황유화의 외침이 아니더라도 본능적으로 위기감을 느낀 매염교가 재빨리 몸을 굴렸다. 순간 뒤로 날아갔다가 되돌아온 화살이 그의 목덜미를 아슬아슬하게 스쳐 지나가 땅에 박혔다.

"이기어시!"

율천과 왕욱이 동시에 소리쳤다. 을지호가 언젠가 한 번 보여준 적이 있던 바로 그 이기어시였다.

그것으로 끝난 것이 아니었다.

땅바닥을 굴러 화살을 피해낸 매염교가 미처 몸을 일으키기도 전에 화살이 날아들었다. 피할 방법은 오직 하나뿐, 매염교는 주저없이 몸을 굴렸다.

"내 친구를 땅에 처박은 대가요."

스산한 미소를 지은 을지호는 매염교가 미처 자세 잡을 틈도 주지 않고 연속적으로 화살을 날렸다.

한 발, 두 발, 세 발……

숨 쉴 틈도 없이 날아드는 화살과 미친 듯이 몸을 굴리며 피해내는 매염교를 보며 이곳저곳에서 탄성이 터져 나왔다.

특히 천뢰대원들은 거의 기절하다시피 놀라고 있었다. 그들은 날아가는 화살을 보고 있지 않았다. 매염교가 그것을 어찌 피하는지도 관심 밖이었다. 그들의 시선은 오직 을지호의 손에 고정되어 있었다.

화살을 날리고, 다시 시위를 재고 상대를 향해 날리는 일련의 동작들.

화살이 시위를 떠났다 싶으면 다른 화살이 그 위치를 대신하고 있었고 그 화살 또한 어느새 다른 화살에게 자리를 양보하고 있었다. 마치 물이 흐르듯 조금의 어색함도 없이 끊이지 않고 이어지는 동작은 감히 그들이 흉내 낼 수 없을 정도로 빠르고 정확했다.

"부, 부끄럽구나!"

율천이 자신도 모르게 얼굴을 붉히며 소리쳤다.

빠르기라면 어느 정도 자신이 있다고 생각했건만 이건 아예 차원을 달리하는 경지가 아닌가. 우물 안 개구리라는 말이 어찌 생겨났는지 비로소 실감할 수 있었던 그는 그동안 자신이 얼마나 큰 자만심에 빠져 있었는지를 새삼 느끼며 자책했다.

그러는 사이에도 을지호의 공격은 계속되었고, 연신 땅바닥을 구르느라 매염교의 몸은 만신창이가 되었다.

단정하게 묶여 있던 머리는 아무렇게나 흐트러져 눈을 가리고 있었고 이곳저곳이 찢겨진 옷은 땀과 먼지로 뒤범벅이 되어 넝마가 되어버렸다.

"제법 잘 피하는군. 자, 마지막 화살이니 이것도 마저 잘 피해보시지."

어느새 왕욱이 준비한 화살도 한 개뿐이었다.

매염교로 하여금 수도 없이 땅을 구르게 만드는 것으로 철왕이 진 빚을 충분히 갚았다고 생각한 을지호는 이제 끝을 볼 때라 여기며 천천히 시위를 당겼다. 그 틈을 이용하여 간신히 몸을 일으킨 매염교는 양손으로 검을 짚고 흔들거리는 몸을 간신히 지탱하고 있었다.

바로 그때였다. 막 마지막 화살을 날리려는 을지호의 귀로 태상호법의 노한 호통이 들려왔다.

"지금 무엇을 하는 것이냐?"

깜짝 놀란 을지호가 얼른 활을 내리며 고개를 돌렸다. 그리고 그는 남궁민의 곁에서 인상을 찌푸리고 있는 태상호법을 발견할 수 있었다.

"보자 보자 하니까 네놈 하는 꼴이 너무 우습지 않느냐!"

갑작스런 호통에 을지호는 물론이고 주변의 모든 식솔들이 당황하는 빛이 역력했다.

"생사를 걸고 다투는 적에게도 차려야 할 예의라는 것이 있다. 더구나 무인이라면 더욱 그러하다. 네 실력이라면 끝나도 한참 전에 끝났을 싸움이었다. 한데 너는 그러지 않았다. 상대에게 온갖 모욕을 주고 조롱을 했다. 도대체 이따위 한심한 짓을 누구에게 배웠단 말이더냐? 삼류건달조차도 부끄러워 삼가는 일을 말이다! 소문에게 배웠느냐?"

쩌렁쩌렁 울리는 호통에 그제야 아차 하는 심정으로 고개를 숙인 을지호가 황급히 대답했다.

"아, 아닙니다."

"아니면, 환야에게 배웠느냐?"

"아닙니다."

"하나를 보면 열을 안다고 했다. 지금의 네 꼴을 보니 네 아비의 모습이 보이는구나. 또한 소문과 환야가 네 아비나 너를 어찌 가르쳤는지도! 못난 것들 같으니!!"

가히 추상과 같은 준엄한 꾸짖음이었다. 하지만 하나에서부터 열까지 조금도 틀린 곳이 없기에 을지호는 쥐구멍이라도 찾고 싶은 심정이었다. 더구나 천뢰대원들의 앞이었다. 진정한 궁술을 보여주겠다고 말을 했건만… 이런 것은 아니었다.

"추, 추태를… 보였습니다."

자신의 잘못으로 부모는 물론이고 조부모까지 싸잡아 욕을 먹게 되자 천하의 죄인이 된 것 같았다.

고개를 숙여 잘못을 비는 을지호는 더불어 자신이 왜 그리 흥분했는지, 상대에게 그토록 심한 모욕을 주었는지를 생각해 보았다.

'철왕……'

이유는 오직 하나였다. 어려서부터 형제와 같이 자란 철왕이 죽임을 당할 뻔했다는 충격이 그를 그토록 모질게 만든 것이었다. 그래도 그것이 변명거리가 될 수는 없었다.

"죄송합니다, 어르신. 저의 생각이 짧았습니다. 수양(修養)도 얕았습니다. 용서해 주십시오."

태상호법 역시 을지호가 왜 그렇게 흥분했는지 알고 있었다. 그런데도 조금의 변명도 하지 않고 잘못을 시인하는 태도에 화가 조금은 누그러진 듯했다.

"철왕이 네게 소중한 친구라는 것은 나도 알고 있다. 그렇다고 그것이 네가 한 행동을 정당화시킬 순 없다."

"알고 있습니다. 부디 용서해 주십시오."

을지호가 또다시 용서를 빌었다. 그러나 태상호법은 고개를 흔들었다.

"내게 죄송할 것 없다. 네가 잘못을 빌고 용서를 구할 상대는 내가 아니라 따로 있지 않느냐?"

태상호법이 가리키는 사람이 누구라는 것을 모를 리 없는 을지호는 짧게 한숨을 내쉬며 몸을 돌렸다. 그리고 아무런 말도, 행동도 없이 오직 마지막 한 수를 위해 몸을 추스르고 있는 매염교에게 정중히 사과했다.

"무인으로서 더할 수 없는 부끄러운 짓을 했소. 부디 용서해 주시기 바라오."

을지호의 행동이 의외라는 듯 잠시 입을 열지 못하던 매염교가 너털웃음을 터뜨렸다.

"크크, 실력이 없어 그런 것이니 내가 무슨 할 말이 있겠느냐? 자, 쓸데없는 소리는 그만두고 이제 끝을 보자꾸나."

이미 끝난 싸움이라는 것은 매염교 역시 진즉부터 느끼고 있었다. 하지만 그는 자신에게 주어진 최후의 기회를 그대로 버리지 않기 위해 전신의 힘을 한곳으로 끌어 모았다.

'내 어쩌자고 저런 인물에게 모욕을 주었단 말인가.'

을지호는 매염교의 전신에서 피어오르는 투기에 감탄하며 자신의 짧았던 행동을 후회했다. 그리고 자신의 잘못을 반성하는 이유에서라도 매염교에게 후회없는 일전이 되도록 해주는 것이 도리라고 여겼다.
"마지막 공격이 될 것이오. 최선을 다하는 공격이 될 터인즉 진정 조심해야 할 거요. 그러나 목숨을 빼앗지는 않겠소. 그것은 결코 당신을 모욕하는 것이 아니라 나의 잘못을 빌고 당신을 존중하는 의미에서 그리하는 것이니 오해는 마시구려."
말을 마침과 하나 남은 화살을 시위에 재는 을지호는 더없이 진지했다.
"타핫!"
조금 전만 하더라도 간신히 몸의 중심을 잡던 매염교가 어디서 그런 힘이 나는지 크게 함성을 내지르며 을지호를 향해 무섭게 질주했다.
"안 돼!"
매염교의 자세가 자신의 목숨을 담보로 적을 공격하는 동귀어진(同歸於盡)의 수법이라는 것을 알아차린 황유화가 소리를 치며 만류하려 했다. 하나 말리기엔 이미 늦은 감이 있었다.
공격의 음험함에 태상호법마저 인상을 찌푸릴 정도였건만 을지호는 조금도 개의치 않았다.
퉁.
경쾌한 마찰음과 함께 화살이 시위를 떠났다. 그리고 곧바로 터져 나오는 경악에 찬 탄성들.
"아!"
"저, 저럴 수가!!"
시위를 떠난 화살은 을지호의 손에서 벗어나기가 무섭게 묘한 흔들림을 보이더니 순식간에 수없이 많은 잔상(殘像)을 만들어냈다.
하나의 화살이 두 개로, 두 개에서 네 개로, 네 개에서 다시 여덟으로… 끝내는 그와 매염교와의 모든 공간이 수십 수백이 넘는 화살의 그림자로 덮어버렸다.

'이, 이런… 무공이……!'

매염교는 시야에 들어오는 무수히 많은 화살을 보며 넋을 잃지 않을 수가 없었다. 분명 실체는 하나이건만 보이는 것은 수십 수백이었다. 그리고 그 어느 것도 실체가 아닌 환영(幻影)이라고 믿기엔 너무나 사실적이었다.

'끝이로구나!'

미처 시전되기도 전에 자신의 공격이 무위로 돌아갔음을 느낀 매염교는 모든 것을 포기하고 검을 내려뜨렸다.

다만 단 한 발, 진실한 화살을 찾고자 두 눈을 부릅뜨고 끝까지 눈을 감지 않았다. 그러나 그의 자그마한 바람도 어깨에서 시작된 고통 속에서 사라져 버렸다.

"크윽!"

뼈를 깎는 고통이 이보다 더 괴로울 것인가. 어깨에 박힌 화살을 잡으며 휘청거린 매염교가 힘없이 무너져 내렸다.

"이, 이게 무슨 무… 고……."

그러나 그는 대답도 듣지 못하고 정신을 잃고 말았다.

"환영시(幻影矢)… 실로 오랜만에 보는군."

대답은 전혀 엉뚱한 곳에서 흘러나왔다.

좌중의 시선이 일제히 음성의 주인에게 쏠렸다. 그런 시선에 상관없이 조용히 눈을 감고 있는 태상호법의 얼굴엔 아련한 추억이 떠올라 있었다.

"네, 네놈이 감히……!"

매염교가 쓰러지자 적혈전의 한 무인이 을지호를 향해 돌진했다.
"호호호, 어디를……."
가당치도 않다는 듯 괴소를 터뜨리며 나선 뇌전이 그를 막아섰다.
"죽어랏!"
상대가 누구라도 가리지 않겠다는 듯 검을 휘두르는 사내의 얼굴엔 오직 매염교의 원수를 갚겠다는 의지만이 떠올라 있었다.
그것이 신호였을까? 전주를 잃은 적혈전의 무인들이 달려들고 용후의 명을 받은 흑우전의 무인들까지 싸움에 가담했다.
"와아!"
"죽여라!"
남궁세가의 무인들이라고 가만히 있지는 않았다. 만반의 준비를 갖추고 있던 그들은 '악도들을 몰아내라' 는 남궁민의 명에 일제히 검을 치켜들었다.
오십여 명이 훌쩍 넘는 인원이 뒤섞인 연무장은 순식간에 아수라장으로 변했다. 누가 아군이고 누가 적인지 구분할 수가 없었다. 그저 날카로운 병장기 소리, 이를 악물며 고통을 참는 신음 소리, 혼신의 힘을 다한 기합성만이 연무장을 가득 메울 뿐이었다.
그래도 먼저 주도권을 잡은 것은 무시무시한 기세로 달려들던 노호문의 무인들이었다. 쌍방간에 직접 검을 맞대는 인원은 비슷했지만 노호문의 무인들은 고르고 고른 정예들, 움직임 자체가 남달랐다.
무공 하나만을 놓고 따지자면 오히려 수많은 영약으로 내공을 키우고 을지호와 태상호법에게 집중적으로 조련을 받은 남궁세가의 무인들이 노호문의 정예들보다 더 뛰어나다고 할 수 있었다.
다만 흑우전과 적혈전의 무인들은 노호문의 모든 행사에 앞장서 해결하는 이들로 수없이 많은 전투를 치르고 살아남은 백전노장(百戰老將)이나 다름없었다. 그에 반해 남궁세가의 무인들은 변변한 실전 경험이 없는 그저 비무에만 익숙한 이들이었다. 그 차이는 생각보다 컸다.

노호문의 무인들이 남궁세가의 무인들보다 과감하고 결단력이 있었다. 상환 판단도 빠르고 또한 냉정하게 상대를 바라볼 줄 알았다. 바로 그것이 개개인의 무공에선 다소 모자란 감이 있지만 오히려 전세를 유리하게 이끄는 원동력이 되었다.

"크악!"

남궁세가의 무인 중 한 명이 비명을 지르며 땅에 쓰러졌다. 치명적인 부상을 입은 것 같지는 않았으나 이미 대항할 힘을 잃어버린 상황이었다. 다행히 주변에 있던 동료들이 구해내기는 했어도 그를 구하느라 박빙의 싸움을 하고 있던 동료들까지 심하게 밀리는 상황을 초래했다.

"아무래도 안 되겠습니다."

치열한 싸움이 계속되고 목숨이 위태로울 정도의 중상자가 속출하자 잔뜩 인상을 찌푸리고 있던 을지호가 싸움에 끼어들기 위해 몸을 움직였다. 그러나 묵묵히 싸움을 지켜보던 태상호법은 그가 나서는 것을 원하지 않았다.

"네가 나설 자리가 아니다."

"피해가 너무 큽니다."

"목숨을 잃은 사람은 없지 않느냐?"

"목숨을 잃기 전에 막아야지요!"

너무나 무심히 대꾸하는 태상호법의 반응에 자신도 모르게 울컥하는 마음이 생긴 을지호의 목소리가 높아졌다.

태상호법이 물끄러미 을지호를 바라보았다.

"고작 몇 명이지만 우리 쪽 아이들의 숫자가 더 많다. 또한 무공도 대체적으로 높은 것 같다. 그런데도 밀리는 중이다. 어째서 그렇다고 생각하느냐?"

"그야……"

뻔히 알고 있었지만 을지호는 대답을 제대로 할 수가 없었다.

"혼자 백 번을 수련하는 것보다 한 번의 비무가 도움이 될 때가 있다. 아무리 많은 비무를 한다 해도 그것은 고작 간접 경험일 뿐, 살이 찢기고 피가 튀는 실전과는 다르다. 목숨을 걸고 싸움에 임하는 한 번의 실전 경험이 얼마나 큰 도움이 되는지는 굳이 말하지 않아도 너 역시 알 것이라 믿는다."

"그러나……"

"목숨을 잃는 사람이 나올 수 있다. 큰 부상도 당하겠지. 하지만 그런 과정을 거쳐야만 제대로 된 무인으로 거듭날 수 있다. 언제까지 온실의 화초처럼 네 품 안에서만 키울 생각이냐? 녀석들도 이제는 스스로 변화해야 할 때가 온 것이다. 바로 저 녀석처럼."

태상호법이 가리킨 사람은 어깨에 입은 부상도 아랑곳하지 않고 점점 기세를 올리고 있는 천도문이었다.

"저 녀석도."

천도문에서 약간 벗어난 곳에서 좌충우돌 움직이고 있는 연능천 또한 천도문 못지않게 잘 싸우고 있었다.

"진정 저 아이들을 위한다면 지금은 그냥 지켜봐 줄 때다. 너와 내가 가르친 아이들이다. 힘도 들고 많은 피해도 입겠지만 이겨낼 수 있다. 그러니 그렇게 몸 달아 하지 말고 지켜만 보거라. 네가 나설 때는 저들이 움직였을 때뿐이니까."

태상호법이 바라보고 있는 곳은 을지호와 마찬가지로 심각한 표정으로 전황을 살피고 있는 용후와 그 주변의 장로, 호법들이 있는 곳이었다.

태상호법이 지적하는 것에 딱히 반박을 할 말이 없기에 참고는 있었지만 을지호의 얼굴은 좀처럼 펴지지 못했다.

'후~ 맞는 말씀이기는 한데… 좋아, 그렇다면 어쩔 수 없지.'

자신이 나서지 않는다 해도 전세를 단숨에 돌려놓을 방법이 있었다. 싸움이 시작됨과 동시에 재빨리 뒤로 물러난, 을지호의 명이 떨어지기만을 기다리는 천뢰대를 동원하는 것이었다.

[율천.]

을지호의 전음에 율천이 곧바로 대답했다.

[예, 호법님.]

[준비는 끝났겠지?]

[예, 완벽하게 준비되었습니다.]

[자신감도 좋지만 과신은 하지 마라. 또한 화살 한 발 한 발에 신중을 기해. 늘 말했듯이 저렇듯 뒤엉켜 있는 상황에선 도움은커녕 아군에게 피해를 줄 수도 있으니까.]

[단단히 일러두었습니다.]

율천이 자신만만하게 대답하자 을지호도 만족스러운지 살며시 고개를 끄덕였다.

[그럼 시작해.]

그의 말이 끝나기가 무섭게 일단의 화살이 전장으로 날아들었다.

쉬이이익!

가장 먼저 도착한 화살은 힘들게 천도문의 공격을 막아내던 적혈전 무인의 허벅지에 가서 박혀 버렸다.

"크윽."

뭔가가 날아온다는 것을 눈치 채고는 있었지만 끊임없이 이어지는 천도문의 공격 때문에 달리 대처할 수 없었던 그는 화살이 주는 고통, 그리고 그로 인해 발생한 짧은 틈으로 인해 천도문의 검을 막을 수가 없었다. 그는 외마디 비명과 함께 힘없이 쓰러지고 말았다.

그런데 도움을 받은 천도문은 고마워하기는커녕 오히려 버럭 소리를 질렀다.

"젠장, 나는 필요없으니까 끼어들지 말라고!"

그리곤 다른 상대를 찾아 분주히 몸을 놀렸다.

그것이 시작이었다.

을지호의 말대로 신중을 기하느라 한꺼번에 많은 화살이 날아든 것은 아니었지만 날카로운 파공음을 내며 접근하는 화살은 남궁세가의 무인들에겐 더할 나위 없이 고마운 소리로, 반대로 노호문의 무인들에겐 듣는 것조차 끔찍한 공포로 전해졌다.

위기에 처했을 땐 적의 공세를 차단하는 구원병의 역할을 하고 공격할 땐 든든한 원군이 되어 그 효과를 배가시키며 적재적소(適材適所)에 너무나도 정확히 화살을 날리는 천뢰대원들의 궁술 솜씨는 혹시나 하는 을지호의 염려가 쓸데없는 것이었다는 것을 증명이라도 하듯 상당히 훌륭했다. 물론 때때로 적이 아닌 아군에게 화살이 날아가 가슴 철렁하는 상황도 겪기는 했지만 그것은 극히 일부에 불과했다.

"조, 조심해랏!"

"으… 비겁한 놈들."

속수무책(束手無策)이었다.

다소 우위에 있었지만 그것은 그야말로 일 푼도 안 되는 것. 그러잖아도 버거운 싸움을 하고 있던 노호문의 무인들은 언제 어느 순간에 자신에게 화살이 날아들지 몰라 전전긍긍했다.

화살을 날리는 천뢰대와의 거리가 먼 데다가 코앞에 상대가 있기에 어찌 대책을 세울 수도 없었다. 몇몇이 천뢰대를 공격하기 위해 달려들기도 했지만 접근하기도 전에 집중 사격을 당해 허무하게 목숨을 잃고 말았다.

그렇듯 눈앞의 적과 보이지도 않는 적을 동시에 상대해야 하는 노호문의 무인들은 참으로 힘든 상황을 맞이하게 되었다.

"쯧쯧, 그렇게 마음이 약해서야……."

갑작스레 날아든 화살을 보며 고개를 돌린 태상호법이 혀를 찼다. 하지만 을지호는 태연히 대꾸했다.

"실전 경험은 저 녀석들에게도 필요하니까요."

"말이나 못……."

어이가 없다는 듯 말을 하던 태상호법이 입을 닫고 다소 얼굴을 굳혔다. 을지호의 눈이 그의 눈을 따라 재빨리 이동했다.

"더 이상 보고 있을 수만은 없었던 모양이구나."

태상호법이 용후를 비롯한 그 주변에 있던 고수들의 움직임이 심상치 않게 변하는 것을 보고 말했다.

"아무래도 그렇겠지요. 전세가 완전히 기울었으니."

"다들 만만찮은 실력을 지닌 것 같았다. 저들이 본격적으로 나서면 상황은 또 달라질 게다."

"그렇게 못하도록 만들어야지요. 그런데⋯ 도와주시겠습니까?"

태상호법의 지위가 아무래도 걸렸는지 을지호가 다소 조심스럽게 물었다.

"강해 보이긴 하지만 내가 도와줘야 할 정도로 위험하다고는 생각하지 않는다."

퉁명스런 어투에 을지호의 입가에 슬며시 미소가 지어졌다.

"해보지 않고는 모르는 법입니다. 더구나 저들 모두가 제게 덤빈다면 모를까 한 명이라도 다른 곳으로 시선을 돌린다면 낭패일 수도 있으니까요."

"⋯⋯."

태상호법은 대답 대신 전장으로 시선을 돌리며 침묵을 지켰다. 잠시 후, 고개도 돌리지도 않고 조그맣게 입을 열었다.

"알았다. 다른 곳에 끼어들지는 못하게 해주마."

"감사합니다."

밝게 웃은 을지호가 공손히 허리를 굽혔지만 태상호법은 쳐다보지도 않았다.

"어르신들께서 나서주셔야겠습니다."

급변하는 전세를 심각하게 지켜보던 용후가 황유화에게 정중히 청했다. 그가 비록 문주의 지위에 다음가는 소문주라는 위치에 있지만 그것은 어디까지나 표면적으로 보이는 것일 뿐 일행의 실질적인 수장은 황유화였기 때문이다.

"아무래도 그래야겠네. 상황이 좋지 않아."

"저놈은 제가 맡겠습니다."

용후가 가리킨 사람은 묘한 웃음을 지으며 바라보고 있는 을지호였다. 그러나 을지호에게 힐끔 시선을 던진 황유화는 고개를 흔들었다.

"너무 위험해. 매 전주 정도 되는 인물을 가지고 논 녀석이야."

"매 전주가 강하다고는 하지만 제 아래입니다."

"물론 알고 있네. 하지만 자네가 다치기라도 한다면 문주를 뵐 면목이……"

황유화는 아무래도 내키지 않는지 말끝을 흐렸다.

"제가 부족해서 그리되는 것이야 어쩔 수 없지요. 하나 그럴 일은 없습니다. 놈의 궁술이 아무리 뛰어나도 목표를 맞히지 못하면 무용지물(無用之物)이니까요."

"흠, 그럴 수도……."

"소문주의 무공은 우리도 익히 알지 않습니까? 특히 그 신출귀몰(神出鬼沒)한 신법(身法)이야 타의 추종을 불허하는 경지, 그렇게 걱정하실 일만은 아니라 봅니다."

만종의까지 거들고 나서자 황유화로서도 더 이상 만류할 수는 없었다.

"알겠네. 그럼 놈은 자네가 맡도록 하게나. 대신, 절대로 놈을 얕보아서는 안 되네. 마지막에 보여준 무공은 지금까지 본 적도 없는 대단한 것이었어."

"놈의 강함은 몸으로 느끼고 있습니다. 염려 놓으십시오."

염려하지 말라는 말을 끝으로 몸을 돌린 용후는 을지호를 향해 걸음을 옮겼다.

"아무래도 안심이 안 돼. 수고스럽겠지만 자네들이 만일을 대비해 준비해 두게나."

걱정스런 눈길로 용후를 보던 황유화가 세 명의 호법에게 넌지시 일 렀다. 어쩌면 자존심이 상할 부탁이었으나 무엇보다 중요한 것은 소문주의 안위였다. 그들은 조금의 불만도 드러내지 않고 순순히 허락했다.

"그러지요."

"고맙네. 그렇다면 이제 문제는 바로 저 노인뿐인데……."

눈을 돌려 태상호법을 쳐다보는 황유화의 안색은 을지호를 바라볼 때보다 더욱 어둡게 변했다.

"도대체가 알 수가 없으니… 자네의 생각은 어떤가?"

"제법 만만치 않을 것 같군요."

만종의도 조금은 심각한 표정으로 태상호법을 응시했다.

"만만한 정도가 아닌 것 같네. 강한 듯하면서도 약한 것 같고 약한 것 같으면서도 은연중 절대자의 기도가 보이니… 저런 인물에 대해 들어본 기억이 없어."

"흠, 그런가요? 뭐, 일단 부딪쳐 보면 알겠지요."

"그래야겠지. 우선 내가 저자를 상대할 테니 그사이에 자네는 아이들을 돕게나."

"괜찮으시겠습니까?"

만종의가 다소 장난스런 표정으로 되물었다.

"나도 그리 약하지만은 않다네."

만종의가 그럴 줄 알았다는 표정을 지으며 너털웃음을 지었다.

"허허허, 제가 실언(失言)을 했습니다."

황유화의 입가에 고소(苦笑)가 지어졌다.

"아니네. 사실 나 역시 불안한 것은 사실이니까. 가급적 빨리 끝을 맺고 나를 도와주어야 할 것 같네."

'마, 말도 안 되는!'

노인의 기세가 예사롭게 보이지는 않았지만 황유화가 조금 지나치게 의식하는 것은 아닌가 하는 생각을 지녔던 만종의는 순간 커다란 둔기로 머리를 강타하는 충격에 몸을 떨었다.

황유화가 누구던가!

노호문의 대장로이자 문주인 용철상보다 한 수 위의 실력을 지닌, 한번 화가 나 무공을 펼치면 천자(天子)가 와도 말릴 수 없다 하여 폭멸도(爆滅刀)라 불리는 노호문 최고의 고수가 아니던가. 그런 황유화가 합공을 언급한 것이었다.

"그, 그 정도입니까?"

"그 이상!"

황유화가 자르듯 대꾸했다. 그런데 그의 음성이 어딘가 모르게 경색되어 있었다. 만종의는 그 이유를 금방 알 수 있었다. 어느샌가 그들의 정면으로 정체 모를 그 노인이 걸어오고 있었기 때문이다.

을지호가 용후를 맞이하기 위해 자리를 옮기자 태상호법도 황유화 등을 상대하기 위해 걸음을 옮겼다.

한 걸음. 한 걸음.

서둘 이유가 없다는 듯 연무장을 가로지르는 그의 걸음은 느긋하기만 했다.

피아를 구분하기도 힘들 정도로 얽혀 있는 연무장을 통과하면서도 태상호법은 조금의 방해도 받지 않았다. 어떤 힘에 이끌렸는지 아니면 본능적으로 위험을 감지해서인지 그 누구도 그의 곁으로 접근하지 않았다. 심지어 치열하게 싸움을 하던 자들도 스스로가 의식도 하지 못한 채 자리를 피할 정도였다.
 '진짜다! 저잔 진짜야!'
 지금껏 이런 긴장감을 느껴본 적이 과연 몇 번이나 있었던가. 아무리 기억을 해보아도 단연코 없었다.
 꿀꺽.
 만종의는 자신도 모르게 침을 삼켰다. 조금씩 접근하는 상대를 노려보는 그는 자신의 손에 땀이 고여 있는 것도 느끼지 못하고 검을 잡았다.
 바로 그때였다.
 그들에게 가까이 접근하던 태상호법이 걸음을 멈추었다. 동시에 엄청난 살기가 황유화와 만종의의 전신을 압박했다.
 실로 예기치 못한, 전격적인 기습 공격에 황유화와 만종의는 당황했다. 살기는 예리한 검이 되어 그들의 몸을 난도질하려는 듯 미쳐 날뛰었다.
 "크으으."
 만종의의 입에서 절로 신음성이 흘러나왔다. 완벽하게 기선을 제압당한 상태라 어떻게 대응해야 할지 알 수가 없었다. 몸을 움직일 수도 숨을 쉴 수도 없었다.
 하지만 황유화는 달랐다. 애병(愛兵) 한혈도(寒血刀)를 힘껏 움켜쥐고 전신으로 전해지는 압박감과 싸우고 있던 그는 어느 정도 몸을 수습하자 큰 기합성을 내지르며 한혈도를 휘둘렀다. 도에서 뿜어져 나온 기운들이 그와 만종의의 몸을 옭아매고 있던 무형(無形)의 기운을 가닥가닥 끊어버렸다. 순간 그들을 에워싸고 있던 살기가 씻은 듯이 사라졌다.

비록 태상호법이 전력을 다한 것도 아니고 딱히 물리적인 공격도 아니었지만 그 정도의 공격이면 웬만한 고수는 그 자리에서 죽음을 면치 못했을 터. 그럼에도 황유화는 비교적 쉽게 막아냈다.

태상호법은 자신의 공격을 막아낸 황유화의 실력을 인정하며 고개를 끄덕였다.

"제법 실력이 있구나."

"과찬이외다."

황유화가 잔뜩 경계 어린 표정으로 대꾸했다.

"아니다. 그 정도면 훌륭하다."

"선배의 존대성명을 여쭤도 되겠소이까?"

황유화의 나이가 올해로 일흔하나였다. 보통 때라며 대뜸 하대를 해대는 상대의 태도에 화를 내도 수십 번은 냈을 것이다. 아니, 화를 낼 필요도 없이 그 자리에서 목을 베어버렸을 것이다. 하나 상대의 이름을 묻는 그의 태도는 그 자신도 이해하지 못할 정도로 더없이 정중했다.

태상호법은 물끄러미 황유화를 응시했다. 그리곤 간단히 말했다.

"네겐 자격이 없다."

"음."

황유화의 입에서 짧은 침음성이 흘러나왔다. 모욕도 이만한 모욕이 없었다. 그러나 그는 참았다. 상대의 역량을 도저히 가늠할 수가 없었기 때문이다. 화를 참지 못하고 나선 사람은 곁에 있던 만종의였다.

"간덩이가 부어도 단단히 부었구나! 감히 어디서!!"

그러잖아도 조금 전 기습 공격에 망신을 당했던 것이 죽도록 수치스러웠던 그였다. 거기에 황유화를 무시하는 말까지 듣자 더 이상 참을 수가 없었다.

"네놈의 간을 확인하겠다!"

버럭 소리를 지른 만종의가 검을 치켜들었다.

"……."

아무런 대꾸도 하지 않고 고개를 돌린 태상호법이 땅에 떨어진 검을 향해 손을 뻗었다. 상당한 거리였음에도 허공으로 떠오른 검은 순식간에 태상호법의 손으로 빨려 들어왔다.

실로 절정의 섭물신공(攝物神功).

황유화의 입에서 절로 탄성이 터져 나왔다. 그러나 만종의에게는 그조차 자신을 놀리는 것처럼 보였다. 이를 악문 그는 황유화가 말릴 사이도 없이 태상호법에게 달려들었다.

"타핫!"

삼 장 정도의 거리는 만종의 정도의 고수에겐 없는 것과 마찬가지였다. 작은 키와 땅딸한 몸에 어울리지 않는 빠르기로 접근한 만종의가 혼신의 힘을 다해 검을 뻗었다. 흥분은 했어도 상대가 강하다는 것은 누구보다 그가 잘 알고 있었다. 일말의 방심도 있을 수 없었다.

검신을 타고 흐르는 푸르스름한 검기가 태상호법을 압박했다.

"좋군."

무엇이 좋은 것인지 뜻 모를 소리를 내뱉은 태상호법이 가볍게 검을 휘둘렀다. 혼신의 힘을 다하는 만종의와는 참으로 대조적인 모습. 그 한 수로 만종의의 공격은 무위로 돌아가고 말았다.

그다지 큰 충돌을 일으킬 것도 없이 압도적인 힘으로 공격을 제압한 태상호법의 검이 만종의의 목을 노리며 느리게 날아들었다.

"멈추시오!"

가만히 두었다가는 만종의의 목숨이 위태롭게 된다고 여긴 황유화가 태상호법의 좌측을 공격했다. 그에게 폭멸도라는 명성을 얻게 해준 도법, 오초 팔식으로 이루어진 뇌령도법(雷聆刀法)이었다.

막강한 내공을 바탕으로 펼치는 뇌령도법은 몸의 기운을 검봉(劍鋒)으로 모아 폭발시키듯 힘을 발출하는 것으로 천둥치는 것과 같은 소리가 들린다는 특징이 있었다.

"뇌령도법?"

황유화의 손에서 뇌령도법이 펼쳐질 줄은 생각 못했다는 듯 미간을 찌푸린 태상호법은 만종의에게 향하던 검을 돌려 자신에게 들이닥치는 황유화의 도를 막았다.

꽈꽈꽝!

뇌령도법을 펼치면서 들려온 천둥 소리에 이어 지축을 흔드는 충격음이 사방을 휩쓸었다. 그런 굉음과는 어딘지 이질적인 신음 소리와 함께.

결과는 극명하게 드러났다.

만종의를 구하기 위해 태상호법을 공격했던 황유화는 일곱 걸음이나 뒤로 밀려나서 몸을 휘청거리고 있었다.

"으으… 컥!"

황유화가 한 사발이나 되는 피를 토해냈다. 단 한 번의 충돌로 심각한 내상을 입은 것이다. 만종의라고 좋은 상황은 아니었는데 그는 황유화를 막아낸 태상호법의 검에 옆구리가 흉하게 갈라지는 중상을 입은 상태였다. 반면에 두 명의 고수를 물리친 태상호법은 소매에 묻은 먼지를 털 정도로 여유가 있었다.

"이, 이럴 수가……!"

옆구리를 부둥켜안은 만종의는 자신들에게 일어난 지금의 상황을 도저히 믿을 수가 없었다. 세상에 누가 있어 한 지역의 패주를 자처하는 노호문의 두 장로를 그렇듯 무참히 쓰러뜨릴 수가 있을까. 하나 그들에게 닥친 작금의 상황은 엄연한 현실이었다.

말을 잃은 황유화와 만종의는 그저 멍한 눈으로 태상호법을 쳐다볼 뿐이었다. 태상호법은 들고 있는 것도 귀찮다는 듯 손에 쥔 검을 내던졌다. 그리곤 몸을 돌려 여전히 싸움에 한창인 연무장을 응시했다.

"아이들 싸움에 어른은 끼어드는 것이 아니다. 그냥 지켜만 보는 것이지."

"그, 그럴 수는 없소이다."

입에 묻은 피를 닦아낸 황유화가 힘겹게 입을 놀렸다.

"너희들이 나서지 않는다면 난 이번 싸움에 끼어들 생각이 없다. 그 결과가 어찌 나오든. 하나 내 말을 무시하고 굳이 나서려고 한다면 또다시 손을 쓸 수밖에 없다. 미리 일러두거니와 검을 뽑은 이상 나는 상대를 살려두지 않는다. 살아남으려면 나를 이기거나 내가 인정할 정도의 무공을 보여주어야 한다. 물론 평생 동안 그런 인물은 몇 없었다. 경고하건대 두 번의 요행을 바라지는 마라."

자신이 인정하는 고수가 몇 없다니!

실로 광오한 태도가 아닐 수 없었지만 황유화는 그것이 사실일지도 모른다는 생각을 했다. 그렇다고 이대로 물러날 수는 없었다. 속속 쓰러지는 수하들과 장차 노호문을 이끌어가야 할 소문주, 그리고 무엇보다 문파의 명예는 목숨을 버려서라도 지켜야 할 소중한 것이었다.

그런 결심이 눈빛을 통해 태상호법에게 전달되었다. 태상호법이 나직이 한숨을 내쉬었다.

"두 번의 요행은 없다고 말했다. 권주를 마다하고 애써 벌주를 마시려 하지 말거라. 네 아비의 얼굴을 보아 참는 것은 조금 전 한 번으로 족하니."

"그, 그게 무슨 말이오?"

태상호법에게 달려들기 위해 막 몸을 움직이려던 황유화가 기겁을 하며 물었다.

"아비 이름이 황곡(黃鵠)이 아니더냐?"

황유화로선 기절할 일이었다.

적의 입에서 이십 년 전 돌아가신 부친의 이름이 나오질 않나, 게다가 말투를 보아하니 상당한 친분이 있는 것 같지 않은가.

"어, 어찌, 아버지를……"

"그 녀석이 아주 애송이였을 때 인연이 조금 있다. 그 당시엔 뇌령도법이 미완성이었는데 지금은 제법 그럴듯한 무공으로 변했구나. 하긴, 어린 나이였지만 대단한 자질을 지니고 있었지."

갈수록 가관이었다. 부친의 이름에, 부친이 말년에 완성한 뇌령도법까지 정확하게 알고 있는 것은 그렇다 하더라도 만약 부친이 살아 있다면 세수 구십이 넘는 나이였다. 그런데 애송이라니. 도대체 얼마나 나이를 먹었기에 그런 말을 할 수 있단 말인가.

"마, 말도 안 되는… 도대체 나이가……"

"나이라… 그런 것은 중요한 것이 아니다. 다만 네 아비와의 정리는 한 번으로 족하다는 것이다. 거듭 말하지만 두 번은 없다."

선언하듯 말을 마친 태상호법이 몸을 돌렸다.

황유화와 만종의는 움직이지 못했다. 어찌 보면 허점투성이의 자세였지만 그들에겐 더없이 높은 벽과 다름이 없었다.

한편, 을지호를 상대하기 위해 자신만만하게 나섰던 용후의 상황도

혼전(混戰) 189

그리 좋지는 않았다.

용후의 최대 장기는 빠른 발이었다. 현란한 움직임으로 상대의 공격을 묶고 그 틈을 헤집고 들어가 승리를 이끌어내는 방식이었다. 그가 익힌, 강호의 일절로 꼽히는 어기선풍(御氣旋風)은 그것을 충분히 가능하게 할 만큼 뛰어난 신법이었다.

처음 을지호를 상대하기 위해 나설 때만 해도 용후는 승리를 자신했다. 상대가 제아무리 뛰어난 궁술을 자랑한다 하더라도 몸에 접근시키지 않을 자신이 있었고 더구나 궁술의 약점인 접근전을 이끌어내면 필승이라 여겼다.

어기선풍은 뛰어난 신법이었다. 황유화와 만종의가 인정할 만큼 빠르고 현란했으며 상대를 위협하기에 충분했다. 그러나 현란하게 움직이는 용후의 움직임도 담담한 표정으로 시위를 재는 을지호에겐 생각만큼 위력적이지 못했다.

을지호가 화살을 날리는 속도는 용후의 상상을 초월했고 또한 정확했으며 날카로웠다. 목표를 빗나간 화살이 마치 생명이 깃든 것처럼 집요하게 물고 늘어질 때는 용후의 등에 식은땀이 절로 흘러내렸다. 특히 한 번에 세 개의 화살이 시위를 떠나고, 그것 하나하나가 꿈틀거리며 다가올 때엔 화살을 피하기 위해 죽을힘을 다해야 했다.

"대단한 실력, 상당히 몸이 날래구려."

들고 있던 궁을 내리는 것으로 폭풍처럼 이어졌던 공격이 끝남을 알린 을지호가 말했다. 상당히 거칠게 몰아붙였지만 을지호는 용후에게 변변한 상처 하나 입히지 못했다. 그의 신법을 다소 과소평가했던 그로선 전혀 예상치 못한 것이었다.

"다, 닥쳐랏!"

을지호의 말은 진심이었지만 그가 자신을 모욕한다고 여긴 용후는 거친 숨을 몰아쉬며 소리를 질렀다.

"비겁하게 숨지 말고 정정당당하게 맞서라!"

순간 용후의 신법의 뛰어남에 진심으로 감탄했던 을지호의 안색이 차갑게 변했다.

"비겁? 지금… 비겁이라 했소?"

"그렇다! 네놈이 사내라면 화살 따위나 쏘아댈 것이 아니라……."

약이 잔뜩 오른 용후는 자신의 말이 말도 안 되는 억지임을 따질 겨를도 없이 을지호를 자극하는 말을 거침없이 쏟아냈다.

을지호가 내렸던 궁을 다시 끌어 올리더니 화살도 없이 시위를 당겼다. 그러나 무슨 생각에서인지 당겼던 시위를 제자리로 돌리고 궁을 내렸다. 그리곤 차갑게 미소 지었다.

"신법에 꽤나 자신이 있는 모양인데… 훗, 좋소. 내 시험해 보리다."

말을 마친 을지호가 발을 들어 땅을 굴렀다. 그러자 발 아래에 떨어져 있던 검이 충격을 이기지 못해 허공으로 뛰어올랐다.

"자, 오시구려."

검을 잡고 두어 번 휘두른 을지호가 검끝을 까딱이며 도발했다.

"바라던 바다. 타핫!"

드디어 제대로 된 실력을 보여줄 수 있다고 여겼는지 회심의 미소를 지은 용후가 몸을 날렸다.

용후는 최단거리로 둘의 거리를 좁혔다. 그는 마치 분신술이라도 쓰는 듯 몸이 서넛은 더 되어 보였다. 발놀림은 보이지도 않을 정도로 현란했으며 좌우로 흔들리는 몸 또한 어느 것이 진영(眞影)이고 잔영(殘影)인지 구분이 가지 않을 정도였다.

'흠, 자부심을 가질 만한데.'

어느새 코앞까지 육박하는 용후의 움직임은 멀리서 볼 때와는 그 위력에서 천지 차이가 났다.

"죽어랏!"

분명 정면에서 음성이 들려왔건만 휘두르는 검은 좌측에서 날아왔다. 음성이 따라오질 못할 정도로 빠르게 이동한 용후의 능력이 새삼 돋보이는 공격이었다.

그와 같은 공격을 미처 예상하지 못했는지 을지호는 거의 무방비 상태로 당하고 말았다.

'베었다!'

자신은 했지만 그래도 뭔가 모를 불안감에 사로잡혔던 용후는 검을 통해 전해지는 감촉에 짜릿한 희열을 느끼며 쾌재를 불렀다. 그러나 그런 도취감은 얼마 가지 못했다.

목덜미에 와 닿는 섬뜩한 느낌, 그리고 들려오는 음성.

"좋아하기는 아직 이른 것 같소만."

"으… 도, 도대체……."

손에 전해온 감촉이 아직도 가시지 않았건만 들려오는 음성은 무엇이고 또 목을 자극하는 차가운 느낌은 뭐란 말인가.

'자, 잔상을 벤 것이란 말인가!'

용후가 생각을 정리하기도 전에 을지호의 음성이 들려왔다.

"그런 동작으론 나를 잡지 못하오. 한 번 더 기회를 주겠소."

"다, 닥쳐랏!"

검날이 목에서 치워지는 것과 동시에 몸을 돌린 용후는 혼신의 힘을 다해 검을 휘둘렀다. 하지만 그곳에 을지호는 없었다. 검은 그저 애꿎은 허공만을 가를 뿐이었다.

"분명 뛰어난 신법이긴 하지만 정면 대결 운운할 정도는 아닌 것 같소만."

어느새 뒤로 돌아간 을지호가 용후의 목에 검을 들이대며 말했다.

무인이 상대에게 등을 보였다는 것 이상의 수치는 있을 수가 없었다. 더구나 신법에 자신이 있던 용후의 충격은 상당한 것이었다.

"으아아!"

당장 목이 잘릴지도 모르는 상황이었지만 이성을 잃은 용후는 미친 듯이 소리를 지르며 검을 휘둘렀다. 하나 아무리 빨리 움직여도, 예측 불가능한 동작으로 혼란을 주려 해도 마치 그의 그림자인 듯 등 뒤로 따라붙는 을지호의 신형을 떼어놓을 수가 없었다.

"으……."

을지호와 자신의 수준 차이를 안 용후는 결국 힘없이 검을 늘어뜨리고 고개를 떨어뜨렸다.

"죽… 여라……."

패배를 자인한 용후는 떨리는 음성과 함께 검을 놓았다.

"뭐, 그럴 생각은……."

궁술에 대해 비겁 운운하며 무시하기에 다소 화가 났지만 애당초 죽일 생각은 없었던 을지호가 천천히 물러나며 입을 열 때였다.

"멈춰랏!"

황유화의 당부로 용후를 지켜보던 세 명의 호법이 용후를 보호하기 위해 을지호에게 달려들었다. 을지호는 자신을 그들을 공격하는 물끄러미 쳐다보았다. 마치 '저건 또 뭐야'라는 듯한 시선이었는데…….

혼전(混戰) 193

제15장

종전(終戰)

종전(終戰)

"네… 이, 이름이 무엇이냐?"
사청오가 숨을 헐떡이며 물었다.
"강… 유."
사청오와 마찬가지로 어깨를 들썩이며 가쁜 숨을 몰아쉬는 강유가 묘하게 입술을 비틀며 대답했다.
싸움이 시작됨과 동시에 맞부딪친 그들의 무공은 가히 백중세로 둘의 싸움은 누가 우세하다 말을 하지 못할 정도였다.
상대에게 일검을 허용하면 무슨 수를 써서라도 그 이상으로 되갚아 주었고, 그것은 상대 역시 마찬가지였으니 둘의 상처는 점점 깊어갔지만 싸움의 끝은 도무지 보이지 않았다.
잠시 숨을 고른 사청오가 의미심장한 눈빛으로 입을 열었다.
"너는 분명 남궁세가의 사람이 아니다."

"무슨 소리요?"

"흐흐, 소위 정파라는 놈들의 무공은 너처럼 독랄하지 않아. 남궁세가의 무공이라면 더욱이 그렇지."

사실이 그랬다. 엄밀히 따져 해남파는 정사 중간의 위치로 정파에 보다 치우친 감이 있기는 했지만 그들의 무공은 정파의 무인들조차 경원시할 정도로 날카롭고 살기가 짙었다.

그도 그럴 것이 늘 해적들과 드잡이질을 하고 왜구의 침입을 받는 해남도를 지키다 보니 자연적으로 그 영향을 받을 수밖에 없었다. 오랜 실전을 통해 형식보다는 적을 쓰러뜨리기 유용한 무공으로 발전한 것이다.

"누구의 검이 독랄한지 모르겠소."

강유가 피식 웃으며 대꾸했다.

"흐흐흐. 하긴, 내 검 역시 만만치는 않지. 자, 이제 끝을 낼 때가 된 것 같다."

"기다렸던 바요."

그 말을 끝으로 호흡을 가다듬기 위한 대화는 끝이 났다.

겉으론 태연한 척해도 둘 다 상당한 부상을 입은 상태였다. 강유는 왼쪽 허벅지와 옆구리, 목덜미에 깊은 상처를 입고 있었고 사청오는 가슴과 어깨에 각각 큰 부상을 입었다. 흘린 피만 해도 정상적인 사람이라면 치사량(致死量)에 이를 정도였다. 당장 치료를 받는다 하더라도 며칠은 꼼짝도 않고 치료에 전념해야 할 부상임에도 둘 다 조금도 물러설 줄을 몰랐다. 대신 최후의 한 수를 위해 힘을 끌어 모았다.

"간닷!!"

먼저 움직인 것은 사청오였다.

그는 현재 자신이 펼칠 수 있는, 또한 가장 자신있는 무공인 광한마검(廣寒魔劍)의 절초를 펼치기 위해 몸을 던졌다.

"쾌검의 생명은 바로 집중력이다. 늘 긴장을 유지하고 있다가 단 한번에 모든 힘을 폭발시킬 수 있는 집중력, 그 한 수에 모든 것을 거는 것이다."

'온몸의 힘을 한곳에 집중하여 폭발시키면서……'
강유는 태상호법의 말을 뇌리에 떠올리며 검을 움직였다.
사청오에게 향하는 검의 움직임엔 그 어떤 기교도 없었고 조금의 군더더기도 보이지 않았다. 너무나도 자연스러운 모습. 나뭇잎을 벨 때의 바로 그 자세였다.
상대와의 거리를 단숨에 좁혀 버린 강유의 검은 사청오의 공격이 미처 다 펼쳐지기도 전에 한낱 신기루로 만들어 버리더니 찰나의 머뭇거림도 없이 그의 가슴을 반으로 가르고 지났다.
"크윽!"
불로 가슴을 지지는 듯한 통증이 엄습하자 고통의 신음 소리가 꽉 다문 입술 사이를 비집으며 터져 나오고 부릅뜬 눈에선 경악의 빛이 흘러나왔다.
"이, 이런 검을 가지고 있으면서……"
강유의 검이 그토록 빠를 줄은 상상도 하지 못했다는 듯 어처구니없는 웃음을 지은 사청오는 힘없이 무릎을 꿇고 말았다. 그리곤 곧 의식을 잃었다.
"운이… 운이 좋았을 뿐이오."
힘없이 고개를 흔드는 강유, 그 역시 자신이 무슨 일을 했는지 제대로 믿지 못하는 표정이었다.

"하아, 하아."
 흐트러진 옷, 땀으로 범벅이 된 얼굴, 몸 이곳저곳에 난 상처들이 남궁민이 얼마나 치열한 싸움을 전개했는지 보여주고 있었다. 여전히 긴장된 상태로 검을 치켜들고 있는 그녀의 시선은 무릎을 꿇고 있는 한 사내에게 집중되어 있었다.
 "계, 계집… 꽤, 꽤나 강하……."
 평생 동안 매염교를 보필했던 증정(曾停)이 반으로 갈라진 옆구리와 자신이 어떤 일을 해냈는지도 미처 의식하지 못하고 거친 숨을 몰아쉬는 남궁민을 응시하다 미처 말을 끝맺지 못하고 의식을 잃었다.
 그제야 힘없이 검을 내리는 남궁민이 조용히 중얼거렸다.
 "나는… 계집이 아니라… 남궁세가의 가주다."

 "우리는 악양삼웅(岳陽三雄)이라 한다."
 무수한 암기를 앞세워 을지호를 막고 용후를 구해낸 세 명의 호법 중 가장 맏형인 듯한 자가 입을 열었다.
 막고자 했다면 막았을 것이다. 다만 굳이 그럴 필요를 느끼지 못해 손을 쓰지 않았던 을지호는 상대의 말에 시큰둥한 표정으로 대꾸했다.
 "그래서 어쩌라는 것이오?"
 을지호는 다 끝난 싸움에 뭣 하러 끼어들었냐는 뜻으로 말한 것이지만 중년인은 그렇게 받아들이지 않았다.
 "음."
 입을 열었던 사내의 굵은 눈썹이 꿈틀거렸다. 그러나 그뿐이었다.

상대는 매염교를 쓰러뜨리고 용후에게 패배의 쓴잔을 마시게 만든 실력자로 혼자 경거망동해서는 결코 상대할 수 없었다.

슬쩍 고개를 돌려 동생들에게 신호하는 중년인의 태도는 신중하기만 했다. 그의 신호를 받은 나머지 두 명이 을지호를 포위하기 위해 좌우로 움직였다. 그런데 을지호는 그들을 바라보고 있지 않았다. 고개를 돌린 그의 시선은 어느덧 막바지에 이른 전황을 살피고 있었다.

"흠, 다 끝나가고 있군."

아무리 천뢰대가 지원을 했다지만 예상외로 압승을 거둔 것을 기뻐하며 미소를 짓던 을지호는 자신에게 서서히 접근하는 움직임을 감지하고 인상을 찌푸렸다.

'빨리 끝내야겠군.'

이미 끝난 싸움이었다. 더 이상 계속하는 것은 의미가 없다고 생각한 그는 검을 버리고 궁을 들었다. 그리고 화살도 없는 시위를 한껏 잡아당겼다.

그러한 을지호의 행동에 의아심을 느꼈지만 끝을 알 수 없는 그의 능력에 은근히 두려움을 느끼고 있던 악양삼웅은 한껏 긴장하며 조심을 했다.

퉁.

경쾌한 소리와 함께 시위는 원래의 자리로 돌아왔다. 그리고 시위를 떠난 무엇인가가 악양삼웅의 막내 맹연(孟沇)에게 은밀히 다가갔다. 아무런 형체도 소리도 없는, 그러면서도 치명적인 위력을 지닌……

무영시(無影矢)였다.

"뭐, 뭐야… 크윽!"

무엇인가가 다가온다고 느낀 맹연이 기겁을 하며 피하려 했지만 그는 미처 몸을 틀기도 전에 허벅지를 관통하는 고통에 입을 쩍 벌리고 말았다.

"이놈!"

포위망을 갖추며 서서히 접근하던 나머지 형제들이 노호성을 터뜨리며 달려들었다.

퉁. 퉁.

그들을 피해 훌쩍 뒤로 몸을 날린 을지호가 연속적으로 시위를 당겼다. 거의 동시에 궁을 떠난 두 발의 무영시가 각각의 목표를 향해 은밀히 접근했다.

"크헉!"

둘째인 맹윤(孟崙)의 입에서도 맹연과 마찬가지의 비명성이 터져 나왔다.

분명 화살은 없었다. 그런데 어깨를 관통한 것은 무엇이란 말인가.

"도, 도대체 무엇이……!"

어깨를 부여잡고 있는 맹윤은 자신에게 닥친 상황을 도저히 이해할 수 없다는 표정이었다.

다만 악양삼웅의 맏형이자 무공이 만종의에 못지않았던 맹덕(孟德)만은 무영시의 공격을 막아냈다.

"이, 이것이 무엇이냐?"

검을 들어 가까스로 막기는 하였으되 그 힘을 이기지 못해 다섯 걸음이나 물러난 그는 상당한 충격을 받은 듯했다.

"무영시라 하오. 이번 것은 경고요. 어차피 싸움은 끝이 났소. 더 이상 피를 보고 싶지 않으니 물러나시오."

"무, 무영시? 과거 궁귀가 썼다던… 과연 이름만큼이나 멋진 무공이다!"

 맹덕은 자신도 의식하지 못하는 사이에 감탄성을 내뱉더니 감히 덤빌 생각을 하지 못하고 부상에 신음하는 동생들을 살폈다. 그리고 그들만큼이나 놀라 두 눈을 부릅뜬 용후에게 시선을 두었다. 자신은 어찌해야 할지 도저히 판단할 수 없으니 명을 내려달라는 의미의 눈빛이었다.

 "……."

 매염교가 당했고 노호문의 그 누구보다 빠른 신법을 자랑했던 자신이 다른 것도 아닌 신법으로 농락을 당했다. 거기에 세 명의 호법마저 제대로 접근도 하지 못하고 치명적인 부상을 입었다. 마지막 희망이라 할 수 있는 장로들조차 어찌 된 일인지 정체 모를 노인에게 잡혀 힘도 쓰지 못하는 듯했다.

 '정녕 이대로…….'

 한참 동안이나 을지호를 노려보던 용후가 힘없이 고개를 흔들었다. 그대로 물러나기엔 자존심이 허락하지 않았으나 그렇다고 현실을 무시할 수는 없었다.

 "무, 물러서십시오."

 안도의 숨인지 아니면 자괴감으로 인해 나오는 한숨인지 뜻 모를 숨을 짧게 내뱉은 맹덕이 그 즉시 검을 거두었다.

 "퇴… 각… 을……."

 이를 악물고 죽기보다 하기가 싫었던지 퇴각이란 단어를 던지듯 내뱉는 용후의 얼굴은 붉다 못해 검게 변해 있었다.

 그 심정을 이해한다는 듯 멍하니 전황을 살피던 맹덕이 큰 소리로 외쳤다.

"퇴각하라!"

맹덕의 외침이 연무장에 울려 퍼지고 동시에 싸움을 멈추라는 을지호의 명령이 떨어지자 남궁세가와 노호문의 무인들은 약속이라도 한 듯 서로의 검을 거두고 뒤로 물러났다.

"끝난 것 같군."

태상호법이 황유화를 돌아보며 말했다.

"……."

황유화와 만종의는 아무런 말도 하지 못하고 그저 망연자실한 표정이었다.

"돌아가거라."

할 일을 다 했다는 듯 몸을 돌린 태상호법이 승리를 자축하며 환호성을 지르는 남궁세가의 무인들을 향해 걸음을 옮겼다.

"가세나."

손 한 번 제대로 써보지도 못하고 당한 참담한 패배. 전혀 예상치 못한 결과를 받아들이기가 쉽지 않았는지 용후에게 걸어가는 황유화의 어깨는 아래로 축 처져 있었다.

퇴각이란 명령이 떨어졌지만 노호문의 무인 중 명령에 제대로 따른 이는 몇 되지 않았다.

열 명이 넘는 인원이 목숨을 잃었고 몸조차 움직일 수 없는 중상을 입은 자가 대여섯, 나머지 인원들도 크고 작은 부상에 제 몸 가누기가 쉽지 않았다.

결국 용후는 물론이고 장로들까지 나서서 부상자들을 수습한 이후에야 노호문의 무인들은 남궁세가를 빠져나올 수 있었다. 사실 그것도 그들마저 응징해야 한다는 말들이 비등했음에도 함부로 움직이지 말라고 명한 을지호의 배려가 있었기에 가능한 일이었다.

　새벽녘 노호문의 전격적인 기습으로 시작된 싸움은 치열한 공방 속에서 그렇게 남궁세가가 승리를 거두는 것으로 끝이 났다.

"중상자가 여섯에 경상자는… 대부분입니다."
초번이 조금 들뜬 어조로 말했다.
"대승입니다, 형님!"
붕대로 전신을 감다시피 한 강유가 밝게 웃으며 소리쳤다.
"그렇지만 유한(柚翰)의 죽음은 예상 밖의 일이었어."
담담히 대꾸하는 을지호의 안색은 대승을 거둔 사람이라 생각하기에는 이상할 정도로 밝지 않았다. 이번 싸움에서 유일하게 목숨을 잃은 유한의 얼굴이 뇌리에서 떠나지 않았기 때문이다.
"어쩔 수 없는 일이었습니다. 치열했던 싸움을 생각하면 피해가 그 정도로 그친 것을 다행으로 여겨야지요."
밝게 웃던 강유도 다소 굳은 얼굴로 말했다.
"후, 그래. 모두 다 무사했으면 다행이겠지만 그건 내 욕심이겠지."
좋지 않은 기억을 떨치려는 듯 고개를 좌우로 흔든 을지호가 아직도 흥분을 가라앉히지 못하고 있던 곽 노인에게 말했다.
"유한의 식솔들에게 오늘의 일을 잘 설명하고 우리가 할 수 있는 최대한의 편의를 제공하십시오. 그 무엇으로도 그를 대신할 수는 없겠지만 말이지요."
"알겠습니다."
곽 노인이 다소 침통한 어조로 대답했다.
"그나저나 부상당한 녀석들의 치료는 잘되고 있습니까?"

"예. 마을에서 의원을 불렀습니다. 중상자들을 제외하곤 다들 며칠 푹 쉬면서 정양하면 괜찮아질 것이라 합니다. 원체 건강한 몸들이라 회복도 빠를 것이라 했습니다."

치료를 받는 도중에도 침을 튀겨가며 아침에 있었던 싸움, 그리고 자신의 활약상을 동료들에게 늘어놓느라 정신이 없던 이들의 모습을 떠올리자 곽 노인의 입가에 절로 미소가 지어졌다.

"다행이군요. 참, 저들이 두고 간 시신들은 어찌하셨습니까?"

"말씀하신 대로 모두 관에 안치시켰습니다."

"잘하셨습니다. 최대한 빨리 사람들을 시켜 노호문으로 보내도록 하지요. 그건 그렇고… 앞으로가 문제인데……."

*   *   *

탕!

"그러니까 아무런 성과도 얻지 못하고, 아니지, 성과를 거두기는커녕 차마 입으로 꺼내기도 힘든 수모를 당하고 돌아왔다는 말이냐?"

표정의 변화 없이 용후의 보고를 듣던 용철상은 결국 쫓기듯 퇴각했다는 대목에 이르러 노호성을 터뜨리고 말았다.

"죄, 죄송합니다."

용철상의 호통에 용후는 고개를 들을 수가 없었다.

남궁세가를 치기 위해 삼십이 넘는 인원이 문파를 떠났건만 돌아온 사람은 절반이 조금 넘을 뿐이었다. 게다가 돌아온 사람들 중 멀쩡한 사람은 극소수에 불과했으니…….

"말을 들어보니 그… 궁을 쓰는 놈인가, 어쨌든 그놈에게 모조리 당했다는 것이 아니냐? 매 전주가 당하고 네가 당하고 호법들까지 당하다니… 놈의 무공이 그리 강했더란 말이냐?"

을지호에게 당한 동생들을 제외하고 혼자 참석한 맹덕은 부끄러움에 차마 고개를 들지 못했다.

"자네들은 뭘 했단 말인가?"

"면… 목이 없습니다."

용철상의 시선을 받은 황유화가 얼굴을 붉히며 말을 잇지 못했다.

"그런 말은 듣고 싶지 않네. 도대체 어찌 된 일인가? 내가 알아듣도록 설명을 해보게나."

용철상의 질책 어린 질문에 황유화와 마찬가지로 벌겋게 상기된 얼굴의 만종의가 입을 열었다.

"괴… 노인 때문에……."

"괴노인? 누구를 말함인가?"

용철상이 주저없이 물었다.

"그, 그것이……."

"답답하네. 어서 말을 해보게. 남궁세가에 자네들이 감당하지 못할 실력자가 남아 있더란 말인가?"

"남궁세가의 인물은 아닌 듯싶었습니다. 하지만……."

힘들게 말문을 연 황유화가 용철상을 똑바로 응시하며 말했다.

"지금껏 그만한 실력자를 본 적이 없습니다. 나와 만 장로는 그의 공격을 감당해 내지 못했습니다. 단 일 초식도."

"그, 그게……."

황유화의 말은 용철상에게 커다란 충격으로 다가왔다.

황유화의 실력은 다른 누구보다 자신이 더 잘 알고 있었다. 우열을 가리기가 힘들 정도로 박빙의 실력이었지만 분명 자신보다는 우위에 있는 실력. 그런 실력자가 단 일 초식도 견디지 못했다는 말이었다. 더군다나 말을 들어보니 혼자 싸운 것이 아니라 만종의도 함께였던 모양이 아닌가.

"하, 합공을 했는데도 패했단 말인가?"

묻는 용철상의 음성엔 경악을 넘어 불신의 빛이 담겨 있었다. 하지만 들려온 대답은 더욱 가관이었으니…….

"패한 것이 아니라 아예… 싸움이 되지 않았습니다."

"허!"

도대체 어느 정도의 고수이기에 싸움 자체가 성립되지 않았단 말인가!

입을 쩍 벌린 용철상이 뭐라 말을 하지 못할 때에도 황유화의 말은 계속 이어졌다.

"한 가지 확실한 것은 그가 마음먹었다면 이 자리에 살아 돌아올 사람은 아무도 없었다는 것이지요. 물론 궁을 쓰는 젊은 녀석의 실력도 노인에 못지않았습니다. 특히 형체도 보이지 않는 화살은… 과거 천하제일이었던 궁귀(弓鬼)가 썼던 무공과 아주 흡사한 것이 마음에 걸립니다."

"……."

갈수록 가관이었다. 황유화마저 가볍게 농락할 만한 고수가 한 명도 아니고 두 명씩이나 존재한다는 것은 지금의 노호문으로선 감히 어찌해 볼 엄두도 내지 말라는 말과 일맥상통했다.

질식할 것만 같은 무거운 기운이 주변을 억눌렀지만 누구 하나 입을 여는 사람은 없었다.

그렇게 반 각 정도의 시간이 흘렀다.

"그렇다면……."

용철상이 더없이 무거운 음성으로 말문을 열었다.

"방법이 없단 말인가? 이렇게 속수무책으로 당하고만 있어야 한단 말인가?"

딱히 누구에게라고도 할 수 없는, 어쩌면 스스로에게 묻는 질문일 수도 있었다.

"노호문의 모든 전력을 쏟아 붓는다면 어찌 될 것 같은가?"

용철상이 조심스럽게 물었다. 그러나 입을 다물고 있는 황유화의 안색은 어둡기만 했다.

"힘든 모양이군……."

"두 명의 고수를 묶을 수만 있다면 나머지는 문제가 되지 않을 것입니다. 과연 그들과 같은 고수를 감당할 수 있을지… 한 명이라면 혹 모를까 두 명이라면……."

황유화가 힘없이 고개를 흔들었다.

"힘들다고 봅니다."

"그래도 해보지 않고서는 모르는 것 아닙니까?"

싸움에 참가하지 않은 장로 감천홍(甘泉紅)이 벌떡 일어나며 소리쳤다.

"제 생각도 그렇습니다. 남궁세가의 제자라 해봤자 고작 서른 명 안팎입니다. 그 정도의 수라면 흑우전이나 적혈전의 인원에도 미치지 못하는 수입니다. 다만 문제는 실력을 알 수 없다는 두 명의 고수인데, 그것은 우리들이 해결하면 됩니다. 무엇이 두려우십니까? 제아무리 실력이 뛰어나도 한 손으로 여러 손을 감당할 수는 없는 법입니다. 괴노인은 우리 장로들이 목숨으로 책임지고 궁을 쓴다는 녀석은 문주님과 소문주님, 그리고 여기 있는 맹 호법이면 충분히 감당할 수 있을 것이라 생각됩니다. 까짓 그것도 부족하면 각 전의 전주들까지 동원하면 되지 않겠습니까?"

네 명의 장로 중 가장 막내 격인 양구(楊具)가 감천홍의 의견에 맞장구를 치며 목소리를 높였다. 하지만 가만히 듣고 있던 황유화는 그들의 말에 상당히 회의적이었다.

"만약 생각대로 되지 않는다면? 자네의 말대로 우리가 목숨을 걸고 싸운다고 치세. 그래도 막지 못한다면 어찌하겠는가?"

"막을 수 있습니다."

황유화를 대신해 짧게 한숨을 내쉰 만종의가 고개를 흔들었다.

"후~ 그건 자네가 그 노인을 보지 못해서 하는 말이네. 정말 인간 같지도 않은 괴물이야."

"해보지 않고는 모르는 법입니다."

양구는 좀처럼 고집을 꺾지 않았다.

"이긴다고 하더라도, 장담하건대 우리들 중 대부분은 살아남지 못할 걸세. 또한 그들 중 한 사람이라도 막지 못한다면 노호문은 그야말로 끝장이 날 수도 있어."

"우리가 막지 못한다 하더라도 이백의 제자들이 있습니다."

"좋아, 남궁세가를 끝장낸다고 치세. 그래서 우리가 얻는 것이 무엇인가?"

황유화가 조용히 되물었다.

평소의 그라면 가장 먼저 싸움을 주장하고 나섰을 것이다. 그러나 그러기엔 태상호법이 그에게 준 충격이 너무나 컸다.

"무너진 자존심이지."

양구를 대신해 용철상이 입을 열었다.

"이대로 포기한다면 지금껏 쌓아 올린 우리 노호문의 자존심은 한낱 모래성이 되어 흩어질 것이네. 그리되느니 차라리 목숨을 버리겠네."

"상처 입은 호랑이의 뒤에는 굶주린 늑대들이 도사리고 있음을 염두해야 합니다."

늑대란 다름 아닌 묵영도문과 호시탐탐 그들의 세력권을 넘보고 있는 마영문을 의미하는 것. 황유화의 말은 힘이 약해졌을 때 치고 들어올 그들의 야욕을 경계해야 한다는 말이었다.

"지난 싸움에서 이미 제왕의 지위는 잃어버렸네. 명예라도 찾아와야겠지. 때로는 포효만으로 늑대들을 쫓아버릴 수도 있음이니."

담담하게 대꾸하는 용철상의 음성에서 황유화는 그가 이미 마음의 결정을 내렸다는 것을 알 수 있었다.

"……."

황유화는 더 이상 입을 열지 않았다. 문주가 결정하고 명령을 내린다면 수하 된 입장에선 의당 죽음으로 명을 좇아야 한다.

'하지만 너무 위험하니…….'

체념 섞인 표정으로 한숨을 내쉬는 황유화, 선선히 고개를 끄덕이기엔 을지호와 태상호법이 그에게 남긴 그늘이 너무나 컸다.

"누, 누구시오?"

괴이한 느낌에 눈을 뜬 용철상은 자신의 침상 옆에 놓인 의자에 앉아 한가로이 차를 마시고 있는 노인을 보며 기절할 듯 놀랐다.

"네가 노호문의 문주냐?"

벌떡 일어나 경계의 자세를 취하는 용철상과는 대조적으로 조용히 찻잔을 내려놓는 노인은 실로 태연했다.

"그, 그렇소만. 대체 누구길래……?"

아무리 깊은 잠에 빠졌다 하더라도 용철상 정도 되는 고수가 침입자의 기척을 눈치 채지 못한다는 것은 있을 수 없는 일이었다.

더구나 그의 처소는 노호문에서도 가장 엄중한 경계가 펼쳐져 있는 곳, 특히 출정을 하루 앞둔 문 내의 분위기는 질식할 정도로 팽팽한 긴장감에 싸여 있었건만… 주변이 조용한 것을 보면 노인이 방 안으로 들어온 것을 아무도 모르는 듯했다.

그것은 곧 노인이 그 모든 것들을 무시할 수 있는, 자신보다도 훨씬 뛰어난 능력을 지닌 고수라는 것을 의미했다.

"그건 알 것 없고……."

노인이 날카로운 눈빛으로 용철상을 노려보았다.

"내 말을 들어줘야겠다."

거두절미(去頭截尾)하고 명령하듯 말하는 노인.

"무, 무엇이오?"

이미 노인의 기세에 압도당한 용철상이 자신도 모르게 물었다.

"네가 계획하고 있는 일을 없던 것으로 하여라."

순간, 지금껏 당황한 기색이 역력했던 용철상이 침착한 표정을 되찾았다. 그제야 노인의 정체를 알 수 있었기 때문이다.

침상에서 일어난 용철상이 노인의 맞은편 의자에 앉았다. 그리곤 온기가 가셔 이제는 미지근해진 차를 한 잔 따라 마셨다.

"남궁세가에서 오셨구려."

찻잔을 내려놓으며 묻는 용철상의 음성은 한 문파의 문주답게 진중하며 침착했다.

"알고 있다니 쓸데없는 말을 하지 않아도 되겠구나."

그랬다. 노호문의 삼엄한 경계를 간단히 뚫고 용철상에게 접근한 노인은 다름 아닌 태상호법, 노호문이 이대로 물러나지 않을 것이라 예견한 을지호의 간곡한 부탁으로 또 다른 도발을 막기 위해 노호문을 찾은 태상호법이었다(사실은 떠밀리다시피 온 것이었지만).

"이미 떨어진 명령. 번복할 수는 없소. 미안하오만 부탁을 들어줄 수는 없소이다."

"난, 청을 하러 온 것이 아니다."

"그럼 명령을 내리는 것이오? 미안하오만 당신은 내게 명을 내릴 위치에 있지 않소. 더 이상 소란스러워지는 것을 원하지 않으니 그만 돌아가시오."

태상호법의 눈가가 서늘해졌다.

"있다면?"

"무슨 헛소……."

아무리 강하다 하더라도 용철상은 한 문파의 문주였다. 더 이상 참지 못하고 벌떡 몸을 일으키며 호통을 치려는 순간, 태상호법이 그의 면전으로 황금패 하나를 던졌다. 중앙에 패(覇)라는 글자가 멋들어지게 양각된 손바닥보다 조금 작은 크기였다.

"그것이면 되겠느냐?"

"장난하는 것이오. 이따위 것이 무엇이라고!!"

그 패의 가치를 알아보지 못한 용철상이 황금패를 바닥에 내동댕이치자 살짝 이맛살을 찌푸린 태상호법이 손을 하늘로 향했다.

"너는 모르지만 이 녀석은 알 것 같구나."

바로 그 순간, 방 안의 천장이 갈라지며 머리부터 발끝까지 묵의(墨衣)로 감싸고 있는 사내가 힘없이 떨어져 내렸다. 그 짧은 시간에 점혈까지 당했는지 간신히 몸을 일으키는 사내의 움직임은 어딘가 이상했다.

꽤나 큰 충격을 받았는지 사내는 얼굴을 가리고 있는 복면이 일그러질 정도로 인상을 찌푸리고 있었다.

용철상이 놀랄 사이도 없이 태상호법이 물었다.

"네 녀석이 남궁세가에서부터 나를 쫓고 있는 것을 알고 있었다."

"요, 용서를……."

"비혈대(秘血隊)냐?"

"그, 그렇습니다."

"비, 비혈대!"

사내의 대답이 끝나기가 무섭게 용철상의 얼굴이 일그러졌.

비혈대가 무엇이던가.

패천궁의 눈과 귀와 같은 비밀스런 조직이었다.

패천궁의 궁주와 비혈대의 대주를 제외하고는 그들이 누구며 또 몇 명으로 이루어졌는지 아무도 알 수 없다는, 그들의 행사가 워낙 은밀하게 이루어져 흑도의 모든 문파들이 가장 신경을 쓰면서도 두려워한다는 바로 그 비혈대의 대원이 모습을 드러낸 것이었다.

용철상의 반응은 신경도 쓰지 않은 태상호법이 어느새 무릎을 꿇고 머리를 땅에 조아리고 있는 사내에게 말했다.

"너는 저것이 무엇인지 알고 있겠지?"

묵의사내는 감히 입을 열지 못하고 고개를 끄덕였다. 사시나무 떨듯 전신을 떠는 것이 그 패가 지닌 힘을 알고 있는 듯했는데…….

"내가 하는 말을 들었으리라 믿는다."
"드, 들었습니다."
묵의사내가 황급히 대답했다.
"나는 이만 물러가겠다."
태상호법은 밑도 끝도 없이 그냥 '돌아가겠다' 라고 선언하듯 말했지만 사내는 그가 말한 의미를 정확하게 파악하고 있었다.
"아, 알겠습니다. 분부대로 따르겠습니다."
태상호법은 사내의 대답을 듣지도 않고 몸을 돌렸다. 그리고 그가 방 안에서 사라지고 난 후에도 묵의사내는 일각이란 시간이 더 흐른 뒤에야 몸을 일으켰다. 그리고 떠나려는 태상호법을 제지하기는커녕 눈앞에 닥친 상황을 제대로 이해하지 못하고 있는 용철상을 상대로 태상호법이 보여주었던 패에 대해서 설명하기 시작했다.

*　　　*　　　*

"흠, 예상치 못한 수확을 얻었는걸. 그래서 어찌 되었나?"
흥미롭다는 듯 묻는 중년인의 말에 멀리 떨어져 부복하고 있던 사내가 즉시 대답을 했다.
"모든 제자를 동원하여 남궁세가를 공격하려 했던 노호문은 그 즉시 행동을 멈추었다고 합니다."
"암, 그래야지. 잘했군 그래."
당연하다는 듯 중년인의 고개가 끄덕여졌다.
"참, 어르신께선 다시 남궁세가로 돌아가셨다던가?"
"그건 확인하지 못했습니다."

"그래? 확인해 보도록."

"알겠습니다."

"하하, 아무튼 반가운 일이야. 돌아가신 줄 알고 있었건만."

술잔을 드는 그의 표정은 무척이나 즐거워 보였다.

"그분께서 살아 계신 것을 아버님께서 알면 무척이나 좋아하시겠구나. 이보게, 대주(隊主)."

"예, 궁주(宮主)님."

"무슨 일인지 모르겠으나 이후 모든 문파에게 명해 남궁세가를 건드리지 말라고 하게나. 아니, 근처에도 가지 말라고 해. 특별한 일이 있으면 미리 연락을 취하라 하고. 노호문이 입은 피해는 적당한 선에서 보상을 해주게나. 그들 덕에 어르신의 생존을 알게 되었으니 고마움은 표시해야 하지 않겠나."

"그리하겠습니다. 다만……."

"하고 싶은 말이라도 있는가?"

중년인의 말에 대주라는 자가 조심스레 입을 열었다.

"다른 곳도 아니고 남궁세가입니다."

"그래서?"

"아무래도 주변 문파들의 동요가 있을 듯합니다만."

"무시해."

"하지만……."

중년인의 얼굴에 짐짓 노기가 피어올랐다.

"자네는 정녕 내가 물고를 당해야 정신을 차리겠는가?"

"예? 그, 그게 무슨 말씀이신지?"

"생각해 보게. 돌아가셨다고 생각한 분이 남궁세가에 계시네. 남궁세가가 백도든 나발이든 그 딴 것은 상관없어. 다만 그분이 그곳에 계시다는 것이 중요한 것이지. 만약 그분께 무슨 일이라도 생긴다면, 음, 그럴 일은 없겠군. 어쨌든 귀찮아하시는 일이라도 생긴다면 나는 그날로 아버님께 죽음을 면치 못해. 자네도 알지 않는가? 전대 성주님의 괴팍한 성정을 말일세."

"그, 그야 그렇습니다만."

"그리고 말이야. 어르신이 그곳에 계시고… 또 정체를 알 수 없다는 사내 말일세. 궁을 쓴다는……."

"남궁세가의 호법이라 들었습니다."

이미 조사가 끝났는지 대답은 조금의 머뭇거림도 없었다.

"그렇지, 그 사내. 아무래도 나와 인연이 있을 것 같단 말이야. 궁이라… 많이 들어본 것 같지 않아? 아무튼 난 몹시 궁금하다네. 왠지 재밌는 일이 벌어질 것 같단 말이야. 이 따분하고 지겹기만 한 무림을 단숨에 뒤집어 버릴 것만 같은 재밌는 일이. 참, 내가 말했던가? 내가 지금껏 자네에게 한 말이 명령이라는 것을. 그대로 따르게."

"존명."

사내가 허리를 꺾으며 명을 받자 중년인의 입에서 호탕한 웃음소리가 터져 나왔다.

"난 정말 기대가 크다네! 하하하하!!"

오룡지회(五龍之會)

오룡지회(五龍之會)

 산동성(山東省) 태안(泰安), 오대세가(五大世家) 중 한 가문인 황보세가(皇甫世家)는 동서로 길게 뻗은 태산(泰山)의 남쪽 줄기에 자리하고 있었다.
 높이가 오 장에 이르는 정문과 사방 삼십 장에 이르는 거대한 연무장을 지나면 세가의 수뇌들이 모여 집안의 대소사를 논하는 집의전(集議殿)이 웅장한 모습이 보인다.
 집의전을 중심으로 가주의 거처인 웅혼각(雄魂閣), 세가의 규율을 담당하는 수법각(守法閣)을 비롯하여 서른두 개의 전각들이 그림처럼 펼쳐져 있으니 황보세가는 주변을 아우르고 있는 담장의 길이만 팔 리요, 직계, 방계 가릴 것 없이 상주하는 인원만 육백을 자랑하는 거대한 성과 다름이 없었다.
 그중에서 가장 중요한, 어쩌면 가주의 거처인 웅혼각보다 더 엄중히 경계되고 또한 존경을 받는 곳이 있었는데 권왕(拳王)이라는 명예로운 칭호를 지니고 있는 황보장(皇甫掌)의 거처 안심거(安心居)가 바로 그곳이었다.

지금으로부터 오십여 년 전, 온갖 신공(神功)과 신병이기(神兵異器)들이 판을 치고, 하늘을 비웃고 땅을 뒤집을 만한 능력을 지닌 기인(奇人)들이 모래알보다 많은 무림에서도 유난히 빛을 발하는 고수들이 있었다.

각 방면에서 감히 누구도 따르지 못할 정도로 특별한 능력을 지닌 절대자들.

검의 최고봉이었던 검왕(劍王) 비사걸(飛赦傑), 신기에 가까운 궁술로 뭇 고수들을 쓰러뜨린 궁왕(弓王) 사마후(司馬侯), 주먹으로 부수지 못하는 것이 없다는 권왕 응천수(鷹天手), 암기를 다루는 데 있어 탁월한 능력을 보였던 암왕(暗王) 당천호(唐天虎), 단지 숨결만으로도 상대를 중독시킨다는 독왕(毒王) 광무(光武) 등, 비록 모습을 드러낸 시기도 다르고 나이 또한 차이가 있었지만 사람들은 그들을 가리켜 강호오왕(江湖五王)이라 부르며 칭송을 마다하지 않았다.

하지만 장강의 뒷물결이 앞에 흐르는 물결을 밀어내듯 일세를 풍미하며 남겼던 그들의 업적과 활약상은 어느덧 전설이 되어 몇몇 호사가들의 입에서만 오르내릴 뿐, 사람들의 관심은 그들을 대신해서 새롭게 오왕의 칭호를 받은 인물들에게 쏠려 있었다.

새롭게 오왕이라 칭송받는 고수들의 면면을 살펴보면 다음과 같았다.

비전(秘傳) 중의 비전인 십팔로낙영검법(十八路落英劍法)을 대성한 전대 화산파의 장문인 곽화월(郭花月)이 새롭게 검왕의 칭호를 얻었고, 암왕의 지위는 혜성처럼 나타나 홀로 패천궁의 궁주에게 도전하였다가 패한 낙운기(樂渾奇)에게 돌아갔다.

암기에 관해선 독보적인 능력을 보였던 사천당가(四川唐家)는 낙운기에게 암왕이란 칭호는 빼앗겼지만 암기와 함께 당가의 상징이라 할 수 있는 독공을 극성으로 완성시킨 당대의 가주가 독왕이란 칭호를 받으면서 최소한의 자존심을 지켰다.

황보세가의 전대 가주였던 황보장이 권왕에 올랐고 궁왕을 대신하여 새롭게 오왕에 추가된 도왕(刀王)은 패천궁의 호법 동방성(東方星)에게 돌아갔는데 이는 을지소문에게 패한 궁왕 사마후가 스스로 그 지위를 버린 이후 강호엔 궁으로써 더 이상 궁왕이란 칭호를 얻을 수 있을 만큼 뛰어난 인물이 없었기 때문이다.

오왕이라는 칭송을 뒤로하고 이제는 일선에서 물러나 한가로운 노년을 보내고 있는 황보장의 거처에 세가의 수뇌들이 모여든 것은 따사로운 햇살이 막 중천에 오를 때였다.

"아버님."

"다들 바쁠 텐데 어인 일들이냐?"

석 달 전, 친우에게서 선물로 받은 호접란(胡蝶蘭)을 정성스레 손질하고 있던 황보장이 바삐 움직이던 손을 멈추고 만족한 미소를 지으며 물었다.

"예, 아버님. 다름이 아니라 집안일로 말씀드릴 것이 있어서 왔습니다."

황보윤(皇甫尹)이 공손히 허리를 숙이며 대답하자 손에 묻은 물기를 닦는 황보장의 입에서 너털웃음이 흘러나왔다.

"허허, 집안일이라면 너희들이 알아서 할 일이지 다 늙은 나에게 보

오룡지회(五龍之會) 223

고는 무슨."

"오대세가의 회합(會合)으로 인해서……."

"흠."

살짝 고개를 끄덕인 황보장이 의자에 앉자 황보윤을 비롯하여 황보연(皇甫燕), 황보숭(皇甫崧) 등이 자리에 앉았다. 하지만 의자가 부족해 가주를 따라나선 세가의 다른 수뇌들 대부분은 어정쩡한 자세로 서 있을 수밖에 없었다. 그 모습을 본 황보장이 혀를 차며 핀잔을 주었다.

"쯧쯧, 차분히 준비만 하면 될 것을. 또 할 말이 있으면 가주 혼자 오면 되는 것이지 뭐가 그리 큰일이라고 이렇게 다들 몰려다니는 것이더냐?"

황보윤이 담담한 미소로써 대답을 대신 할 때 안심거가 떠나가라 울리는 목소리가 있었다.

"하하하, 형님도 참. 그것만큼 큰일이 또 어디 있겠습니까?"

순간, 자리에 앉았던 황보윤 형제들이 분분히 자리에서 일어나 예를 표했다.

인사를 받으며 나타난 노인은 어딘지 모르게 황보장과 닮은 듯했는데 다름 아닌 황보세가의 태상장로(太上長老)이자 황보장의 아우인 벽력권(霹靂拳) 황보권(皇甫拳)이었다.

"귀가 먹을 정도로 그렇게 늙지는 않았다. 그러니 제발 그놈의 목소리 좀 낮추어라."

"크하하! 제 목소리가 어떻다고 그러십니까? 사내의 음성이 이 정도는 되어야지요. 그렇지 않은가?"

칠순의 나이라고는 도저히 믿기 어려울 만큼 젊음을 유지하고 있는 황보권이 황보윤을 돌아보며 물었다.

"예, 숙부님. 호탕한 것이 듣기에 좋습니다."

황보윤이 웃음을 지으며 대답했다.

"하하하, 그것 보십시오. 가주도 듣기 좋다지 않습니까?"

"쯧쯧쯧, 언제나 철이 들런지……."

고개를 좌우로 흔드는 황보장, 그러나 얼굴엔 피어오르는 것은 흐뭇한 미소였다.

"그래, 날짜는 정해졌느냐?"

"예, 돌아오는 중양절(重陽節)로 정하였습니다."

"중양절이라……."

황보권이 재빨리 덧붙였다.

"늘 그때 하지 않았습니까? 지난번 제갈세가(諸葛世家)에서도 그랬고요."

"그랬던가? 그런 것도 같군. 한데 중양절이라면 시간이 촉박하지 않겠느냐? 이것저것 준비도 해야 할 것이고 사람도 보내야 할 터인데."

"내가 생각해도 그렇다네. 중양절이라면 이제 두어 달 남짓 남지 않았는가? 뭐, 어련히 알아서 잘하겠지만 조금 걱정이 되는군."

황보권의 물음에 황보윤이 공손히 대답했다.

"걱정하지 마십시오. 만반의 준비를 하고 있습니다."

"그리 말하는 것을 보니 이미 떠난 모양이구나."

황보장이 물었다.

"그렇습니다."

"예의를 잃지 말아야 할 터인데… 그래, 누구를 보냈느냐?"

"제갈세가엔 군(君)아가 갔습니다."

"녀석이?"

장손(長孫)인 황보군(皇甫君)이 움직였다는 것이 조금은 의외라는 듯 황보장의 고개가 갸웃거려졌다.

황보윤의 얼굴에 고소가 지어졌다.

"본인이 원했습니다. 꼭 제가 가야 한다고… 그리고 팽가(彭家)엔 현무(玄武) 전주, 당가엔 막내 숙부께서……."

"흥, 어쩐지. 요즘 코빼기도 보이지 않더니만 나 몰래 산천유람을 떠났군 그래."

무엇이 못마땅한지 퉁명스레 말하는 황보권의 얼굴이 일그러졌다.

"노여움을 푸시지요. 친우가 보고 싶다고 부탁을 하셔서……."

"친우는 무슨 얼어죽을 친우! 따분하니까 꾀가 생겨 이 참에 유람이나 하러 떠난 것이지."

"하하, 그럴 리야 있겠습니까?"

더없이 사이가 좋으면서도 늘 티격태격하는 숙부들의 모습을 떠올리며 미소 짓던 황보윤이 슬그머니 웃음을 지우고 황보장을 응시했다. 그의 모습에서 뭔가 할 말이 있다고 여긴 황보장이 부드러운 음성으로 물었다.

"하고 싶은 말이 있는 게로구나."

"예, 아버님."

"무엇이냐?"

하지만 황보윤은 쉽게 말을 꺼내지 못했다.

"묻지 않더냐?"

황보장의 재차 묻자 황보윤은 그제야 말문을 열었다. 한데 그의 태도가 전에 없이 조심스러웠다.

"이번 회합에……."

"왜? 무슨 문제라도 있느냐?"

"그것이 아니오라……."

"어허, 답답하구나. 어서 말을 하여라."
"산동에 있는 악가를……."
황보윤의 말은 끝까지 이어지지 못했다.
탕!
탁자 위에 놓여 있던 집기들이 허공으로 튀어 오를 만큼 거칠게 탁자를 내려친 황보장이 노기 띤 눈으로 황보윤을 응시했다.
"지금 뭐라고 했느냐?"
그와 같은 반응은 이미 각오한 일, 입술을 질끈 깨문 황보윤이 다시 말을 꺼냈다.
"악가도 초청을 했습니다."
"어째서냐?"
차갑게 묻는 황보장의 얼굴에 냉기가 깔렸다. 동시에 안심거의 분위기도 차갑게 가라앉았다. 황보윤을 따라왔던 수뇌들은 감히 숨을 내쉬지 못했고 황보권도 굳을 대로 굳은 얼굴로 침묵을 지키고 있었다.
"대세입니다."
"대세라니? 대체 무엇이 대세란 말이냐?"
나이가 들었어도 권왕이란 명성까지 사그라진 것은 아니었다. 황보윤을 똑바로 응시하며 질문을 던지는 황보장의 전신에서 피어오르는 기운은 가히 압도적이었다. 그러나 황보세가라는 커다란 배를 움직이는 황보윤 또한 결코 만만한 인물은 아니었다. 부친을 존경하고 어려워하면서도 가주로서 할 말을 못하는 성격은 아니었다.
"지금의 오대세가는 과거의 오대세가와는 다릅니다."
"다를 것 없다. 과거의 오대세가가 지금의 오대세가다."
"사람들은 그리 생각하지 않습니다. 남……."

잠시 말끝을 흐리던 황보윤은 작심한 듯 강한 어조로 말을 이었다.

"남궁세가는 과거의 남궁세가가 아닙니다. 그들은 더 이상 오대세가의 일원으로 대접받지 못하고 있습니다."

"지금… 무슨 소리를 하는 것이냐?"

"사람들은 우리 황보세가를 비롯하여 제갈세가, 하북의 팽가, 사천의 당가, 그리고… 악가를 오대세가라고 말하고 있습니다. 그들의 기억에서 남궁세가는 사라졌습니다."

"……"

단정 짓듯 말하는 황보윤의 말에 말문이 막힌 황보장이 아무런 대꾸도 하지 못할 때였다.

꽝!

그렇지 않아도 수난을 당하던 탁자가 황보권의 주먹에 의해 산산조각나 버렸다.

"닥쳐라!!"

조카지만 가주라 하여 어느 정도 존대를 해주던 말투는 이미 사라지고 없었다.

"참고 들으려 해도 도저히 그럴 수가 없구나! 어디서 함부로 말을 놀리는 것이더냐!! 가주가 되었다고 나나 형님을 무시하는 것이냐!!"

"소, 송구합니다."

한번 화가 나면 권왕이라는 칭호의 부친을 무색하게 만들 정도로 무서운 것이 벽력권 황보권이었다.

젊어서부터 어디 한두 번 당했던가. 세월이 많이 흘렀지만 불 같은 성격이 어디 가는 것은 아니었다. 언제 어느 순간에 주먹이 날아올지 몰랐다. 최소한 그가 아는 숙부는 그런 인물이었다.

황보장에겐 당당했던 황보윤도 황급히 고개를 숙이며 용서를 구했다. 가주의 지위를 내세우다간 어찌 될지 불을 보듯 뻔했기 때문이다. 하지만 이미 폭발한 황보권의 노기는 쉽게 가라앉지 않았다.

"너희들……!!"

황보권이 주위를 둘러보며 소리쳤다.

"모두 큰 착각을 하고 있다! 오대세가의 회합은 단순히 세가의 힘을 자랑하려는, 남들에게 우리들의 지위를 보여주려고 하는 따위의 것이 아니다. 오대세가가 언제부터 오대세가라 불리게 되었는지 알고는 있느냐?"

"과거 무림을 피로 씻었던 사천혈맹(四天血盟)을 상대하면서 그리 불리게 되었습니다."

황보윤의 곁에 있던 황보숭이 재빨리 대답했다.

"터진 입이라고 대답은 잘도 하는구나. 어쨌든, 그 당시 사천혈맹의 위세는 지금의 패천궁과는 비교가 되지 않았다고 한다. 그 누구도 그들을 막지 못했다. 그렇게 온 무림이 전전긍긍하며 그들의 눈치를 볼 때 전통의 명문이었던 제갈세가와 사천의 당가, 그리고 그때까지 잘 알려져 있지 않았던 우리 황보세가와 막 태동을 시작한 남궁세가가 힘을 모아 놈들에게 대항하기 시작했다. 지루한 싸움은 삼십 년이나 계속되었다. 그러던 중 사대세가에 이어 하북의 팽가가 힘을 보태고 지금 너희들이 몰락했다 무시하고 있는 남궁세가에서 불세출(不世出)의 영웅이 나오면서 불리했던 전세는 단번에 역전이 되었다. 그분이 누구더냐?"

"무, 무성(武聖)이십니다."

"그래! 남궁세가의 사실상의 시조(始祖)이시자 지금도 무성으로 추앙받으시는 남궁치세님이다. 그분의 출현과 팽가의 도움으로 싸움은 우리의 승리로 끝이 났다. 피로 얼룩졌던 삼십 년의 전쟁이 말이다!"

호흡이 가쁜지 잠시 말을 끊은 황보권이 다소 누그러진 음성으로 입을 열었다.

"싸움은 끝이 났지만 사천혈맹과 싸웠던 다섯 가문은 가진 힘을 모두 소진해 만신창이가 되었다. 특히 팽가는 거의 멸문에 가까운 피해를 당했지. 사람들은 이런 우리들을 '오대세가' 라 칭하며 존경해 마지않았다. 그로부터 수백 년이 흘렀고 패천궁의 등장으로 과거와 같은 일이 벌어졌다. 정도맹(正道盟)이 있었지만 이번에도 선두에 서서 싸운 것은 우리 오대세가였다. 그중 가장 치열한 싸움을 한 곳은 그들과 인접해 있던 남궁세가였지. 그 당시 이십 대였던 나와 형님도 직접 그 싸움에 참여하였다. 싸움은 끝났지만 남궁세가는 회복하기 힘든 치명타를 입었고 지금도 힘든 세월을 보내고 있다. 어떠냐? 이런 남궁세가가 사람들의 기억에서 사라졌다고 하여, 그들과 함께 피를 흘린 우리들마저 무시하고 조롱해야 한단 말이냐? 패천궁을 자극하지 않기 위해 제대로 된 도움을 주지 못하는 것도 부끄러운 일이건만! 정녕 그런 것이냐?"

"아, 아닙니다. 그런 것은 아닙니다."

"아니면? 한입으로 두말을 할 셈이냐? 귓구멍을 깨끗이 비우고 들어라! 당장 남궁세가에도 이번 회합을 알리는 배첩을 보내고 최대한 예를 갖추어 초대하여라. 지난 회합엔 참석하지 못했다만 들리는 말에 따르면 봉문을 하고 힘을 키우는 모양, 회합이 있는 것을 알면 봉문을 풀고 달려올 것이다."

황보권이 이글거리는 눈빛으로 말하였다. 그런데 황보윤은 당연하다는 듯 고개를 끄덕이는 것이 아닌가.

"이미 보냈습니다."

"그래, 이미 보… 지, 지금 뭐라고 했느냐?"

황보권이 두 눈을 휘둥그레 뜨고 되물었다. 황보장 또한 깜짝 놀라는 모습이었다.

짧게 한숨을 내쉰 황보윤이 대답했다.

"남궁세가에도 이미 사람을 보냈습니다."

"하, 하지만 조금 전의 네 말과는 다르지 않느냐?"

"두 분께서 오해하신 겁니다. 사람들의 뇌리에서 사라졌다고 했지 저희들마저 지웠다고는 하지 않았습니다."

"그렇다면 악가는 어찌 된 것이냐?"

황보장이 물었다.

"비록 우리 오대세가에 비하면 악가의 역사가 다소 짧기는 하지만 나름대로 전통이 있는 가문입니다. 또한 근래 들어 많은 일들을 하였고 무림동도들에게 큰 신망을 얻고 있습니다."

"그래서?"

"오대세가, 아니, 이제는 육대세가(六大世家)의 일원으로 회합에 참석할 자격이 충분하다고 보았습니다."

"혼자만의 생각이냐?"

"아닙니다. 미리 말씀드리지 못했지만 벌써부터 말이 나왔던 것입니다. 다른 세가에서도 알고 있을 것입니다."

"음."

짧은 침음성을 내뱉은 황보장이 두 눈을 감았다.

사실 그도 알고는 있었다. 최근 욱일승천하는 악가의 힘을, 그리고 세인들에 의해 어떤 평가를 받고 있는지도. 하지만 쉽게 인정할 수 없었기에 화를 냈던 것뿐이었다.

"내가 반대를 해도 사람을 보냈다면 이미 늦었겠지. 또한 다른 세가에서도 찬성한 일을 혼자서 반대할 수는 없겠지. 후~ 할 수 없는 일. 알겠다. 내 그리 알고 있으마."

마침내 황보장의 입에서 허락이 떨어지자 초청을 했다고는 했지만 아직 배첩을 보내지 않았던 황보윤이 안도의 한숨을 내쉬었다.

상황이 그리되자 곤란해진 사람은 말을 끝까지 듣지도 않고 화를 냈던 황보권이었다.

"험, 험, 일이 그렇게 된 것이었군. 미, 미안하네."

말투도 이미 예전으로 돌아와 있었다.

"아닙니다, 숙부님. 소질, 주먹이 날아들 것을 각오하고 있던 참이었습니다."

"허흠, 아무리! 내가 설마 가주에게 주먹질이야 하겠는가. 험험."

'충분히 그러시고 남지요.'

그러나 황보윤은 마음속에 있는 말을 차마 꺼내지는 못했다.

　　　　　　*　　　　*　　　　*

백의중년인, 그는 다소 유약한 모습이었다. 하지만 부복한 채 명령만을 기다리고 있는 수하를 응시하는 한 쌍의 눈빛은 무척이나 강인하고 날카로웠다.

"중양절이라……."

"그렇습니다, 주군."

"그렇다면 오십 일 정도의 여유라는 셈인데……."

말꼬리를 흐린 중년인이 지그시 눈을 감았다. 그리고 무엇인가를 생각하는지 손가락을 까딱거리며 의자의 손잡이를 톡톡 건드렸다.

"삼천(三天)에 연락을 취하게나."

눈을 뜬 중년인이 조용한, 그러나 단호한 어조로 명을 내렸다.

"주, 주군!"

일순, 사내의 눈에는 경악을 넘어 당혹감이 강하게 나타났다.

"무엇을 그리 놀라는가?"

"하, 하지만 너무 빠르지 않습니까? 아직은……."

사내의 반응에 중년인이 고개를 흔들었다.

"어차피 준비된 일이 아닌가. 조금 빠르다고 해도 상관은 없네. 더구나 모든 이들의 시선이 오룡지회에 쏠려 있을 터. 일을 벌이기엔 그때만큼 적기도 없을 것이고."

"그러나 삼천이 주군의 명에 순순히 따르겠습니까?"

조심스레 묻는 사내의 얼굴이 걱정스러움으로 물들었다.

"그렇게 순순히 따르기야 하겠는가? 그들에게도 자존심이라는 것이 있는데. 하지만 과거 그들을 이끄셨던 조사님의 지존신공(至尊神功)이 나에게 이어진 이상 따르지 않을 수 없을 것이네."

중년인은 자신만만했다. 그럼에도 사내는 걱정이 가시지 않는 듯했다.

"지존신공이 이어지긴 했지만 완전한 것은 아닙니다. 더구나 지금은 심한 부상을 당한 상태가 아니십니까? 몸이 완전히 회복한 이후에 일을 도모해도 늦지는 않으리라 봅니다."

"그렇긴 하지. 하하, 그래도 무공이 약해서 그런 것은 아니니 너무 책망 말게나. 상대가 워낙 강했던 탓이지."

하룻밤을 꼬박 지새우며 싸웠던 그날의 일을 잠시 상기한 중년인이 그 싸움에서 입은 상처를 슬그머니 어루만졌다.

"과연 대단했어. 수호신승(守護神僧)… 어느 정도 각오는 하고 갔지만 그토록 강할 줄은 몰랐지."

"무림의 살아 있는 전설입니다."

"그렇긴 해도 자신이 있었는데… 뭐, 그래도 양패구상을 했으니 체면은 세운 셈인가. 하긴, 그가 조금만 더 젊었다면 이렇게 살아남지도 못했겠지만. 물론 나 또한 완벽한 무공을 익히고 간 것은 아니니까 실망할 필요는 없겠지."

"그뿐만이 아닙니다. 삼천을 완전히 굴복케 할 신물을 찾지 못했습니다. 물론 겉으로야 주군께 숙이고 들어온다고는 하지만 언제 뒤통수를 칠지 모르는 일입니다."

"하하하, 너무 염려하지 말게. 신물이 있는 곳도 알아내었으니."

중년인의 말에 사내의 얼굴이 또 한 번 경악으로 물들었다.

"그, 그것이……!"

격동으로 인해 온몸을 떨고 있는 사내는 제대로 말을 잇지 못했다.

"어, 어디에 있습니까? 당장 가서 찾아오겠습니다!"

"하하, 너무 서둘지 말게나. 모든 일에는 순서가 있는 법이라네."

"하오시면 그곳이 있는 장소만이라도 일러주십시오."

사내의 질문에 중년인이 허탈한 웃음을 내비쳤다.

"조사님께서 오대세가 가주의 합공에 당하실 때 빼앗기신 신물은… 사실 조금만 생각해 보면 간단한 것이었는데……."

그동안 신물의 행방을 찾느라 얼마나 많은 시간과 노력을 기울였던가. 결국 신물의 행방을 찾기는 하였지만 막상 행방을 알게 되니 너무나 허무했다.

"남궁세가에 있었네."

"남궁… 세가란 말입니까?"

부릅뜬 사내의 눈을 더없이 커져 있었다.

"그래, 남궁세가에 있었지."

"하, 하지만 남궁세가에는 분명히 없었습니다. 비록 대놓고 한 것은 아니나 수십 번도 넘게 조사를 하지 않았습니까?"

사내는 그럴 리가 없다고 고개를 흔들며 말했다.

"이 책에 그렇게 적혀 있네."

중년인이 사내의 앞에 빛이 바랜 책자를 내밀었다. 그것이 바로 어제 입수한, 그들의 조사가 오대세가의 가주에게 합공당하여 패하던 당시의 비사(秘事)를 생생히 기록한 책이라는 것을 알고 있던 사내는 떨리는 손길로 책자를 넘겼다. 그리곤 곧 멍한 눈으로 중년인을 응시했다.

"남궁세가엔 오직 직계 가족, 그것도 장차 가문을 이을 인물에게만 전해지는 금지가 존재하고 있었네. 그것을 알지 못했으니 아무리 샅샅이 조사한다 해도 찾을 수가 없었던 것이지."

"그, 그렇군요. 한데 어째서……."

사내가 영문을 알 수 없다는 듯 중년인을 응시했다. 어째서 당장 찾으러 가지 않느냐는 의미의 눈빛이었는데…….

"그렇게 쉽지 않다는 것은 자네가 더 잘 알고 있지 않은가? 봉문을 했네. 더구나 그 이유는 잘 모르겠지만 패천궁이 그들을 주시하고 있어. 함부로 움직일 수는 없지."

"그렇다고 마냥 방치할 수는 없지 않습니까? 삼천을 완전히 굴복시키기 위해서라도 최대한 빨리 찾아야 합니다."

"물론이네. 완벽한 힘을 얻기 위해서라도 당연히 그래야겠지. 어쨌든 그것은 차후의 일이고 일단은 계획했던 일을 추진토록 해야겠어. 이처럼 좋은 기회를 그냥 버릴 수는 없지 않겠는가?"

"갑작스레 상황이 변해서 판단을 내리기가 쉽지 않습니다. 명을 내려주십시오."

사내가 긴장된 어조로 말했다.

"흠……."

그러나 중년인은 곧바로 명령을 내리지 못했다. 한참을 생각한 그가 짧은 침묵을 깨고 입을 열었다.

"삼천은 언제라도 움직일 수 있도록 만반의 준비를 갖추라 하고… 우선은 우리가 먼저 시작해야겠지."

"어디부터입니까?"

사내의 물음에 중년인은 조금도 주저하지 않고 대답했다.

"어디겠는가? 우리의 목표가 될 정도라면 오직 한 곳뿐."

"하오시면?"

"그래, 패천궁부터 시작하세나."

"존명!!"

천장이 무너져라 소리를 지른 사내가 명을 받고 물러났다.

"육백 년… 결코 짧지 않았어."

중년인의 눈에서 한광이 뿜어져 나왔다.

"받은 대로 돌려준다."

장차 대륙을 피로 휩쓸 혈풍(血風)의 시작이었다.

*　　　　*　　　　*

을지호 일행이 남궁세가에 온 지도 삼 년이란 시간이 흘렀다.

때가 무르익었다고 생각한 을지호는 태상호법과 상의해 정식으로 가주 취임식을 열어주었다. 봉문한 상태라 손님을 초대하지도 않았고 딱히 큰 준비도 하지 않은 채 식솔들끼리 간결하게 치른 즉위식이었지만 가주라는 지위가 주는 무게감 때문인지 이후 남궁민은 모든 말과 행동, 의사 결정을 내릴 때 한 번 더 차분히 따지고 숙고하는 등 상당히 성장한 모습을 보여주었다.

남궁민이 가주의 지위에 오르면서 세가에는 또 다른 변화가 일어났다.

우선 가주인 남궁민을 정점으로 앞으로 그녀와 함께 남궁세가를 이끌어 나갈 두 개의 무력단체가 만들어졌는데 각각 천양대(天陽隊)와 천음대(天陰隊)라 이름 붙였다.

천양대에는 주로 방계의 인물이나 몰락한 명문가의 후손들로 대주인 천도문을 포함 십삼 명이었고, 천음대는 처음 남궁민이 받아들이기를 노골적으로 반대했던 이들로 인원은 십이 명, 대주는 연능천이었다.

딱히 지위를 논할 수 없었던 강유와 운한표국에서 돌아온 해웅은 을지호와 같은 호법으로, 뇌전과 초번은 가주의 수신호위(守身護衛)라는 조금은 어정쩡한 칭호를 얻었다.

하지만 그와 같은 변화가 있다고는 해도 눈을 뜸과 동시에 수련을 시작해서 수련으로 끝나는 남궁세가의 단조로운 일상에 변화가 있는 것은 아니었다.

그것은 정확히 이틀 전, 석양과 함께 저 먼 곳에서 낯선 손님이 찾아들면서부터였다.

그는 정확히 하룻밤을 세가에서 머무르다 떠났고 그가 떠난 직후 남궁민의 거처인 세심각엔 태상호법과 을지호를 비롯해 주요 인물이 모여들었다.

수련을 위해 산속으로 들어갔던 천뢰대의 대주 율천이 부름을 받고 허겁지겁 달려오는 것을 끝으로 모든 사람이 모였다는 것을 확인한 남궁민이 차분한 어조로 말문을 열었다.

"그는 황보세가에서 온 사람이었어요."

"음."

이미 알고 있었던 을지호와 태상호법, 곽 노인은 별다른 반응을 보이지 않았지만 이곳저곳에서 신음성이 터져 나왔다. 특히 장강 이북의 문파들이 남궁세가를 비롯하여 여러 정도문파들을 외면했다고 생각하는 천도문은 노골적으로 불쾌한 표정이었다.

"그동안 쳐다보지도 않다가 무슨 일이랍니까?"

마치 황보세가의 사람이 눈앞에라도 있는 듯 천도문의 음성은 거칠기만 했다.

"천도문!"

천도문은 을지호의 서늘한 눈빛을 받고는 자신이 무슨 실수를 했는지 금방 깨달았다.

"죄, 죄송합니다."

"아니에요. 천 대주의 심정을 모르지는 않아요."

남궁민이 천도문을 향해 웃음을 보였다. 처음 황보세가에서 온 손님을 보았을 때 그녀 또한 천도문과 같은 심정이지 않았던가.

"대주는 무슨… 그렇게 자신의 감정을 제어하지 못해선……."

"죄송합니다."

을지호의 질책 어린 핀잔에 천도문은 고개를 들지 못했다. 부끄러웠는지 얼굴은 물론이고 목덜미까지 붉게 물들었다.

"어이구, 계집애처럼 그렇게 얼굴을 붉혀서야 어디 위대한 남궁세가 천양대 대주의 체면이 서겠어?"

천도문의 모습에 장난기가 동한 강유가 능글맞게 웃으면서 약을 올렸다.

"하하하! 그러게 말이야. 대주가 이러니 대원들은 또 얼마나 수줍음을 탈까나."

해웅이 맞장구를 치며 웃었다. 이곳저곳에서 웃음이 터져 나왔다. 천도문은 더욱 고개를 들지 못했다.

결국 보다 못한 남궁민이 나서서 상황을 정리했다.

"다들 그만 하세요."

입가에 살짝 미소를 머금은 남궁민의 말에 세심각을 울려 퍼지던 웃음은 잦아졌으나 을지호는 한마디 하는 것을 잊지 않았다.

"네가 책임져야 하는 인원이 열 명이 넘는다. 네 말 한마디, 행동 하나에 그들의 생사가 달려 있다는 말이다. 말을 내뱉기 전에 세 번을 생각하고 행동으로 옮길 때에는 열 번을 생각해라. 그렇게 감정적으로 행동하는 것은 용납되지 않아."

"아, 알겠습니다."

"이는 도문에게만 해당하지 않는 것이고."

을지호의 시선을 받은 연능천이 꺾이지 않을 듯 당당하게 세운 허리를 굽히며 대답했다.

"명심하겠습니다."

을지호의 말이 끝나기를 기다린 남궁민이 배첩을 가리키며 말했다.

"이것은 우리 남궁세가를 오룡지회(五龍之會)에 초대하기 위해 보낸 초대장입니다."

"오룡지회가 뭡니까?"

해웅이 곱게 접힌 배첩을 응시하며 물었다.

"오대세가의 회합을 그리 부르지요. 예로부터 우리 남궁세가를 비롯하여 오대세가는 십오 년에 한 번씩 회합을 합니다. 단순히 가주들만이 모이는 것이 아니라 세가의 주요 어른들과 후기지수(後起之秀)들이 함께합니다. 회합은 오 일 동안 열리는데, 그 기간 동안 선배들은 피로 맺은 혈맹을 더욱 공고히 하고 후배들은 서로의 안면을 익히는 기회로 삼는 것이지요."

"흠, 그런 것이군요."

해웅이 이해했다는 듯 고개를 끄덕이자 남궁민은 그의 거대한 몸을 버텨내는 의자를 안쓰럽게 쳐다보고는 말을 이었다.

"오룡지회에는 오대세가를 제외하고도 실로 많은 이들이 참석을 한답니다."

"특별한 이유라도 있습니까?"

강유가 물었다.

"그래요. 오룡지회는 각 세가 간 친목을 도모하기 위해 모이는 목적도 있지만 서로의 무공을 비교하는 경연장이기도 하지요."

"비무대회(比武大會)가 열리는군요!"

망신을 당하고 한쪽에서 기가 죽어 있던 천도문이 자신도 모르게 소리쳤지만 곧바로 을지호의 호통을 들어야 했다.

"또!"

"아, 아니, 그게 아니라……."

"그만 하세요, 오라버니. 틀린 말도 아니잖아요. 그래요. 이튿날부터 열리는 비무대회는 오룡지회 최고의 볼거리랍니다. 가문의 자존심을 걸고 임하기 때문에 실전을 방불케 할 정도로 치열하지요. 하지만……."

천도문을 두둔하고 빠르게 말을 이은 남궁민은 무슨 일인지 한숨을 내쉬고 말았다.

"후~ 실은 이렇게 말을 해도 나도 가보지는 못했어요. 그저 그런 식으로 열린다는 것을 들은 것뿐이에요."

살짝 한숨을 내쉰 남궁민은 입을 다물고 배첩을 물끄러미 쳐다보았다.

사실 남궁세가 오룡지회에 참여한 것은 삼십 년 전 그녀의 조부 때가 마지막이었다. 그나마도 규모가 너무 작아 참여했다는 것이 민망할 정도였지만.

"십오 년마다 열린다면 비록 어릴 때긴 해도……."

강유의 말이 무슨 의미인지 알고 있었던 남궁민은 씁쓸한 미소를 지으며 고개를 흔들었다.

"그 당시엔 이미 세가에 그 어떤 여력도 남아 있지 않았어요. 참여도 하지 못했지요."

"아, 그렇군요."

남궁민의 음성에 담긴 아픔을 느낀 강유는 공연한 말을 꺼냈다 여기며 머리를 긁적였다.

그때였다. 둘의 대화를 조용히 듣고만 있던 을지호가 불쑥 말을 꺼냈다.

"하지만 이번엔 다르다."

좌중의 시선이 일제히 을지호에게 향했다.

"우리도 참석한다. 오룡지회인지 토룡지회(土龍之會)인지는 잘 모르겠지만."

"저, 정말이십니까?"

재빨리 반문하는 천도문, 그런 그를 물끄러미 쳐다보던 을지호가 고개를 흔들었다.

"휴우~ 그놈의 성격이 어디를 갈까. 삼 년 동안 고쳐 보겠다고 발버둥을 쳤어도 안 된 것을. 내가 말을 말아야지. 그래, 준비가 되는대로 황보세가로 떠나기로 결정했다."

을지호의 말이 끝나자 방 안에는 묘한 흥분감이 감돌았다. 내색은 하지 않았어도 저마다 기대가 되는지 얼굴이 붉게 상기되었다.

"그런데 누가 가는 겁니까?"

초번의 질문에 모든 이들의 시선이 집중됐다.

"누가 가다니?"

을지호가 무슨 소리냐는 듯 반문했다.

"황보세가면 꽤나 먼 곳입니다. 또한 오랫동안 세가를 비워야 하고요. 모두 다 떠난다면 이곳을 지킬 사람이 없습니다."

"내가 지키고 있겠네."

곽 노인의 말에 초번이 고개를 흔들었다.

"불가능한 일입니다. 언제 적들이 쳐들어올지 모르는데……."

"그건 걱정하지 말거라. 그런 일은 없을 게야."

지금껏 침묵을 지키던 태상호법이 조용한 음성으로 말했.

평소에도 가히 많은 말을 하지는 않지만 태상호법의 말에는 이상한 설득력이 있었다. 걱정하지 말라는 그의 한마디에 은근히 우려를 하던 사람들은 물론이고 문제를 꺼냈던 초번마저 '그럼 다행이지요'라는 말과 함께 걱정을 접을 정도였다.

태상호법의 말이 끝나자 을지호가 입을 열었다.

"놀러 가는 것이 아니니까 그리 신나 할 것 없어. 이번 여행 또한 수련의 일종이니까. 가는 동안에도 지금처럼 수련은 계속될 것이고 종종 실전도 치르게 될 거다."

"예? 실전이라니요?"

깜짝 놀란 천도문이 반문했다.

"그런 게 있다. 태상호법님과 상의해 나름대로 계획한 것이 있지만 그것까지는 알 필요 없고. 어쨌든 각오들 단단히 하고 있어야 할걸. 아무튼 무엇보다 중요한 것은 이번 기회에 우리가 아직 죽지 않았음을, 남궁세가가 새로운 비상(飛上)을 준비하고 있음을 확실히 인식시켜야 한다는 것이다. 천양, 천음대의 대주는 대원들에게 이 사실을 알리고 마음의 준비를 하라 이르고."

"알겠습니다."

천도문과 양능천이 동시에 대답했다.

"천뢰대는… 참, 수련은 잘되고 있겠지?"

"예, 나름대로 열심히 하고 있습니다."

율천이 공손하게 대답했다.

"그래, 산속에서 고생들 많다. 최대한 빨리 소식을 알리고 하산하라 일러둬."

"그리하겠습니다."

"그리고……."

잠시 말을 멈춘 을지호는 산발한 머리에 얼굴의 반을 덥수룩한 수염으로 뒤덮은 율천의 얼굴을 물끄러미 쳐다보더니 피식 웃음을 터뜨리며 고개를 흔들었다.

"그 꼴로 갔다간 세가의 체면이 말이 아니겠다. 다들 단정하게 정리하라고 해."

"아, 알겠습니다."

을지호가 설마 그런 말을 할 줄은 몰랐던 율천이 무안한 기색으로 고개를 숙이자 해웅이 호쾌하게 웃어 젖히며 말했다.

"하하하! 열심히 수련하느라 그런 것이니 그리 부끄러워할 필요까지는 없잖아."

빙그레 웃음 짓던 을지호가 음성을 다소 높여 주의를 환기시켰다.

"자, 다들 돌아가서 준비해. 초번의 말마따나 꽤나 먼 길이야. 이것저것 준비할 것이 있을 거다. 그렇다고 쓸데없이 날뛰며 불필요한 행동은 하지 말고."

"알겠습니다."

모였던 이들이 저마다 예를 표하고 돌아가자 세심각에는 남궁민과 곽 노인, 태상호법과 을지호만이 남게 되었다.

"지금부터 내 말을 잘 들어라."

"예, 오라버니."

을지호의 착 가라앉은 음성에 남궁민이 다소 굳은 표정으로 대답했다.

"이번엔 네 의견대로 회합에 참석하기로 했다만 솔직히 아직도 부족한 것이 너무 많아. 해서 가급적 움직이지 않으려 한 것인데 어쩔 수 없게 되었구나."

"죄송해요, 고집을 부려서."

"아니다. 어차피 세가를 이끌어가는 가주는 너야. 결정도 네가 해야 하는 것이고."

"……."

을지호가 남궁민을 향해 상체를 약간 수그렸다.

"지금까지는 세가의 모든 일을 내가 독단적으로 처리해 왔다. 형식상 네게 상의는 했다만 대부분이 내 의지대로 되었다는 것은 나보다

네가 더 잘 알고 느끼고 있을 거다. 하지만 이제는 그럴 수 없다. 세가를 벗어난 이후부터는 모든 것을 네가 선택하고 결정해야 한다."

"오, 오라버니……."

"물론 옆에서 도움은 주겠지만 나 역시 네 결정을 전적으로 존중할 것이다. 네 의지가 우리의 의지요, 네 결정이 곧 우리의 결정이다."

"아, 알겠어요."

마치 모든 권력을 넘기고 물러나는 절대자처럼 을지호는 남궁민이 가주로서 지녀야 하는 마음가짐에 대해 진지하게 설명했다.

"너의 입에서 나오는 말은 천금보다 더 무겁고 중하다. 그것은 곧 남궁세가의 법이고 우리가 따라야 하는 명령이다. 너의 말 한마디에 수십 명의 목숨이 달려 있다는 것을 잊지 마라. 늘 신중해야 돼."

"예."

"또한 내가 처음 이곳에 와서 말했듯이 세가를 떠나면 많은 일들이 우리를 기다리고 있을 터. 물론 신나고 즐거운 일도 있겠지만, 예상하건대 그 대부분이 뼈를 깎는 인내를 요하는 일일 거다. 과거 중원을 호령하던 때와는 다르다. 오십 년이란 세월이 흘렀다. 세인들은 과거보다는 몰락해 버린 현재의 남궁세가만을 기억하려 할 것이다. 모욕도 당할 것이고 온갖 수모를 주는 사람들도 있을 것이며 폄하되고 조롱도 당하겠지. 하지만 그것 모두가 약자의, 무너진 가문을 일으켜야 하는 사명을 지닌 네가 감수해야 하는 일이다. 최소한의 자존심을 지키는 선에서 그 모든 것들을 이겨내야 해. 할 수 있겠지? 아니, 해야 한다."

"예."

약자라는 말에 입술을 깨물었던 남궁민이 침착하게 고개를 끄덕였다.

"그러나 단 한 가지, 네가 남궁세가의 가주라는 것만은 절대로 잊지 마라. 그리고 네 뒤에는 너를 따르고 지켜줄 최고의 수하들이 있다는 것도 잊지 말고."

"태상호법도 계시고 오라버니도 계시지요."

언제 심각한 표정이었냐는 듯 남궁민이 싱긋 웃으며 대답했다.

"하하, 그래도 귀찮은 일은 사양이다. 이제야 그동안의 짐을 벗어 던졌는데… 후~ 정말 체질적으로 맞지 않아서 힘들었어. 그렇지 않습니까, 어르신?"

을지호가 너털웃음을 지으며 태상호법을 쳐다보자 그의 말에 동의하는지 태상호법도 슬그머니 고개를 끄덕였다.

사흘간의 짧은 준비 기간이 끝나고 오룡지회에 초대한다는 배첩이 남궁세가에 도착한 지 꼭 닷새가 되는 날 아침, 태상호법과 을지호를 비롯한 남궁세가의 모든 식솔들이 연무장에 모였다.

"준비는 제대로 했겠지?"

좌우로 늘어선 식솔들을 살피던 을지호가 물었다.

"뭐, 준비랄 게 있겠습니까? 이 튼튼한 다리로 그냥 떠나면 되는 것이지요."

뇌전이 허벅지를 툭툭 치며 대꾸했다.

"말하는 것 하고는. 네게 물은 것이 아니니까 나서지 좀 마라."

뇌전이 샐쭉한 표정으로 뒤로 물러나자 천도문이 기다렸다는 듯 말문을 열었다.

"곽 노인께서 워낙 철저하게 준비를 해주시는 바람에 저희는 딱히 준비할 것도 없었습니다."

너무 많은 물건을 챙겨 짊어지기조차 버거워 보이는 보따리를 내보이는 천도문은 그래도 싫지는 않은 표정이었다.

"너희들이 세가에 들어오고 처음 나서는 길이 아니더냐. 더구나 삼십 년 만에 참여하는 오룡지회다. 걱정이 많으셨겠지."

"어이구, 그래도 이건 정말 너무했습니다. 비상약은 그렇다 쳐도 저건 또 뭐랍니까?"

아직 짊어지진 않았지만 연무장 한곳에 모아둔 것은 큰솥이며 식기 등, 음식 하는 데 필요한 도구들이었다. 강유가 질렸다는 표정으로 고개를 절레절레 내저었다.

"흠, 어디 가서 굶어 죽을까 걱정하신 모양이지요."

뇌전이 맞장구를 치며 황당해했다.

"다들 입들 다물고 있어. 이 모든 것이 곽 노인께서 너희들을 생각하셔서 준비한 것이니 괜한 불평들 하지 말고 감사히 받도록 해!"

을지호가 매서운 눈초리로 호통을 치자 소란스러웠던 장내가 잠시 진정되는 듯했다. 하지만 소용없었다. 이곳저곳에서 금세 말소리가 터져 나왔다. 그들의 흥분된 마음을 가라앉히기엔 그의 호통도 역부족인 듯싶었다.

"으이구!"

또다시 호통을 치려던 을지호는 고개를 가로젓는 태상호법의 모습에 입을 다물고 말았다.

이들이 이렇게 시간을 보내고 있을 때, 떠나기 전 조사님들께 인사를 드리고 오겠다고 조사당(祖師堂)에 간 남궁민은 실로 비장한 표정이었다.

사당엔 시조 남궁치세부터 그녀의 아버지인 남궁혼의 위패(位牌)까지 모셔져 있었다.

입을 굳게 다물고 위패마다 일일이 예를 올린 남궁민은 남궁혼의 위패가 있는 곳에서 멈추어 움직일 줄을 몰랐다.
"아가씨, 다들 기다립니다."
보다 못한 곽 노인이 조용히 말했다.
"알았어, 할아범."
고개도 돌리지 않고 대답한 남궁민이 남궁혼의 위패를 쓰다듬으며 담담히 입을 열었다.
"지금… 떠나요. 비록 미약한 힘이나 세가에 누가 되지 않도록 최선을 다할 생각이에요. 아니, 기왕 나서는 길, 본 가가 몰락했다고 비웃으며 멸시했던 이들에게 본 가의 힘을 보여줄 거랍니다. 보란 듯이 보여주고 말겠어요. 이후 다시는 쓰러지지 않을 거예요. 반드시 그렇게 만들겠어요. 제가 그리 만들겠어요. 하지만 두렵기도 해요. 부끄럽지만 많이 두려워요. 그렇다고 피할 생각은 없어요. 세가를 지킬 사람은 이제 저뿐이니까요. 그런데… 하필 그녀가 있는 곳이군요. 이런 것을 보고 운명이라 그러는가 봐요. 죄송해요. 용서하라고 하셨지만 도저히 그럴 수 없어요. 부디 이해해 주세요. 그리고… 제게 힘을 주세요."
흐르는 눈물로 위패를 살짝 적신 남궁민이 제단 위에 놓여 있던, 금지에서 가지고 나온 이후 지금껏 사당에 두었던 검을 움켜쥐었다. 그리곤 자신을 기다리는 세가의 식솔들을 향해 힘찬 발걸음을 움직였다.
잠시 후, 정식으로 봉문을 파(破)한다는 남궁민의 선언과 함께 굳게 닫혔던 남궁세가의 정문이 활짝 열렸다.

제 17장

파검삼식(破劍三式)

파검삼식(破劍三式)

 호북성(湖北省) 경산현(京山縣)에서 제법 큰 규모를 자랑하는 청화반점(青花飯店)의 이층.
 아침부터 밀려온 손님을 보며 때 아닌 장사를 하게 되었다고 기뻐하던 반점의 주인과 숙수(熟手) 등방(鄧龐)이 곤혹스런 표정을 짓고 있었다.
 "무, 무엇이 잘못되었습니까?"
 등방이 이마에 흐르는 땀을 훔치며 물었다. 을지호는 그의 질문에 대답하지 않고 곁에 있던 뇌전만을 노려보았다.
 "얘기 안 했지?"
 "예? 무엇을 말입니까?"
 주변의 분위기가 어찌 돌아가는지도 모른 채 허기진 배를 채우느라 헐레벌떡 음식을 해치우던 뇌전이 입가에 묻은 양념을 쓰윽 문지르며 대꾸했다.

"……."

오만상을 찌푸리던 을지호가 묵묵히 찻잔을 들더니 연거푸 석 잔을 마셨다. 그래도 부족했는지 반주(飯酒)로 놓인 독한 술을 단숨에 들이켰다. 그제야 뭔가를 느낀 뇌전이 초번을 향해 고개를 돌렸다.

"호, 혹시… 얘, 얘기 안 했냐?"

어느새 한발 물러난 초번이 고개를 가로저었다.

"그건 잡다한 일을 처리하느라 이제야 막 도착한 사람에게 할 질문은 아니라고 보는데."

뇌전의 표정이 순식간에 일그러지고 목을 타고 넘어가던 음식이 걸렸는지 캑캑거렸다.

"죄, 죄송합니다, 주군."

간신히 음식을 넘긴 뇌전이 시뻘건 얼굴로 말을 했다.

"뭐가 죄송한데?"

"그, 그게……."

"혼자 뱃속에 처넣으니 좋은 모양이지."

"아, 아닙니다."

"흥."

어쩔 줄을 몰라 하는 뇌전을 한참이나 노려보던 을지호가 몸을 일으켰다. 움찔한 뇌전이 슬그머니 고개를 쳐들어 그의 눈치를 살폈다.

"잠시 나갔다 올 테니까 제대로 준비해 놔. 다시 한 번 이랬다간 국물도 없을 줄 알고."

"알겠습니다."

"아, 그리고……."

걸음을 옮기던 을지호가 몸을 돌렸다.

"다른 사람들은 나 신경 쓰지 말고 맛있게들 먹도록 해. 물론 누구는 그래선 안 되겠지?"

그 누구라는 것이 뇌전을 일컬음은 두말할 필요도 없었다. 그렇지 않아도 뱃가죽이 등에 붙었느니 어쨌느니 하며 호들갑을 떨던 뇌전이 어깨를 축 늘어뜨리며 한숨을 내쉬었다.

"크크크, 그러게 신경 좀 제대로 쓰지 그랬어? 다른 것은 몰라도 향채라면 치를 떠는 형님인데."

강유가 키득거리며 약을 올리자 해웅도 거들었다.

"그런 음식을 드리고도 살아남은 것을 감사하게 생각해. 난 오늘 초상 치르는 줄 알았으니까. 뭐 해? 빨리 움직이지 않고."

하지만 그들의 웃음도 곧 이어 들려온 음성에 의해 통곡으로 바뀌었다.

"초번은 다른 볼일이 있었으니까 제외한다고 해도 해웅이나 강유 네놈들도 마찬가지야."

"주군!"

"아니, 그런 법이……!"

뭔가 강하게 반발을 하려 했던 강유와 해웅은 쓰윽 고개를 돌리는 을지호의 시선에 의해 박살이 나고 말았다. 대신 그들의 불만을 한 몸에 받게 된 것은 뇌전이었다.

둘의 따가운 눈총을 받으며 힘없이 몸을 일으킨 뇌전은 불안하게 바라보고 있는 숙수 등방의 어깨를 치며 말했다.

"따라오슈. 뭘 어떻게 만들어야 되는지 알려줄 테니까. 젠장할!"

"맛있게도 먹는군."

입에 감도는 역겨운 냄새 때문에 오만상을 찌푸리며 일층으로 내려온 을지호가 한쪽 구석에서 허겁지겁 음식을 먹고 있는 한 사내의 앞자리에 허락도 없이 앉으며 말했다.

"예?"

"맛있게 먹는다고."

"아예, 제가 제일 좋아하는 음식인지라……."

살짝 긴장된 모습을 보였던 사내가 씨익 웃으며 대답했다.

"하긴, 시장이 반찬이라는 말이 있지. 오랫동안 우리를 쫓아다니느라 얼마나 힘들었겠어."

사내의 눈동자가 급격하게 흔들렸다.

"무, 무슨 말씀이신지……."

"에이, 다 알고 있는데 그리 시치미 뗄 것은 없어."

"도대체 무슨 말씀을 하시는지 모르겠습니다. 저 같은 떠돌이 장사치에게……."

사내가 들고 있던 젓가락을 살짝 내려놓으며 대꾸했다.

"쯧쯧, 거짓말은 통할 사람에게나 하는 것이야. 그리고 보니 재주가 다양하더군. 사냥꾼에 약초꾼, 그리고 엊그제에는 점소이로도 변장을 했었지 아마? 이제는 장사치라… 그래, 다음엔 어떤 사람으로 변장할 셈이었지?"

처음부터 다 알고 있었다는 듯 그동안 사내가 변장했던 모습들을 거론하는 을지호의 입가에 장난스런 미소가 걸리는 반면 사내의 안색은 시시각각으로 요동쳤다.

"왜? 도망가려고? 나 같으면 그런 짓 하지 않겠다. 저 문을 나가기 전 반드시 땅바닥을 구르게 될 테니까. 뭐, 못 믿겠다면 시험을 해도 무방하고."

"……."

 정확하게 파악은 하지 못했어도 을지호의 실력을 나름대로 짐작하고 있던 사내는 어찌해야 할지 판단을 내리지 못했다. 그렇다고 그대로 주저앉기엔 자존심이 허락하지 않았다. 도망치지 못하면 죽음으로써 비밀을 유지해야 했다. 적어도 비혈대의 대원이라면 그래야 했다.

 결정을 내렸는지 사내의 눈빛이 차분히 가라앉았다. 그것을 뻔히 보고 있으면서도 을지호는 다른 반응을 보이지 않았다. 그저 조소 떤 눈빛으로 그를 응시할 뿐이었다.

 그런데 웬일인지 사내는 움직이지 않았다. 잠시 표정이 굳는가 싶더니 곧 표정을 고치고 정중히 입을 열었다.

"잠시 따라오시지요."

"따라오라… 어디를?"

"주군께서 뵙기를 청하십니다."

 을지호는 그럴 줄 알았다는 듯 고개를 끄덕였다.

"흠, 심상치 않은 기운이 느껴지더니만 그대가 모시는 주군이었군. 좋아, 못 만날 이유가 없지. 안내해."

 사내는 음식 값을 탁자에 내려놓고는 빠른 걸음으로 반점을 빠져나갔다. 을지호는 그를 따라나서기에 앞서 이층으로 고개를 돌렸다. 누구 한 사람 아래쪽으로 시선을 던지는 사람이 없었다. 그저 풍성하게 차려져 있는 음식을 먹느라 정신이 없을 뿐이었다. 쓴웃음을 지으며 고개를 흔든 그는 문밖에서 기다리고 있는 사내를 향해 천천히 걸음을 옮겼다.

사내가 안내한 곳은 청화반점에서 제법 거리가 있는 한적한 야산의 공터였다. 그곳에서 을지호는 바위에 걸터앉아 있는 중년인과 그를 수행하는 듯한 삼십 대 초반의 사내를 볼 수 있었다.

중년인을 발견한 사내가 허겁지겁 달려가더니 무릎을 꿇고 지극한 예를 표했다. 그러나 그는 사내의 인사에 신경도 쓰지 않고 을지호를 향해 손을 흔들었다.

"이곳이네."

을지호는 아무런 대꾸 없이 중년인을 향해 움직였다. 걸음을 내디딜 때마다 이곳저곳에서 예리한 기운이 쏟아져 나와 그의 몸을 샅샅이 훑고 지나갔다. 적어도 스무 명은 넘는 인원이 숲에 은신해 있는 듯했다.

"꽤나 살벌한 곳이군요."

을지호의 말에 중년인이 멋쩍은 미소를 지었다.

"하하, 미안하네. 원래는 혼자 오려 했지만 수하들이 도통 말을 들어 먹어야 말이지. 더구나 자네 같은 고수를 보면 더욱 신경이 예민해진다네. 별일은 아니니 걱정하지는 말고… 자, 일단 목부터 축이게나."

중년인이 환영한다는 듯 술잔을 던졌다.

그와 을지호와의 거리는 칠 장여. 그러나 그런 거리 따위는 아무런 문제도 될 것 없다는 듯 술잔은 마치 물에 떠다니는 배처럼 유유히 허공을 가르며 날아왔.

피식 웃음을 터뜨린 을지호가 중년인이 내민 술잔을 간단히 받아내더니 아무런 의심도 없이 단숨에 들이켰다.

중년인의 눈가에 기이한 빛이 일렁였다.

적일지도 모르는 사람이 주는 술잔을 조금도 망설임없이 마시는 자신감에 우선 감탄했다. 또한 나름대로 환영도 하고 실력도 알아볼 겸 해서 술잔에 상당한 내력을 실어 보냈건만 을지호에게선 조금의 동요도 느낄 수 없었다. 힘들어하는 기색도 없었다. 느릿하게 내딛는 걸음걸이엔 일말의 흔들림을 느끼지 못했다.

"제 잔도 받으시지요."

주향(酒香)이 꽤나 마음에 들었는지 코를 벌름거리던 을지호가 중년인을 향해 술잔을 던졌다. 올 때와 마찬가지로 부드럽게 허공을 유영한 술잔이 중년인에게로 향했다. 술잔에 담긴 기운이 범상치 않다고 느낀 그는 급히 내력을 끌어올리더니 신중한 자세로 술잔을 낚아챘다. 그런데 뭔가가 이상했다. 예상과는 달리 술잔엔 아무런 힘도 담겨 있지 않았다. 그저 먼 거리를 비행할 수 있을 정도의 약간의 기운만이 실려 있을 뿐이었다. 순간 중년인의 입가에 민망한 웃음이 피어올랐다.

"허허, 이거야 원. 내가 한 방 먹었군."

술잔을 돌려준 을지호가 담담한 얼굴로 손짓을 하자 중년인의 곁에 놓여 있던 술병이 허공으로 떠올라 기울어지며 빈 잔을 채웠다. 단 한 방울의 술도 흘리지 않고 잔을 채운 을지호가 손을 내리며 말했다.

"을지호라고 합니다."

엷은 미소를 지은 중년인이 잔을 비우며 대답했다.

"나는 안휘명이라고 한다네."

익숙한 이름이었다. 분명 들은 적이 있는 이름이었다. 그런데 쉽게 떠오르지 않았.

을지호가 기억하기 위해 고개를 갸웃거리는 순간이었다. 그를 향해 은연중 쏟아지던 예기가 살기로 변했다. 동시에 은신해 있던 자들이 하나둘 모습을 드러내기 시작했다.

칠흑같이 어두운 묵색의 무복을 멋들어지게 입고 오색 수실이 장식되어 있는 검을 든 그들, 저마다 태양혈(太陽穴)이 불끈 솟은 데다가 안광에서 뿜어지는 형형한 눈빛이 보통 날카로운 것이 아니었다.

"무슨 뜻입니까?"

을지호가 얼굴을 굳히며 물었다. 한데 너털웃음을 터뜨린 중년인은 전혀 엉뚱한 대꾸를 했다.

"너무 거칠게 다루지는 말아라."

을지호에게 하는 소리인지 아니면 수하들에게 하는 소리인지 딱히 규정짓기 어려운 말을 던진 중년인은 앞으로 벌어질 상황에 회가 동하는지 상기된 표정으로 옆에 놓아둔 술병을 들었다. 그러나 을지호는 그의 기대에 전혀 부응하고 싶지 않았다.

"훗, 도대체 무슨 이유인지 궁금하기는 하지만 애써 기운 뺄 필요는 없을 것 같군요. 이런 도깨비 놀이도 싫고. 그리고 너, 다리 부러지고 싶지 않으면 앞으로는 따라오지 마라."

을지호는 그의 시선을 받은 비혈대원과 중년인이 뭐라 대답하기도 전에 몸을 돌려 왔던 길을 되돌아가기 시작했다.

"그럴 수야 있나. 그래선 내가 섭하지!"

잔뜩 기대를 하고 있던 중년인이 입에 머금고 있던 술을 목으로 넘길 사이도 없이 뱉어내며 소리쳤다. 그와 동시에 몸을 날린 묵의사내들이 을지호의 퇴로를 막아섰다. 을지호는 그들에게 어떤 행동을 하는 대신 중년인에게 고개를 돌렸다.

"후회할 것입니다."

음성은 이미 차가워질 대로 차가워져 있었다.

"그거야 두고 보면 알 일이고."

싱긋 웃으며 대꾸를 하는 중년인. 그의 손짓에 을지호의 퇴로를 막았던 사내들이 포위망을 좁히며 다가왔다.

"승부가 어찌 될 것이라 보느냐?"

중년인이 자신을 호위하고 있는 사내에게 넌지시 물었다.

"만만치 않은 실력을 가진 것으로 보입니다. 쉽지는 않을 것 같군요."

"어째 자신이 없다는 말투구나."

그러자 태산이 무너져도 눈 하나 까딱하지 않을 듯한 자세로 우뚝 서서 은은한 묵광(墨光)이 피어나는 검 한 자루를 품에 안은 채 을지호를 노려보고 있던 사내가 절대로 있을 수 없는 일이라는 듯 단호하게 대답했다.

"다른 누구도 아닌 패천수호대(覇天守護隊)입니다. 결과엔 변함이 없습니다."

그런데 사내는 분명 패천수호대라 했다. 그 말의 의미는 결코 가벼이 흘려 버릴 것이 아니었다.

패천수호대는 패천궁주의 친위대였다. 어린 나이에 선발되어 최고의 무공과 영약에 의해 키워진, 다른 누구의 명도 받지 않고 오직 성주를 위해, 성주의 명만을 받아 움직이는 최강의 무인들이었다. 그런 그들이 누군가를 보호하기 위해 움직인 것이었다. 결국 한가로이 술잔을 비우는 중년인이 무림을 양분하고 있는 패천궁의 궁주라는 말이었는데……

"흠, 과연 그럴까? 과거 최강이라 자부하던 패천수호대의 전설이 깨진 적이 있었지. 그것도 고작 한 명에게."

패천궁의 궁주 안휘명이 의미심장하게 웃으며 되물었다.

"그는 천하제일인이었습니다."

패천대의 대주 화천명(華天命)이 다소 일그러진 얼굴로 대답했다.

'후후, 그렇지. 하나 천명아, 이것을 알아야 한다. 저 녀석이 과거 천하제일인이었던 사람과 그분의 후예라는 것을.'

안휘명은 그만이 들리는 목소리로 중얼거리더니 일촉즉발의 기운이 팽배해져 있는 곳으로 시선을 돌렸다. 동시에 화천명의 입술이 달싹였다. 그것이 공격 명령을 내리는 신호인 양 전후좌우에서 을지호를 향해 무수한 공격이 쏟아져 들었다.

힘없이 떠도는 고깃배를 흔적도 없이 집어삼키고자 넘나드는 매서운 파도처럼 파상적으로 다가오는 공격에도 을지호는 무표정했다. 다만 대충 집은 나뭇가지를 화살 삼아 시위를 당길 뿐이었다. 볼품없는 화살임에도 천천히 당겨지는 활시위에 내포한 힘은 좌중을 긴장시키기에 충분했다.

휘이익!

시위를 떠난 나뭇가지가 맹렬한 소리를 내며 공기를 갈랐다.

제대로 만든 화살도 아닌 나뭇가지가 그렇게 빠르고 날카롭게 쏘아져 올 줄은 몰랐는지 목표가 된 사내의 입에서 절로 헛바람이 터져 나왔다. 사내는 다급히 몸을 틀며 나뭇가지를 쳐냈다. 그러나 아무리 평범한 나뭇가지라도 을지호의 손에 들리며 천하의 그 무엇보다도 강맹하고 위협적인 화살로 변하기 마련이었다.

"크윽!"

화살을 쳐내던 사내가 검신을 타고 밀려드는 고통에 비명을 질렀다.

을지호가 재차 시위를 당겼다. 그런데 조금 전과는 달리 시위엔 아무것도 없었다. 소리도 달랐다. 그다지 크지도 날카롭지도 않았고 단지 당겨졌던 시위가 제자리를 찾으며 내는 소리가 전부였다. 하지만 은밀히 날아가는 세 발의 무영시는 아직 사태를 정확하게 파악하지 못하고 멍하니 서 있는, 뭔가가 다가온다고 느끼고는 있었으나 그것이 무엇인지 정확하게 파악할 수 없었던 세 명의 패천수호대 대원에게는 죽음의 사자나 마찬가지였다.

바로 그때였다.

[손속에 인정을 두어라.]

을지호의 귓가에 태상호법의 다급한 전음성이 날아들었다. 깜짝 놀란 을지호가 미간을 향해 날아가는 무영시의 방향을 바꾸고 화살은 목표가 됐던 사내들의 허벅지에 적중했다.

"크헉!"

"윽!"

무영시에 적중당한 세 명의 무인은 난데없이 밀려드는 고통에 찢어질 듯 두 눈을 부릅뜨고 을지호와 흉측하게 뭉개진 허벅지를 번갈아 쳐다보았다. 직접 당하고서도 믿을 수 없다는 표정이었다. 그것은 다른 대원들도 마찬가지였다. 충격과 경악이 순식간에 그들을 휘감았다.

"저, 저것은!!"

화천명이 가슴에 품었던 검을 내려뜨리며 경악성을 내뱉었다.

"저것이… 무영시. 명불허전(名不虛傳)이라더니… 과연!"

어느 정도 예상을 했기에 화천명처럼 놀라지는 않았어도 탄성을 내뱉으며 술잔을 들이키는 안휘명의 얼굴도 상당히 굳어 있었다.

어느새 검을 빼 든 화천명의 뇌리에 패천수호대의 명성에 씻을 수 없는 상처를 입혔던 과거의 사건이 떠오르고 있었다.

"궁… 귀입니까?"

파검삼식(破劍三式)

궁귀 을지소문을 언급하는 것은 아니었다. 다만 그의 후예나 그와 관련이 있는 사람인지를 묻는 질문이었다. 안휘명이 고개를 끄덕였다.

"아마도."

안휘명의 대답을 듣기도 전에 이를 악문 화천명은 이미 몸을 돌리고 있었다.

그사이 당황하고 있는 패천수호대의 대원들을 몇 명 더 쓰러뜨리고 여유있게 몸을 뺀 을지호가 태상호법과 전음을 주고받고 있었다.

[패천수호대라고요?]

[그렇다.]

[패천궁… 그럼, 저 사람이 궁주입니까?]

[내 기억이 틀리지 않는다면 그럴 게다.]

[그런데 어째서 이런 짓을……..]

[글쎄다. 그건 저 녀석에게 물어보면 알겠지. 아무튼 네 무공을 시험해 보고자 하는 것 같구나. 그냥 적당히 해두거라. 따지고 보면 남남이 아니니.]

[그럴 수도 있겠군요.]

말은 그리했지만 패천수호대는 태상호법이나 그의 말대로 적당히 상대할 만한 이들이 아니었다.

"이제 그만 하는 것이 어떻겠습니까?"

처음부터 싸우고 싶은 마음이 없었던 을지호가 안휘명에게 물었다.

"난 저들을 말릴 힘이 없다네. 사실 말리고 싶지도 않지만."

안휘명이 어림도 없다는 표정으로 고개를 흔들었다. 그의 반응에 쓴웃음을 지은 을지호가 무슨 생각인지 궁을 거두었다. 그리곤 허리춤에 차고 있던 검을 빼 들었다.

"이게 뭔지는 아시겠지요?"

"서, 설마……."

을지호의 태연스런 질문에 느긋이 술잔을 들이키던 안휘명은 자신도 모르게 잔을 떨어뜨리고 말았다.

본 적은 없었다. 그러나 본능적으로 알 수 있었다. 특히 검신에 새겨져 있는 '풍혼(風魂)'이란 글자는 안력을 키우지 않았는데도 유난히 크게 들어왔다.

하지만 놀라기엔 아직 일렀다. 그는 기묘하게 움직이는 풍혼을 보며 또 한 번 기겁을 해야 했다.

"처, 천… 천검만파(天劍萬波)? 설마!!"

도리질을 치는 안휘명의 모습을 비웃기라도 하듯 공터엔 때 아닌 한풍이 몰아닥쳤다. 서서히 움직이는 을지호, 그의 전신에서 괴이한 기운이 피어오르고 그것은 비스듬히 세운 풍혼을 통해 형상화되었다.

"크아악!"

을지호의 검이 모든 움직임을 마치기도 전에 이곳저곳에서 비명이 터져 나왔다. 그 위세에 눌린 패천수호대의 대원들은 감히 대응하지 못하고 뒤로 물러나기에 정신이 없었다.

"뭣들 하는 것이냐! 이곳에서 뼈를 묻고 싶지 않으면 정신들 똑바로 차려!!"

전신으로 밀려오는 기세를 간신히 해소한 화천명이 넋이 나간 수하들에게 소리쳤다.

과거 궁귀는 궁뿐만 아니라 검에도 대단한 솜씨를 보여주었다. 그를 천하제일인으로 만든 것은 궁이 아니라 검이라 단정해도 무방할 정도로 독보적인 실력을 자랑했다. 후예라고 다를 것은 없었다. 그리고 그것은 조금 전의 단 한 수로 입증되었다.

화천명의 외침에 패천수호대의 대원들은 일제히 이를 악물었다. 그리고 초대 패천수호대의 대주이자 불운한 영웅 사령(死靈) 독고적(獨孤籍)의 독문무공이자 이후 패천수호대의 대원이라면 누구나 익히고 있는 혈우검법(血雨劍法)을 일제히 펼치기 시작했다.

몸을 가누기가 쉽지 않은 일곱을 제외하고 도합 열네 명의 고수가 하나가 되어 펼치는 합공은 그냥 보고만 있어도 오금이 저릴 정도로 압도적이었다.

을지호는 그런 공격에 정면으로 부딪칠 정도로 어리석지 않았다. 물론 전력을 다한다면 충분히 상대하고도 남음이 있었지만 손속에 인정을 두라는 태상호법의 말도 있고 구태여 힘을 뺄 필요가 없다고 판단했기에 정면으로 치는 대신 가장 기세가 약한 측면을 파고들어 갔다.

그의 목표가 된 사내가 괴성에 가까운 소리를 지르며 검을 휘둘렀지만 역부족이었다. 그의 검은 그가 의도하는 대로 움직이지 않았다. 그는 자신이 지닌 무공을 채 펼쳐 보기도 전에 을지호의 발길질에 아랫배를 맞고 정신을 잃었다.

전광석화와 같은 몸놀림으로 포위망을 벗어난 을지호가 다시 몸을 돌렸다. 그리고 재차 검을 휘둘렀다.

"처, 천검무영(天劍無影)! 여, 역시 파검삼식(破劍三式)이란 말인가!"

바로 그때, 난데없는 전음성이 안휘명의 귓가를 때려왔다.

[멍청한 놈! 모두 죽일 셈이냐!]

을지호가 사용하는 무공이 진정 파검삼식이라면 패천수호대의 전 인원이 달려든다 해도 확실한 승리를 장담할 수 없는 터. 고작 열댓 명의 인원은 불을 보고 달려드는 불나방보다도 못했다.

"멈춰랏!"

안휘명은 전음의 주인이 누구인지 알아볼 여유도 없이 크게 고함을 치며 몸을 날렸다.

'왔군.'

을지호의 눈가에 기이한 빛이 일렁였다.

상대는 누가 뭐라 해도 천하를 양분하고 있고 인물편 첫 머리에 이름을 올리고 있는 최고의 고수였다. 지금처럼 소홀히 할 수 있는 상대가 아니었다. 더불어 약간의 호승심이 그를 자극했다.

을지호는 맹렬한 기세로 다가오는 기운을 느끼며 공력을 끌어올렸다. 그리곤 터질 듯이 모인 기운을 풍혼에 담았다.

안휘명이 내뿜은 기운과 풍혼에서 뻗어 나온 기운이 정확히 중간 지점에서 격돌했다.

꽈꽈꽝!!

거대한 두 개의 기운이 부딪치며 내는 굉음이 공터를 넘어 천지사방에 울려 퍼졌다. 지진이라도 난 듯 땅거죽이 뒤집혔다. 흙과 자갈들이 자연의 법칙을 무시하고 마음껏 비산했다. 가까이에 있던 나무들이 뿌리를 드러내며 무참히 쓰러지고 숲에 은신해 있던 새들이 놀라 날개를 푸덕거리며 날아올랐다.

그것도 잠시, 지축을 흔들던 소란이 가라앉고 숨이 막힐 듯한 적막감이 공터를 휘감았다. 아무런 말도 움직임도 없었다. 그것은 하늘 높은 줄 모르고 치솟던 먼지가 땅에 조용히 안착할 때까지 계속되었다.

"서, 성주님!"

먼지가 잦아들고 두 손으로 검을 움켜쥐고 당당히 서 있는 안휘명의 모습이 드러나자 화천명이 서둘러 곁으로 달려가며 소리쳤다.

"난 괜찮으니 그리 소란 떨 것 없다."

목소리에 힘이 실려 있는 것이 부상을 당한 것 같지는 않았다. 그래도 안심이 되지 않는지 재차 물었다.

"진정 괜찮으십니까?"

대답은 전혀 엉뚱한 곳에서 들려왔다.

"괜찮을 수밖에."

갑자기 들려오는 음성에 기겁한 화천명이 몸을 돌렸다. 그들의 뒤에 기척도 없이 다가온 태상호법이 냉랭한 표정으로 서 있었다.

"누구냐!!"

화천명이 검을 치켜세우며 물었다. 태상호법은 그런 화천명에겐 시선조차 주지 않고 기묘한 표정으로 자신을 살피며 눈빛을 빛내고 있는 안휘명을 바라보았다.

"쯧쯧, 한심하기는… 명색이 패천궁의 궁주라는 녀석이……."

"아! 어, 어르신!"

그제야 태상호법을 알아본 안휘명이 허겁지겁 몸을 추스르고 정중하게 허리를 숙였다.

"그간 강녕하셨습니까?"

"강녕은 무슨… 못난 놈 같으니라고! 이게 무슨 난리더냐!"

태상호법이 대뜸 호통을 쳤다. 멋쩍은 미소를 지은 안휘명이 고개를 숙였다.

"아무튼 오랜만이긴 하구나. 그래, 한 십여 년 되었느냐?"

안휘명의 입가에 고소가 지어졌다.

"삼십 년은 족히 되었습니다."

"허, 벌써… 하긴 꽤 오래되기는 하였구나. 한데 저 아이는 누구냐?

눈에 힘이 들어간 것이 제법 실력있어 보이는데."

너털웃음을 터뜨리던 태상호법이 화천명을 응시하며 물었다.

"패천수호대의 대주입니다. 천명아, 인사드리거라."

"화천명입니다."

화천명이 태상호법을 향해 인사했다. 한데 그 인사라는 것이 가관이었다. 살짝 고개를 꺾는 것이 전부였다. 허리조차 숙이지 않았다. 그 나름대로는 패천궁의 궁주를 어린아이 취급하는 태상호법에 대한 반감 때문이었으나 안휘명으로선 기겁할 일이었다.

"하하, 용서해 주십시오. 원래 성격이 이런 녀석이라……."

안휘명은 행여나 태상호법이 노여워할까 걱정하며 서둘러 변명을 하고 나섰다. 내색은 하지 않았어도 등에선 식은땀이 흘러내렸다.

"상관없으니 신경 쓰지 말거라. 패천수호대의 수장이라면 그 정도의 자존심은 있어야겠지."

그러나 아무래도 불안했던지 안휘명은 화천명에게 재빨리 전음을 보냈다.

현재 패천궁에서 태상호법의 정체를 아는 사람은 오직 궁주인 안휘명과 전대 궁주인 안당(鮟蟷), 군사(軍師)인 예당하(睿塘荷), 그리고 비혈대의 대주인 장소(張蕭) 등 극소수에 불과했다. 화천명은 태상호법이 누군지 전혀 알지 못했다.

설명이 이어질수록 화천명의 안색은 시시각각으로 변했다. 그리고 전음이 끝나기도 전에 그는 무릎을 꿇고 머리를 조아려야만 했다.

"요, 요, 용서를……."

"쯧쯧, 또 쓸데없이 입을 나불대었구나."

태상호법이 못마땅해하며 혀를 차자 안휘명이 재빨리 화제를 바꾸었다.

"한데 어찌 아셨습니까? 어르신은 따로 찾아뵈려 하였는데."

"왜? 내가 오면 안 되는 자리더냐?"

"그, 그것이 아니오라……."

"언제 흙으로 돌아갈지 모르는 몸이기는 하나 미행 따위를 눈치 채지 못할 내가 아니다. 다만 저 녀석이 너와 관계가 있을 듯하여 그냥 지켜만 본 것이지."

태상호법이 한쪽으로 물러나 시립하고 있는 비혈대원을 힐끔거리며 말했다.

"하하, 그럴 리야 있겠습니까. 비혈대가 아무리 은밀히 움직인다 해도 어르신의 이목을 속일 수야 없겠지요."

그리 말을 하면서도 안휘명은 비혈대의 훈련을 조금 강하게 해야겠다고 마음먹고 있었다.

"그건 그렇다 치고, 이곳까지 어쩐 일이더냐. 네가 장강을 넘었다는 것을 알며 저쪽에서 가만히 있지 않을 것인데."

"하하, 상관없습니다. 그냥 어르신도 뵙고 싶고… 그냥 유람차 나온 것인데요. 뭐, 시비를 건다 해도 상관은 없지만요."

태연히 대꾸하는 안휘명은 실로 자신만만했다. 과연 무림을 양분하고 있는 세력의 우두머리다운 여유로움이 자연스레 풍겨져 나왔다.

"그렇다면 나를 찾아올 것이지 왜 이 녀석을 먼저 불렀느냐? 조금만 늦었어도 큰일 날 뻔하지 않았느냐?"

"어르신을 뵈러 떠난 길이기도 했지만, 참, 어르신께서 건강히 살아계신다는 것을 알고 전대 궁주께서 무척이나 기뻐했습니다."

"그래, 네 아비도 잘 있느냐?"

"예, 여전히 괴팍한 성정으로 저를 괴롭히고 있지요."

태상호법의 생존 사실을 알고는 당장 찾아 나서겠다고 길길이 날뛰던 안당의 모습을 상기하며 살짝 인상을 쓴 안휘명은 슬그머니 고개를 돌려 을지호에게 시선을 주었다. 태연히 서 있는 을지호 역시 그와 마찬가지로 별 타격을 입지 않은 모습이었다.

"무엇보다 저 친구를 꼭 보고 싶었습니다. 을지 성을 쓰고… 또 과거 궁귀가 쓰던 무공과 똑같은 무공을 쓴다고 들었습니다. 뭐, 이것저것 궁금하기도 하고 해서… 그나저나 저 친구가 그분의 후예가 맞지 않습니까?"

이미 을지호가 지나온 길을 역으로 더듬어 완벽에 가깝도록 조사를 한 안휘명이 최후로 확인하려는 듯 은근히 물었다.

"능구렁이 같은 놈. 다 알면서 뭘 묻는 것이냐?"

"그래도 모르는 것이라… 자네, 처음 사용한 무공이……."

"무영시입니다."

"그렇지. 무영시. 듣던 대로 대단한 무공이야. 황당하기도 하고. 그리고 뒤에 사용한 검법은……."

을지호의 입가에 의미심장한 미소가 떠올랐다.

"천검삼식입니다."

"역시… 그 무공을 알고 있는 사람은 오직 나뿐이라고 생각했네. 그분께서 떠나시기 전 비급을 남겼거든. 한데 자네가 그 무공을 사용할 줄이야… 보고 심장이 덜컥 내려앉는 줄 알았네. 생각해 보면 당연한 것이건만. 그래, 그분께 배웠나?"

을지호가 고개를 흔들었다. 안휘명의 눈가에 의혹이 맴돌자 을지호의 설명이 이어졌다.

"고조부님께 배웠습니다."

"고조부라면……."

"구양풍. 네게는 사조가 된다."

태상호법이 을지호를 대신해 대답했다. 안휘명의 두 눈이 화등잔만 해졌다.

"설마 그분께서도 살아 계시는 건가?"

"고조부님은 십여 년 전에 돌아가셨습니다."

"후~ 그렇군. 세월이 그만큼 흘렀으니… 꼭 한 번 만나뵙고 싶었건만… 후~ 아무튼 결국 괜한 짓 하다가 애꿎은 수하들을 다치게 하고 망신만 톡톡히 당한 셈이로군. 이거야 원, 창피해서."

안휘명의 입에서 짧은 한숨에 새어 나왔다.

이십여 명이 넘는 패천수호대의 대원 중 멀쩡한 사람은 거의 없었다. 그나마 목숨을 잃은 사람은 없었으나 그것 역시 그들이 뛰어났기 때문이 아니라 을지호가 손속에 인정을 두었기에 그 정도에 그친 것이었다.

"그만 돌아가도록 하자. 기다리는 사람도 생각해야지. 너도 그만 궁으로 돌아가거라, 괜한 분란 일으키지 말고."

태상호법의 말에 을지호가 고개를 끄덕였다.

"그나저나 어르신께서도 가시는 겁니까?"

안휘명이 살짝 굳어진 표정으로 물었다.

"물론이다. 네가 유람차 이곳에 온 것처럼 나 또한 죽기 전에 여흥을 즐기기 위함이니."

"그렇게 생각하지 않을 수도 있습니다."

"어떻게 생각하든 상관없다, 내가 아니면 그만이니까. 그리고 남궁세가의 태상호법이라는 거창한 직함을 가지고 있으니 함부로 하지는 못할 게다."
 "그럴 수도 있겠군요. 하긴, 어르신을 알아볼 사람도 없을 것 같습니다. 어르신이 저 친구와 동행한다는 것을 알지 못했다면 저 또한 알아보지 못했을 뻔했으니까요. 너무 젊어지셔서……."
 안휘명이 의뭉스런 웃음을 보이며 말끝을 흐렸다.
 "허, 네가 나를 상대로 농을 하다니. 궁주라는 자리가 좋긴 좋구나."
 "그럴 리야 있겠습니까? 저는 그냥 사실을 말했을 뿐입니다."
 당황한 안휘명이 재빨리 손사래를 쳤다.
 "쓸데없는 소리는 그만 하고 볼일 다 보았으면 이만 돌아가거라. 우리는 갈 길이 바쁘다."
 "하하, 저 또한 나름대로 바쁜 몸입니다. 알겠습니다. 이만 돌아가겠습니다. 여흥이 끝나시면 궁에 한번 들러주십시오. 그때는 자네도 함께 오게나."
 "예, 그리하지요. 그리고 그동안 신경 써주신 것에 감사드립니다."
 "감사라니?"
 안휘명이 능청스럽게 되물었으나 을지호는 대답 대신 재차 고개를 숙이며 입을 열었다.
 "앞으로도 부탁드리겠습니다. 남궁세가에 별일이 없게 해주십시오."
 "글쎄, 전에야 태상호법께서 계셔서 그랬다지만 앞으로야… 좋아, 자네의 말대로 해주지. 그렇지만 맨입으로는 힘든데……."
 어찌하겠냐는 표정으로 을지호를 쳐다보는 안휘명, 입가에는 짓궂은 미소가 감돌았는데…….
 "이 검이 어떤 검인 줄은 아시지요?"
 을지호가 풍혼을 내보이며 물었다.

"알다마다."

손을 뻗는 안휘명의 얼굴에 화색이 돌았다. 그것도 잠시였다. 그의 손을 피해 풍혼을 거두어들인 을지호가 담담히 말했다.

"만약 남궁세가에 문제가 생긴다면……."

"생긴다면?"

안휘명이 다급히 물었다.

"화산파나 무당파 장문인의 손에 이 검이 들려 있을 겁니다. 뭐, 패악질을 일삼는 삼류건달의 손에 들어갈 수도 있고요. 어찌 될는지는 저도 장담은 못하겠습니다."

"……."

협박도 이런 협박이 없었다. 입을 쩍 벌린 안휘명은 할 말을 잃었고 태상호법 또한 어이없는 표정을 지으며 고개를 흔들었다.

"실로 무서운 협박이로군."

"협박이 아니라 부탁입니다. 한 가지 더 말씀드리자면 우리가 돌아올 때까지 남궁세가에 아무런 문제도 일어나지 않았을 땐 풍혼은 새로운 주인을 맞이하게 될 것이라는 겁니다."

"흐흐흐. 마지막 말은 마음에 드는군. 좋아, 거래가 성립된 것으로 하세나. 대신 나중에 딴소리를 하면 안 되네."

"물론입니다."

을지호는 미소로써 대답해 주었다. 안휘명 또한 웃음으로 화답했다.

비록 짧은 시간이었지만 장차 무림에 지대한 영향을 끼칠 두 사람의 만남은 그렇게 끝이 났다.

제 18 장

투랑(鬪郞)

투랑(鬪郎)

"연락은 왔는가?"

"예. 아직 어떤 생각을 하고 있는지 확실히 파악할 수는 없으나 일단 우리 쪽 의견을 따르겠다고 전해왔습니다. 북해(北海)와 곤명(昆明)에서 은밀히 이동을 시작했고 철혈마단(鐵血馬團)은 단주 이하 모든 인원이 이미 사천의 경계에 집결했다는 전갈입니다."

"허, 벌써? 탑리목(塔里木)에서 사천까지 거리가 얼마인데… 과연 철혈마단이야."

중년인의 감탄에 설명을 하던 사내의 입가에 쓴웃음이 지어졌다.

"하지만 걱정입니다. 저렇게 드러내 놓고 움직이면 일에 차질이 올지도 모르는데 말이지요."

"뭐, 그 정도 생각이야 하고 있겠지. 나름대로 조심스럽게 움직이고 있을 거야. 저들 이목의 대부분이 패천궁 쪽으로 향해 있고 때마침 오룡지회도 열리고 있으니. 그나저나 준비는 제대로 되고 있는가?"

"예. 남릉(南陵), 청양(靑陽), 상주(常州)를 비롯하여 공격의 대상이 되는 열두 곳의 분타(分舵)에 모든 인원의 배치를 마쳤습니다. 모두들 주군의 명만을 기다리고 있습니다."

"대상이 너무 한쪽으로만 치우쳐 있는 것이 아닌가?"

"어쩔 수 없습니다. 아무래도 이동하기가 용이치 않아서… 하나 큰 문제는 없을 것입니다."

"상대는 패천궁이야. 자신감은 좋지만 자만해서는 안 돼."

중년인은 사내의 자신만만한 태도가 걸리는지 주의를 주었다.

"알고 있습니다. 그래서 규모가 큰 분타는 가급적 피하고 규모가 작거나 그저 형식적으로 세워놓은 분타를 목표로 삼았습니다."

"잘했네. 어차피 큰 싸움을 벌이는 것도 아니고 그저 하나의 불씨를 만드는 것이니만큼 큰 무리를 할 필요는 없겠지. 그래, 시작은 언제 할 생각인가?"

"아무래도 오룡지회가 절정에 이르렀을 때가 좋지 않겠습니까?"

사내가 조심스레 되물었다.

"내 생각도 그래. 아무튼 이후 모든 계획은 자네가 맡도록 하게. 난 자네만 믿고 마음 편히 다녀오도록 하지."

"맡겨주십시오, 주군. 목숨을 걸고 완벽하게 성사시키겠습니다."

"암, 그래야지. 사천… 아니, 우리 중천(中天)의 태동을 알리는 첫 번째 행사인데 제대로 되어야겠지."

살짝 깍지를 끼는 중년인의 눈은 밝게 빛나고 있었다.

* * *

남궁세가를 떠나 황보세가로의 먼 여행길에 나선 지도 어느새 사십여 일. 장강을 넘어 곧바로 북상을 시작한 남궁세가의 식솔들은 호북과 하남을 지나 어느덧 황보세가가 위치한 태안을 코앞에 두고 있었다.

오랜 여행으로 지친 그들은 태안과 인접한 동평현(東平縣)의 염화객점(染化客店)에서 이틀째 머물면서 여독을 풀고 있었다.

"우와~ 날씨 한번 기가 막히는군."

비가 온 다음날 창문을 통해 비치는 햇살은 유난히 화창했다. 입을 쩍 벌리고 한껏 기지개를 켜던 해웅이 구름 한 점 없는 하늘을 보며 말했다.

"그러게. 새벽까지만 해도 금방 그칠 비로는 보이지 않았는데 말이야."

졸린 눈을 비비며 찻잔을 홀짝이던 강유가 맞장구를 쳤다.

"그나저나 살아 있으려나 몰라."

"누가?"

"누구긴… 뻔하잖아."

강유가 고개를 끄덕였다.

"흐흐, 살아 있기야 하겠지. 고생깨나 하겠지만."

"주군도 참, 적당히 좀 하시지. 아무리 수련도 좋지만 어제 같은 날씨는 정말 아니었어. 비도 그렇지만 천둥 번개가 좀 심했냐?"

"모르는 소리. 형님도 그렇게 수련을 했다고 하시잖아. 그리고 이건 나도 들은 말인데 열두 살 때던가… 출행랑인가 뭔가 하는 무공을 익힐 땐 조그만 동굴에서 백 마리도 넘는 늑대를 혼자 상대했다고 하더라."

"에이~ 설마… 그런 거짓말을."

해웅이 말도 되지 않는 소리는 하지도 말라는 듯 야유를 보냈다. 강유가 정색하고 입을 열었다.

"형님이 아니라 할아버지께 들은 얘기야. 처음엔 나도 믿지 못했는데 나중에 알고 보니 사실이더라. 지금의 모습만 봐도 그렇잖아. 세상에 이런 날씨에 수련을 시킨다고 산속으로 끌고 가는 것을 봐라."

"하긴, 평소에 천뢰대의 수련 모습을 보면 그럴 것도 같다. 괴상하기도 하고 보통 심한 것이 아니었으니까."

해웅은 을지호가 가문에 전해 내려오는 수련법으로 가르친 이후로 매일같이 죽을상을 하던 천뢰대원들의 모습을 떠올리며 고개를 끄덕였다.

"괴상한 것을 따지자면 네놈 수련법도 만만치는 않잖아."

강유가 피식 웃음을 터뜨리며 해웅의 가슴을 툭 쳤다.

"하하, 그런가? 뭐, 그럴 수도……."

해웅이 멋쩍게 웃음을 흘렸다.

"아무튼 내려가자. 조금 전 음식 준비가 되었다고 연락이 왔다."

해웅이 아랫배를 살살 문지르며 대꾸했다.

"음식이라… 좋지."

주로 술과 음식을 내어놓는 염화객점의 일층은 비교적 이른 시간임에도 불구하고 많은 사람들로 북적이고 있었는데 그들 대부분이 오룡지회를 구경하기 위해서 각지에서 몰려온 무인들이었다.

아침부터 술을 마시며―밤을 새운 사람들이 대부분이었지만―왁자지껄 떠드는 소리에 상쾌했던 기분을 확 날려 버린 강유가 인상을 썼다.

"젠장, 뭔 놈이 인간들이 이리도 많아."

"왜 또 그래. 그러지 말고 인상 좀 펴. 아침부터……."

핀잔 섞인 말을 던진 해웅이 그들을 기다리고 있는 일행에게 큰 걸음으로 다가갔다. 주변의 사람들은 그의 덩치를 보고 행여나 시비라도 붙을까 두려워하며 몸을 피했다.
남궁세가의 식솔들은 세 개의 커다란 탁자에 분산되어 앉아 있었다.
"어서 와요."
남궁민이 환한 미소로 그들을 반겼다.
"늦었습니다. 그런데 꼭 여기서 먹어야 하는 겁니까? 객실에다 음식을 차리라면 될 텐데요. 너무 시끄러워서 음식이 입으로 들어가는지 코로 들어가는지도 모를 것 같네요."
빈자리에 털썩 주저앉은 강유가 잔뜩 인상을 구기며 말했다.
"오룡지회 때문에 사람들이 워낙 많이 들이닥쳐서 일손이 모자란답니다. 객실도 모자라 그냥 돌아간 사람이 부지기수라고 하고. 근처의 모든 객점들이 그렇답니다. 그리고 보면 우리가 객실을 구한 것이 천행이었습니다."
천도문이 푸짐하게 차려진 음식을 힐끔거리며 말했다.
"천행은 무슨… 마음에 안 들어."
"불평 좀 그만 해라. 시끌벅적한 것도 나름대로 괜찮구만."
"쯧쯧, 누가 해적 출신 아니랄까 봐… 좋기도 하겠다."
"흐흐, 암, 좋지. 좋다마다."
강유의 힐난을 가볍게 넘긴 해웅이 잘 구워진 오리 한 마리를 통째로 집어 들었다.
"그런데… 어이, 뇌전. 뭘 그리 쳐다보느라 그리 정신을 놓고 있어?"
해웅이 뜯어낸 닭고기를 질겅질겅 씹으며 물었다.
"저 꼬마 놈이 아까부터 자꾸 이곳을 쳐다보고 있어서요."

"무슨 소리야?"

뇌전이 입가에 묻은 기름기를 손등으로 문지르며 대답했다.

"저놈 말입니다. 조금 전부터 자꾸만 이쪽을 보고 있잖아요. 그것도 실실 웃으면서요. 기분 더럽게시리."

뇌전이 인상을 찡그리자 그러잖아도 평범하지 않은 얼굴이 더욱 살벌해졌다.

"어디 한두 번 겪은 일인가. 여기까지 오면서 수도 없이 겪었잖아. 그냥 모른 체해."

"그래, 초번의 말이 맞다. 구경거리가 된 것 같아서 기분은 좋지 않지만 어쩔 수 없잖아. 몰락한 줄만 알았던 남궁세가가 이렇게 떡하니 등장했으니 신기할 만도 하지."

강유는 신경 쓸 것 없다는 듯 몇 마디를 내뱉고 고개를 돌렸다. 뇌전 또한 짧게 콧바람을 내뿜더니 불편한 심기를 가라앉혔다.

그런데 그것이 끝이 아니었다. 뇌전이 시선을 거두자마자 몸을 일으킨 사내가 그들에게로 걸어왔다.

"당신들… 남궁세가의 사람들이지?"

남궁민의 전면에서 걸음을 멈춘 사내, 아니, 딱히 사내라 부르기엔 무리가 있었다. 작달만한 키에 계집아이처럼 가녀린 몸매, 얼굴 또한 상당히 앳됐고 나이 또한 많아봐야 열일곱이나 열여덟 정도에 불과해 보였다. 다만 목덜미와 왼쪽 볼의 작지 않은 흉터, 포권을 하는 손이 상처로 뒤덮인 것이 그가 단지 어린아이만은 아니라는 것을 보여주고 있었다.

"그런데요. 누구신가요?"

남궁민이 흥분하여 벌떡 몸을 일으키는 식솔들을 제지하며 정중히 물었다.

"하하핫, 역시 내 생각이 틀리지 않았군. 아무튼 반가워. 나는 투랑(鬪郞)이라고 해."

"투랑이라면… 혹, 신걸(申傑)?"

초번이 고개를 갸웃거리며 물었다. 투랑이 의외라는 듯 되물었다.

"어, 나를 아는 모양이네?"

투랑의 놀람만큼이나 많은 사람들이 궁금증을 가지고 초번을 응시했다. 그러자 초번의 입에서 그가 외웠던 인물편의 기억이 자동적으로 쏟아져 나왔다.

"투랑… 본명은 신걸. 어려서 부모를 잃은 천애고아로 신예원(申叡媛)이라는 누이가 한 명 있음. 나이 일곱에 무광(武狂) 곽검명(郭劒明)의 눈에 들어 그의 손자가 되고 과거 호천단(護天團)의 단주였던 투귀(鬪鬼) 이성진(李成振)과도 인연을 맺음. 어릴 적부터 싸움을 밥 먹듯이 좋아해 곱상한 외모와는 달리 일찌감치 투랑이라는 별호를 얻었고, 무공 실력은 나이를 감안하면 뛰어나나 고수라 불리기엔 다소 무리가 있음."

초번의 말이 끝나기가 무섭게 투랑의 탄성이 이어졌다.

"이야~ 이거야 원. 정말 놀랍군, 놀라워. 나에 대해 나보다 더 자세히 아는 사람이 있다니."

"닥쳐! 네놈이 뭐 하는 놈인지 그 딴 것은 궁금하지도 않으니까. 뭣 때문에 아까부터 쳐다본 것이… 윽!"

시비조로 묻던 뇌전이 옆구리를 부여잡고 얼굴을 찡그렸다. 곧바로 강유의 전음성이 전해졌다.

[소란 피우지 말고 가만히 있어. 가주님도 계시고… 네가 나설 데가 아니잖아.]

그제야 강유는 물론이고 해웅이 스산한 표정으로 쏘아보는 것을 느낀 뇌전은 슬그머니 남궁민의 눈치를 살피며 입을 다물었다.

"그런데 우리에게 무슨 볼일이라도 있는 건가요?"

소란이 가라앉자 남궁민이 차분한 어조로 물었다. 투랑이 기다렸다는 듯 대꾸했다.

"딱히 볼일이 있는 것은 아니야. 평소 남궁세가의 이름을 흠모했던 터라 그냥 인사를 하고 싶었을 뿐."

"거짓말이야, 거짓말. 딱 보면 알잖아."

뇌전이 자신만이 알아들을 수 있는 음성으로 중얼거렸다. 남궁민 역시 그와 같은 생각인 듯했다. 남궁민이 조용히 되물었다.

"다른 이유도 있는 것 같군요."

"꼭 다른 이유가 있다기보다는……."

말끝을 흐리던 투랑은 담담히 쳐다보는 남궁민의 시선을 의식하곤 정색하며 말했다.

"나랑 한번 붙어보지요."

한마디로 비무 신청이었다. 한데 그 대상이 남궁민이 아니었다. 어느새 몸을 돌린 투랑이 전혀 예의를 갖추지 않고—딴에는 정중한 것인지도 모르지만—마치 삼류건달이 뒷골목에서 싸움을 걸듯 비무를 청한 상대는 놀랍게도 태상호법이었다.

모두들 황당한 표정을 지으며 눈앞에 벌어진 상황을 이해하기 위해 필사적으로 노력하는 사이 투랑이 우렁찬 목소리로 재차 청했다.

"빼지 말고 상대해 주시지요, 영감님!"

묵묵히 차를 들이키던 태상호법이 흥미로운 표정을 지으며 찻잔을 내려놓았다.

"비무를 청하는 것이더냐?"

"그런 셈이지요."

"비무라… 재밌겠구나."

"호호호."

태상호법의 말을 허락의 의미로 받아들인 투랑이 환히 웃으며 기꺼워했다. 하나 그것을 용인하지 못하는 사람이 한둘이 아니었다.

성질 급한 뇌전의 행동이 가장 빨랐다.

"이런 싸가지없는 놈을 보았나! 감히 이 자리가 어떤 자리라고! 네놈 따위가 망발을 내뱉을 분이 아니다. 뒈지고 싶지 않으면 썩 꺼져!"

그런다고 물러선 투랑이 아니었다. 뇌전을 응시하는 그의 입가에 가느다란 미소가 걸렸다.

"웃어? 어린놈의 새끼가 보자 보자 하니까!"

투랑의 미소에 이성을 잃은 뇌전이 누가 말릴 사이도 없이 주먹을 휘둘렀다. 그러나 그의 주먹은 투랑의 몸 근처에도 가지 못했다. 뇌전이 접근하는 만큼 그가 뒤로 물러났기 때문이다.

"잉? 지금 피했냐?"

"피한 것이 아니라 상대하기 싫어서 물러난 거다. 똥은 더러워서 피하는 거지 무서워서 피하는 게 아니거든. 나는 약한 상대와는 싸우지 않아."

"이 건방진 애송이가!!"

모욕도 보통 모욕이 아니었다. 더구나 자신에게는 그렇다 쳐도 가주에게까지 아무렇게나 지껄이는 말은 도저히 용인할 수가 없었다.

창!

뇌전이 시퍼렇게 날이 선 검을 빼 들었다. 하지만 그는 투랑에게 달려들지 못했다. 어느새 강유가 그의 앞을 가로막고 있었기 때문이다.

"이공자님!"

뇌전이 분기탱천한 음성으로 강유를 불렀다. 강유가 호법이란 지위에 있었지만 그는 아직도 강유를 이공자라 부르고 있었다.

"미안하지만 저 녀석 말이 맞는 것 같다. 네 상대가 아니야."

강유가 고개를 흔들었다.

"그럴 리가 없습니다!"

뇌전이 강하게 부정했다.

"강유의 말이 옳다."

"태상호법님!"

"물러서거라."

"으……."

말도 되지 않을 소리였으나 태상호법의 명을 거역할 수는 없었다. 한참이나 투랑을 노려본 뇌전이 치미는 분을 간신히 억누르며 몸을 돌렸다.

태상호법은 그런 뇌전의 반응에는 상관없다는 듯 태연스레 질문을 던졌다.

"하나만 묻도록 하마."

"그러시지요."

"왜 하필 나더냐?"

"강해 보여서요. 지금껏 많은 고수들을 만났고 비무를 해왔지만 영감님처럼 강한 사람은 처음 봤습니다. 늘 나를 괴롭히던 영감탱이들도 강했지만 아무리 생각해도 영감님만큼은 아닌 것 같아서요."

투랑이 조금도 머뭇거림없이 대답했다.

"호오~ 흥미로운 대답이구나. 하나 지금 이곳에는 나를 제외하고도 너를 상대할 만한 녀석이 꽤 있다."

투랑의 시선이 잠시 동안 강유와 남궁민에게 향했다.

"강해 보이기는 해도 내 위라고는 생각하지 않습니다."

"그거야 네 생각이겠지."

재빨리 말을 받은 강유가 투랑에게 다가갔다.

"모든 일에는 단계가 있는 법이다. 네가 태상호법님과 비무를 하고자 한다면 우선 나부터 꺾고 나서 청을 올려라."

투랑은 대답하지 않고 태상호법을 쳐다봤다. 태상호법이 느긋하게 찻잔을 들며 알아서 하라는 태도를 취했다.

중앙의 탁자는 대부분이 치워진 상태였고 그곳에서 술과 식사를 하던 사람들은 이미 한쪽 구석으로 물러나 흥미진진한 표정으로 상황을 즐기고 있었다.

"그럼 그러던지. 어차피 몸도 좀 풀어야 하니까. 한데 너무 좁지 않을까?"

투랑이 물었다.

"상관없다. 어차피 오래 끌 생각은 없으니까."

"그건 나도 마찬가지야."

투랑의 대꾸를 끝으로 더 이상의 대화는 없었다. 둘은 아무런 말도 없이 빈 공간으로 걸음을 옮겼다. 그리고 서로의 눈을 지그시 응시했다.

바로 그때, 일단의 무리들이 객점의 문을 열고 요란스럽게 들어섰다. 사람들의 시선이 일제히 그들에게로 향했다.

객점 안으로 들어선 이들은 밤새 우면산을 헤집고 다닌 을지호와 천뢰대원들이었다.

"뭐 하는 거야, 지금?"

안으로 들어서자마자 주변의 공기가 심상치 않음을 느낀 을지호가 물었다.

"그것이……."

"아니, 설명은 차차 듣기로 하고 우선 이 녀석들이나 좀 챙겨라. 어찌나 죽는소리를 해대는지… 고작 하룻밤을 가지고 말이야."

고개를 흔든 을지호가 천뢰대원들을 가리키며 말했다. 그리곤 태상호법이 있는 탁자로 다가가 연거푸 찻잔을 들이켰다. 모양새를 보니 말은 그리해도 그 역시 꽤나 지친 모양이었다.

악천후를 뚫고 행해졌던 수련이 꽤나 힘들었는지 비틀거리며 객점에 들어선 천뢰대원들은 거의 초주검이 된 상태였다. 따사로운 아침 햇살에 젖었던 옷은 이미 말랐지만 옷에 묻었던 흙들이 엉겨 붙고 이곳저곳이 보기 흉하게 찢어져 있어 거지꼴도 그런 거지꼴이 없었다. 그들은 장내의 상황이 어떤지, 또 다른 사람들의 시선에는 전혀 관심을 두지 않고 객점에 들어서자마자 바닥에 힘없이 주저앉아 있었다.

"제법 힘들었던 모양이군. 괜찮아?"

율천에게 다가간 해웅이 안쓰러운 표정으로 물었다.

"그럭저럭요."

간신히 고개를 쳐든 율천이 대답했다.

'안 괜찮아 보이는데…….'

말은 그리해도 전혀 괜찮은 표정이 아니었다. 눈동자도 다들 풀려 있었다. 직접 보지 않아도 뻔한 일. 해웅은 을지호가 얼마나 심하게 닦달했을까 생각하곤 고개를 설레설레 내저었다.

"뭐 해? 빨리 객실로 옮겨주고 우선 목욕부터 시켜."

그의 고갯짓에 주변에 있던 식솔들이 일제히 그들을 부축해 사라졌다. 그사이 남궁민에게 간단히 사정 얘기를 들은 을지호가 흥미롭다는 표정으로 투랑을 응시했다.

"그러니까 저 녀석이 어르신께 도전장을 내밀었단 말입니까?"

"그런 셈이다."

"재밌는 녀석이네요. 한데 왜 강유가 설치는 겁니까? 어르신께서 한 수 가르쳐 주시지 않고요. 하하하!"

뭐가 그리 유쾌한지 을지호가 객점이 떠나가라 웃어 젖혔다. 그런데 그의 웃음이 끝나기도 전에 투랑이 다가왔다. 을지호는 그를 막으려는 강유의 행동을 제지하며 물었다.

"나에게도 볼일이 있는 모양이지?"

주저없이 대답이 나왔다.

"나하고 한번 붙자."

남궁민이 대충 설명하긴 했어도 투랑의 말투까지는 전하지 않은 모양이었다. 따지고 보면 그에게 존대를 받은 사람은 태상호법이 유일했다.

"……"

다짜고짜 다가와 반말로 내던지는 도전장에 을지호는 뭐라 대꾸를 하지 못하고 멍한 눈으로 태상호법과 남궁민을 번갈아 쳐다보았다.

"호호, 영광으로 생각하세요. 자기보다 강해 보이지 않으면 청하지도 않는다니까."

남궁민이 입가를 가리며 웃었다.

"이놈 뭐냐?"

을지호의 질문에 초번은 조금 전 모두에게 했던 얘기를 재차 반복해 들려주었다.

'오호라, 이놈이 바로 할아버지의 의형 되시는 분의 손자로군.'

초번을 통해 투랑이 곽검명의 손자라는 것을 알게 된 을지호가 새삼

스런 눈으로 그를 살폈다. 그러잖아도 의형을 찾아뵙고 인사를 드리라는 할아버지의 말씀도 있었던 터. 생각지도 못한 곳에서 그분의 후예라 할 수 있는 투랑을 만나게 되어 무척이나 반가웠다. 물론 아직 내색할 때는 아니었지만.

"흠, 다른 것은 몰라도 맨 마지막 말은 틀린 것 같다. 꽤나 강해 보이거든. 삼 년 전의 기록이니 많이 틀리겠지. 어이, 꼬마야."

을지호가 애써 반가움을 감추며 투랑을 불렀다.

"꼬마는 누가 꼬마냐? 투랑이다."

"성질하고는. 투랑이든 가랑이든 내 눈엔 꼬마로밖에 안 보이니까 그렇게 부르는 것이지. 어쨌든 네 말인즉슨 지금 나하고 싸우자는 것이지?"

"그렇다."

"좋아, 까짓 것 못할 것도 없지. 그런데 어쩐다… 네가 저 어르신과 싸우기 위해서 단계를 밟아야 하듯이 내게 도전하기 위해서도 마찬가지인데……."

말끝을 흐린 을지호의 시선이 해웅을 향했다.

투랑의 말투며 행동이 버릇없긴 해도 화가 치솟기보다는 이상하게 친근감을 느끼고 있던 해웅이 씨익 웃으며 물었다.

"제가 합니까?"

『궁귀검신』 3권으로 이어집니다